일본을 낳은 나라
금관가야 왕국

일본을 낳은 나라

금관가야왕국

미래문화사

가야사의 블랙박스를 열며

지금까지 우리나라 역사는 고구려, 신라, 백제의 3국시대에 대해서는 비교적 자세히 기술해 왔다. 《삼국사기》와 《삼국유사》가 그나마 보존되어 근거로 삼을 수 있었기 때문일 것이다

그러나 자세한 기록은 없지만 이 삼국에 필적할 만한 나라로 가라국이 엄연히 존재했으며, 우리 민족의 역사에 큰 영향을 끼쳤던 게 분명하다. 가라국의 후손들인 가락 김씨는 현재 약 사백만 명을 헤아리고 있으며, 그 외에도 가라국의 후예라고 생각하는 많은 사람들이 이 땅에 살고 있다. 특히 가라국 중에서도 금관가야의 비중은 막대하다고 생각되어 이 책에서는 금관가야를 중심으로 정리했다.

가라국은 42년부터 532년간, 혹은 561년간 이 땅에 나라를 이루면서 고도의 철기문화와 토기문화를 꽃피웠던 나라였다. 또한 우리나라는 물론이고 이웃 일본의 여명기에 많은 영향을 끼쳤다. 가라국은 일본의 임라, 즉 임의 나라였다. 그러니까 부모님의 나라이며 조국이었던 것이다.

가라국은 수로왕 이전부터 신선의 나라였고, 일본에서는 천도天道 또는 묘견신앙의 모국이었다. 그들이 얼마나 조국 임라를 그리워했고, 그 조국이 흔들릴 때 조국을 구하기 위해 애쓴 흔적들을 역사에서 더듬어 볼 수 있다. 쓰시마와 큐슈 야마구치 현에서 죽을 때 머리를 한국을 향하고 죽었던 왜인들이 있었음을 상기할 필요가 있다.

이제 가라국의 숨겨진 베일이 여러 사학자들의 노력으로 햇살 아래 드러나고 있다. 감추어져 있던 가야사의 블랙박스가 고고 유적의 발굴로

속속 열려지고 있어 가라국의 진면목을 제대로 볼 날이 다가오고 있는 것이다.

이 책에서는 삼국유사의 가라국기를 기본으로 해서 《삼국사기》와 《일본서기》를 참조하여 가라국과 신라, 그리고 일본이 맞물리어 돌아갔던 역사의 비밀을 낱낱이 파헤쳤다. 그 많은 수수께끼를 풀기 위해 필자는 몇차례 김해의 유적지와 경주, 일본 큐슈와 쓰시마 등지의 현지를 답사했다. 아울러 일본의 천황가는 그 뿌리가 한국이라고는 하지만 내용이 단편적일 뿐 구체적이지 못한 데에 실망하여 이를 명백히 밝히고자 노력했다.

쓰시마에는 한국과 일본의 역사를 제대로 밝혀주는 키가 숨겨져 있었다. 쓰시마 전역에 퍼져 있는 신사와 전설, 그리고 유물들이 그 해답이다. 그것들을 근거하여 고증한다면 한국과 일본은 단군의 뿌리에서 태어난 형제의 나라임이 분명하다. 하여, 혈통적으로나, 역사적으로나, 지리적으로나 가장 가까운 이웃 나라, 두 나라가 세계화 시대에 형제국가로 거듭나기를 기원하면서 이 글을 쓴다.

이 글을 쓰는 데 가장 큰 힘이 되었던 《일본서기》의 역자 성은구 님께 감사드린다. 또, 가야사연구회 박광수 회장과 숭선전지 등 가야사 자료를 협조해 주신 김종간 김해시장께도 감사드린다.

김해의 역사와 문화 발전을 위하여 노력하는 김해시민들께 이 글을 바치고 싶다.

2006년 9월
금관가야의 왕궁지 봉황동에서
저자 최종철

5

차례

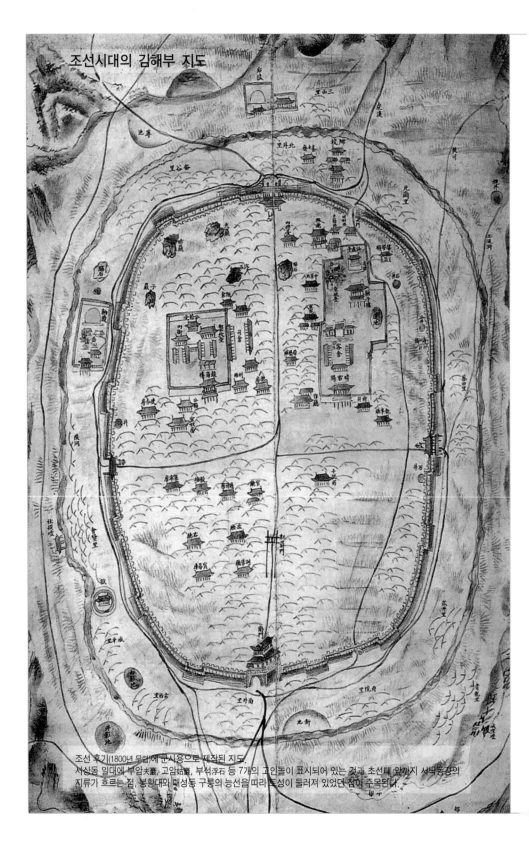

조선시대의 김해부 지도

조선 후기(1800년 무렵)에 군사용으로 제작된 지도.
서상동 일대에 부암夫巖, 고암姑巖, 부석浮石 등 7개의 고인돌이 표시되어 있는 것과 초선대 앞까지 서낙동강의
지류가 흐르는 점, 봉황대와 대성동 구릉의 능선을 따라 토성이 둘러져 있었던 점이 주목된다.

제1장 가야 이전의 역사

1. 고인돌과 김해의 초기 철기시대

가야사가 출발하는 신령스러운 구지봉에는 가야의 단생에서부터 멸망까지를 지켜본 유일한 물체가 있다. 일명 고인돌이라 하는 지석묘이다.

길이가 2.5m에 이르는 고인돌 상석에는 구지봉석龜之峰石이라고 쓰여 있는데 한석봉의 필체라 전해진다.

이뿐 아니라 김해에는 여러 개의 고인돌이 전해 오고 있다.

그 중 김수로왕릉 경내에도 2개의 고인돌이 있고(북쪽 고인돌은 길이 400㎝, 남쪽은 180㎝), 내외동, 서상동, 칠산동(명법동의 수 십기) 등 여러 곳에 고인돌이 남아 있다.

한국의 고인돌은 만주 요녕에서부터 시작되어 한반도 남단에까지 퍼져나갔고 일본 큐슈 북부에까지 전파되었다.

고인돌이 처음 나타난 것은 기원 전 9~10세기(약 3천년 전)이며 한반도 남쪽 해안 지대의 최고 늦은 시기 고인돌의 출현은 기원전 3세기였다.

그러므로 김해 구지봉의 고인돌 또한 가야국이 생기기 전 200~300년에 만들어졌다고 볼 수 있다.

이러한 고인돌에서는 석기와 청동기물이 출토된다.

청동기물의 제작연도 또한 기원 전 9~10세기부터 하한선은 기원 전 3세기까지로 보인다.

김해 지역의 고인돌에서는 무문토기(민무늬 토기)가 많이 발견되는데 이로 미루어 이 시기 김해에는 청동기술이 발달했음을 알 수 있다.

그러니까 최소한 김수로왕이 가야국을 세우기 전 약 200~250년 전까지 김해에는 청동기 문화가 꽃피우고 있었던 것이다.

인제대 이영식 교수에 의하면 이 시기는 구간九干사회로써 청동기 시대였으며 김수로왕은 철기기술을 가지고 이주해 온 집단이었다고 한다.

그러나 수로왕이 가야국을 세울 당시는 이 땅에 철기가 들어 온 지 이미 250년 이상 지난 상태였다. 즉 청동기가 끝나는 기원전 3세기에서부터 수로왕이 가야국을 세운 42년까지 약 300년의 공백기가 생긴다. 이 시대를 필자는 초기 철기문화를 가진 변한의 시대로 본다.

기자조선의 41세손 기준왕箕準王이 BC 195년 연燕나라 사람 위만衛滿에게 속아 나라를 빼앗기고 바다를 건너 마한馬韓 땅에 도착하여 마한을 장악하여 이 기준왕은 중국의 철기문화를 가지고 마한지역을 정복했던 것으로 보인다.

중국의 철기문화는 BC 4-BC 3세기 경에 이주민들을 통해 가야에 전래되기 시작했다. BC 108년 원만조선이 망하고 왕검성이 함락될 즈음 위만조선의 재상 역계경이 2천 여호를 거느리고 한반도 남단으로 이주해 왔는데 이들 또한 중국에서 철기를 사용했던 사람들이다.

그렇다면 위만조선이 망한 시점을 기준으로 보더라도 수로왕의 가야 건국 시기인 42년까지 약 150년 동안 철기가 전파되지 않았다는 것은 이해할 수 없는 일이다.

삼국지 위지 《동이전》 변진조에 아래와 같은 구절이 나온다.

"(변진의) 나라에서는 철이 생산되는데 한, 예, 왜인들이 모두 와서 사간다. 시장에서의 모든 매매는 철로 이루어져서 마치 중국에서 돈을 쓰는 것과 같다."

이 기록으로 미루어 가야시대에 철기문화가 발달했던 것으로 추측한다. 지석묘와 청동기의 시대가 끝나고 250년 이상 지난 다음 김수로왕시대에 와서야 비로소 철기가 도입되었다고 보는 것은 너무나 안일한 해석이라 하지 않을 수 없다.

이는 김해 진영읍과 이어진 창원시 동읍 다호리유적을 볼 때 더욱 확실하다. 다호리 1호분의 출토유물은 기원 전 1세기 때의 것으로 본다. 청동검도 있지만 철검, 쇠창, 쇠꺾창 등과 쇠도끼, 낫 등의 유물이 철기문화가 고도로 발달했었음을 말해 준다.

가야국이 있기 전 고인돌을 중심한 청동기문화인들이 있었고, 이어 초기 철기문화인인 변한인들이 변진구야국, 구야한국이란 이름으로 국가를 이루고 있었던 것이다.

2. 변한 12국은 가야의 전신

2천년 전, 지금의 부산과 경남 일대는 변한 땅이었던 것으로 추정된다.

이 곳에는 신라를 비롯한 진한 12국과 변한 12국 즉 변진 24국이 있었다. 《삼국지 동이전》의 변진편에 이러한 내용이 있다.

변진 24국 중에서 변진이란 이름이 붙은 나라는 다음과 같다.

(1) 변진미리미동국弁辰彌離彌凍國

(2) 변진접도국弁辰接途國

(3) 변진독로국弁辰瀆盧國

(4) 변진고자미동국弁辰古資彌凍國

(5) 변진주조마국弁辰走漕馬國

(6) 변진구야국弁辰狗邪國

(7) 변진안야국弁辰安耶國

(8) 변진고순시국弁辰古淳是國

(9) 변진감로국弁辰甘路國

(10) 변진반로국弁辰半路國

(11) 변진낙노국弁辰樂奴國

(12) 변진미오야마국弁辰彌烏邪馬國

김해의 가라국은 이 변진 12국 중에서 변진구야국이었다. 그렇다면 당시 구한들이란 이 변진 12국의 왕들이거나 변진구야국 자체의 부족장이었을 것이라 여겨진다. 그런데 당시 변한 사회는 흔들리고 있었다. 《삼국사기》 혁거세 거서간 19년 조를 보면,

'변한이 나라를 들어 항복해 왔다.'

고 했다.

또한 《후한서》에는,

"건무 20년에 한(변한)의 염사인[1] 소마시 등이 낙랑에 와서 공물을 바

---

1) 염사인 : 변한지방에서 낙랑군에 항복한 사람들의 나라로 염사읍군에 소속된 사람들.

가야국이 생기기 백년 전 신라를 세운 박혁거세의 탄생
지 나정羅井 우물터

진한의 6촌장의 위패가 모셔진 양산재

쳤다. 광무제는 소마시를 한의 염사읍군으로 봉하여 낙랑군에 소속시키
고 철마다 알현하도록 하였다.

　영제 말년에 한과 예가 모두 강성해져 군현을 제대로 제압하지 못하자
난리에 고통스러워진 백성들이 한으로 도망하는 경우가 많았다."

　라고 기록되어 있다. 여기서 건무 20년이란 후한 광무제 때(44년)로써 수
로왕이 가라국을 건국한 지 2년 후가 된다. 이때 변한 땅에 살던 사람들은
수로왕이 가라국을 건국하자 고향땅을 떠나 신라에 투항하거나 후한의
광무제에게 투항했다.

　이러한 《후한서》와 《위략》의 기록을 통하여 볼 때 김수로왕이 가라국
을 건국할 당시의 국제정세는 급변하던 시기였던 것으로 추정된다. 이 시
대적 변혁기를 이해한 터 위에서 가라국의 건국을 분석해야 옳은 시작일
것이다.

　일연 스님은 삼국유사 《가라국기》에서 천지가 처음 열린 후 이곳에는
아직 나라 이름이 없었고, 또한 임금이니 신하니 하는 호칭도 없었다고
개천을 기록하고 있다.

　개천開天은 "하늘을 열었다." 즉, "새로운 나라를 세웠다."는 말이다.

　일연 스님은 임금이니 신하니 하는 호칭이 없었다고 했지만 2천 년 전

이곳엔 이미 변한 12개 국이 있었다.

구간九干 즉, 아도간我刀干 여도간汝刀干 피도간彼刀干 오도간五刀干 유수간留水干 유천간留天干 신천간神天干 오천간五天干 신귀간神鬼干 은 당시 변한의 거수(우두머리)였다.

구한이 백성들을 다스렸는데 모두 1백호[2]로 7만 5천 명이었다. 7만 5천이란 인구는 당시의 형편으로 보아 작은 나라가 아니다.

일본의 죠몽 시대[3] 말기(BC 4세기) 일본 열도 전체 인구가 7만 5천 명이었다. 또 야요이 시대[4] 말기(300년) 에는 한반도에서 유입된 이주민으로 인구가 폭발적으로 늘어 70만 명이었다.

그와 비교해서 수로왕의 건국 당시(42년) 가라국의 인구가 7만 5천 명이라면 얼마나 많은 인구인가를 짐작할 수 있을 것이다.

왜 인구가 그렇게 많았을까?

이곳은 바다와 강과 산이 어울어져 당시 한반도에서 가장 살기 좋은 곳 중 하나였기 때문이었다.

기원 전 청동기 시대에 조성된 한반도 남단의 지석묘들은 대개 서해와 남해의 해안가나 강가에 몰려 있다. 이곳 김해도 남해 바다와 낙동강을 끼고 있으니 당연히 사람들이 모여 살았을 것이다.

일연 스님은,

"이들은 산과 강에 모여 살면서 우물을 파서 물을 마시고 밭을 갈아 곡식을 거둬 먹었다."고 하였다.

실제로 김해시 봉황동의 패총 유적에서 불에 탄 쌀(탄화미)이 발견되어

---

2) 당시 1호는 인구 700~800명을 지칭하는 단위로 큰 부락 전체를 1호라고 한듯 함.

3) 죠몽 시대 : 일본의 신석기 시대.

4) 야요이 시대 : 청동기에서 철기시대의 약 600년. 기원전 3세기에서 기원 후 3세기까지.

지금부터 약 2천년 전 이 땅에 살던 사람들도 쌀농사를 지었음이 입증되었다.

농사를 짓고 살려면,

첫째, 기후가 온화해야 한다.

한반도 북부는 당시에도 날씨가 추워 벼농사가 잘 되지 않았다. 지금도 부산, 김해 지역은 항상 기후가 온화하여 겨울에도 눈이 오는 날이 적고 일조량 또한 풍부하다.

둘째, 토질도 좋아야 하지만 물 공급이 원활해야 한다.

낙동강의 비옥한 삼각주와 풍부한 수량은 농사 짓기에 적합하다.

셋째, 동해안은 육상이 산악으로 막혀 있는데 비해 낙동강 7백 리의 물길과 남해 연안의 수로를 따라 국내외 해상교통이 열려 있었고, 그 당시로는 농기구가 발전되어 있었으며, 수송에도 유리하였다. 이런 조건을 충족하기에는 김해만큼 좋은 곳이 없었다.

이 외에도 바다를 끼고 있어 해산물도 풍부하였다. 신어산과 분산, 임호산과 경운산이 둘러 있어 맑은 냇물이 사시 마르지 않고 흘러내렸다. 가뭄을 모르는 비옥한 토지가 사람 살기 좋은 곳으로 만들었다.

일본에서 벼농사가 가장 일찍 시작된 곳은 북큐슈였다.

변한시대 이전부터 한반도와 큐슈 사람들은 바다를 사이에 두고 고기잡이를 해왔고, 그만큼 벼농사 기술도 일찍 전수되었다. 그 증거로 낫 대신 사용되었던 반달칼의 모양 등 농기구의 모양이 비슷한 것이 이를 증명한다.

《가라국기》에서는 당시를 마치 아득한 옛날 이야기 속의 미개했던 모습으로 소개하고 있지만, 당시는 약 2천 년 전의 일로 그렇지만은 않았다.

이웃 나라인 중국에는 하.은.주 시대를 거쳐 춘추전국시대를 지나 전한 시대가 다 지나가고 후한의 세조, 광무제 때라 했으니 이미 문명의 시대 였다. 왕이 없었다는 말은 당시 정세를 바로 알지 못한 데서 연유한 오류 이다.

위만조선의 재상 역계경이 한반도 남부로 올 때(BC 3세기) 이미 이 땅에 는 진국의 왕이 있었다. 이 왕을 마한왕이라 했다. 마한왕은 위만조선의 재상 역계경과 함께 온 사람들에게 땅을 나눠주고 나라를 세우게 했는데, 이들이 변한과 진한 24국이었다. 마한은 마한. 진한. 변한 전체를 대표한 나라이기도 한 것이다. 마한은 마한 54국, 변한 12국, 진한 12국, 총 78국 을 제후국으로 거느리고 삼한의 왕노릇을 했다. 그러니까 변한과 진한은 마한에 속해 있는 제후국이었기 때문에 왕이 없었던 것이다. 다시 말하면 변한과 진한시대나 가라국의 건국시대가 왕이나 신하가 없는 무계급 사 회가 아니라, 가라국의 땅은 마한의 제후국이었기에 제후격인 간干은 있 었으나 왕은 있을 수 없었던 것이다.

당시의 변진 사람들의 모습에 대해서 《삼국지 변진조》에 기록이 있다.

변한은 토지가 비옥하여 곡식을 심기에 적합했다. 또 뽕나무를 기르기 에도 좋아 누에를 기르며 비단과 베를 짰다. 소와 말을 타고 다녔으며 혼 인의 예법이 있었다. 남녀의 분별이 있었고. 장례에는 큰 새의 깃을 사용 했는데, 그 의미는 죽은 사람이 사후에 새처럼 날아서 영혼의 나라로 가 기를 바라는 기원에서였다.

당시 철이 생산되어 한(삼한),예(예맥조선), 왜국에서 사갔다고 했다. 매매 에서는 철이 돈처럼 사용되었는데 낙랑군과 대방군에도 공급했다. 철의 사용은 마치 중국에서 돈을 쓰는 것과 같았다.

그들은 가무와 음주를 즐겼다. 거문고도 있었는데 중국의 축筑과 비슷하며 연주하는 곡도 있었다고 전한다.

이 지역은 가야시대에 바닷가였기 때문에 조개껍질이나 굴껍질이 많았다. 조개껍질은 비가 올 때면 녹아 내려 인골에 칼슘을 공급했기 때문에 예안리는 고대인의 유골이 잘 보존되었다.

이 예안리 인골은 대략 두 가지로 나뉜다. 그 중 하나가 예안리 12호 고분에서 발굴된 인골처럼 대체로 키가 큰 북방계(168.7~169.8㎝) 인골이다.

김해 고분박물관에 있는 가야시대의 편두 인골. 가야인들이 어린아이 때부터 편두를 만드는 풍습이 있었음을 알 수 있다.

이 북방계 인골은 얼굴이 길고 눈이 가늘며 콧날이 오똑한 것이 특징이다.

나머지 유골은 예안리 41호 유골처럼 키가 작은(164.2㎝) 남방계의 인골이다.

남방계는 얼굴이 짧으며 대체로 둥글다. 또 콧날이 낮고 넓으며 눈이 크다.

그런데 이 유골들 가운데 두상이 이상한 유골이 발견되었다.

그 유골은 현재 김해박물관에 보관되어 있는데, 보통 인골과는 달리 두상이 길며

김해시 대동면 예안리의 가야시대 여인상

좁아 보인다. 이마가 인공적으로 옆으로 눌려져 변형된 이른바 편두5)였다. 가야의 일부 여인들이 두상을 멋있게 만들고자 일종의 성형 수술을

17

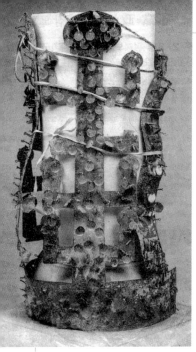

경남 양산 고분에서 출토된
가야시대 금동관. 높이 37㎝의
6세기말 유물로 4단으로 된
출出자형 입식이 달려 있다.

했던 것이다. 편두가 되면 콧날이 도드러지게 나와 보이는 것이 특징이다.

KBS 특별기획, 〈몽골리안 루트〉 〈황금가지〉 편에 의하면 지금 박물관에 보존되어 있는 신라의 금관은 그 둘레가 성인이 쓰기에는 작다는 것이다. 실제로 제일 큰 금관은 천마총 금관인데 직경이 20㎝이다. 다음은 금관총 금관 19㎝, 서봉총 금관 18.4㎝, 황남대총 금관 17㎝, 금령총 금관 16.4㎝, 호암미술관 소장 금관 16.1㎝, 복천관 고분 금관이 15.9㎝로 평균 직경은 17㎝에 불과했다.

금관 둘레의 평균 총길이는 53.4㎝인데, 한국 성인 남자의 머리 둘레 57.5㎝에 비해 약 4㎝가 작다. 게다가 금관을 머리에 쓰기 위해선 머리띠 부분 안쪽에 두꺼운 천을 덧대야 한다. 그렇다면 금관을 성인 남자가 쓰기에 너무 작다.

그렇다고 왕관의 주인들이 신장이 작은 것은 아니었다.

그럼 성인 왕들이 썼던 금관을 왜 이렇게 작게 만들어졌을까?

그 까닭은 신라 왕들이 편두를 했기 때문이었다. 편두를 한 성인 남자들의 머리 둘레는 49~50㎝로 금관의 총길이 53.4㎝로도 충분했음을 알 수 있다.

신라 왕들의 머리가 편두라는 사실은 경북 문경에 있는 지증대사 비문에도 기록되어 있다.

---

5) 편두 : 갓 태어난 어린아이를 옆으로 눕히고 머리를 돌로 눌러 납작하게 만든 머리.

경주 황남대총, 남분과 북분으로 합장되어 있는데 북분은 내물왕의 묘이며 금동관을 사용했고, 남분은 미추왕의 딸이자 내물왕비의 묘로서 금관은 왕비관으로 추정되고 있다. 왕과 왕비 모두 김씨였다.

제일 큰 금관이 발견된 천마총

"편두 거매금지존偏頭 居寐錦之尊, 즉, 편두는 신라 임금(매금 - 마립간)의 존귀함이다."[6]

라는 말이다.

신라 왕들 뿐만 아니라 진한에서도 어린 아이들을 편두로 만들었는데 그 까닭이 무엇 때문이었을까?

흉노족의 일족인 훈족이 헝가리 평원에 진출했었다. 런던 칼리지대학 피터 히터 박사(역사학)에 의하면 헝가리인에게도 두개골 변형 풍습(편두)이 있었다는 것이다. 진한과 변한에 있었던 편두풍습과 헝가리인의 편두풍습엔 알타이족이란 공통성이 있다. 그 알타이족의 중심엔 몽골의 알타이산이 중심에 있다.

진한과 변한인들의 뿌리는 북방 유목민이었다.

삼국지의 변한 조의 기록에서 보듯 수로왕 이전 변한 시대에 12국이 있었고, 철과 포목 생산이 유명하여 변한포라는 포목 특산품이 있었을 만큼 문화가 상당히 발전되었던 시대였다.

---

6) KBS 특별기획 〈몽골리안 루트〉 5편 〈황금가지〉 참조

《삼국사기》신라 본기 제1 박혁거세편에,

"19년 정월에 변한이 나라를 들어 항복하였다."

라는 구절이 있다.

이는 변한이 진한을 계승한 신라와 충돌하여 항복했다는 이야기이다. 그러나 정작 변한 땅을 차지한 것은 가라국이다. 신라에 항복했다기보다 김수로왕과 하나가 되어 가라국을 세운 것이다.

조선 후기의 실학자 정약용이 쓴 《강역고》의 《변진고》편을 보면,

"변진은 김해, 고성, 거제, 함안 등 바다에 가까이 있는 지방이다. 후한서에 변진은 진한과 섞여 사는데 성곽과 의복은 모두 같으나 언어와 풍속은 다르다. 한백겸이 말하기를 수로왕이 일어난 곳이 변한의 땅이다."

라고 하였다.

《김해 김씨 선원대동보》에 다음과 같은 구절이 있다.

"김수로왕은 원년인 임인(42년) 3월 3일, 구지봉에서 탄생하시어서 변한의 9간이 추대하여 왕이 되었다. 이 달 보름에 즉위하여 변한의 옛 땅에 나라를 세웠다."

따라서 수로왕의 금관가야는 3~4백 년을 이어 온 변한 12국의 터전에서 건국되었음이 분명하다. 그래야 가라국의 실체를 이해할 수 있다. 금관가라국이 작은 부락국가에서 출발된 것으로 오해가 되면 안 되기 때문이다.

3. 한반도에 있었던 왜의 정체

《삼국사기》에 의하면 신라 시조 박혁거세 8년에 왜인이 침략하려 했고,

2대 남해왕 11년에는 실제로 왜인이 100여 척의 병선을 타고 신라의 해변을 침략하여 왕이 6부의 정병을 일으켜 막게 했다고 한다.

일찍부터 신라와 왜는 전쟁을 하는 적대국이었다. 그러나 가라국과 왜가 전쟁을 했다는 기록은 어디에도 없다.

왜 그럴까?

당시 일본 큐슈는 벼농사가 가장 먼저 시작된 곳으로 기후가 따뜻했다.

그러기에 많은 인구가 큐슈 북부에 살고 있었는데, 그들은 100여 개의 소국으로 분립되어 있다가 점차 30여 국으로 통합되었고, 그 중 가장 강대국은 북큐슈 후쿠오카에 있던 노국이었다. 노국은 57년에 후한의 광무제에게 사신을 보내 왕의 금인을 받을 만큼 성장된 나라이기도 했다.

그러나 100여 개, 혹은 30개국으로 분립된 소국인 이들이 바다를 건너와 신라에까지 대규모의 원정군을 보냈을 수는 없을 것이다. 왜냐하면 그들은 기원 후 2세기까지 청동무기를 주로 사용하였고 철기로 된 도구가 없었기 때문이다. 이에 비해 변한은 철기를 수출하는 수준의 국가였다. 가야의 철은 신라의 철보다 철의 조직이 치밀하고 견고하여 우수하였고 무기는 단조를 통해 오늘날 특수강처럼 단단하였다. 따라서 한반도는 왜에 비해 모든 면에서 앞서 있던 사회였다.

왜라는 이름은 어디에서 연유했을까?

〈곰의 나라〉라는 뜻의 구마모또(熊本)는 임진왜란 때의 왜장이었던 가등청정加藤淸正의 성이 있던 곳이다. 구마모또(熊本)를 가등청정 이전에는 외본偎本이라 했다. 외본偎本 역시 구마모또라 읽는다.

구마모또현 기꾸치시(菊池市)에는 외부偎府라는 지명이 있고 외부성偎府城 유적이 있다. 그곳에 외偎라는 나라의 정부와 성이 있었다. 그런데 외隈라는 글자 또한 구마(熊-곰)라고 읽는다.

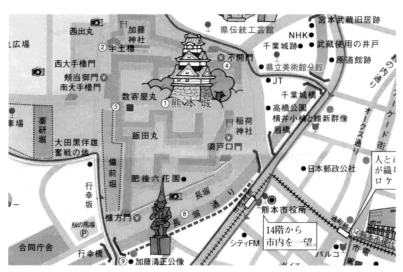

구마모또 시내

　그렇다면 외隈와 왜倭는 어떤 관계인가?

　중국 하나라 우임금의 신하 백익이 지었다는 인문지리서인《산해경 제 18권 해내경편(곽박)⁷⁾》에 의하면,

　"동해의 안쪽 북해의 모서리에 조선이란 나라가 있다. 하늘이 사랑하는 사람은 물에 산다. 외인倭人은 사랑(愛)이다."

라고 했다. 또 곽박의 주해에는

　"외인국倭人國이란 나라가 있다."

고 했다.

　산해경에서 말한 조선은 연대로 볼 때 단군조선일 수밖에 없다. 그렇다면 단군조선과 함께 설명된 외인국倭人國은 어느 나라일까? 그 나라는 왜인국倭人國이며 일본을 가르킨다.

---

7) 곽박 : 중국 동진시대의 문인으로서 산해격의 주해를 달은자.

왜 단군조선을 설명하는 내용에 왜인국이 이어졌을까?

외偎는 사랑(愛)을 의미한다. 외인偎人이란 《열자》에 이르기를,

"열고야산에 신인이 있는데 불외不偎, 불애不愛하는 성인이다."

라고 했다.

옥편에서 외偎가 사랑(愛)이라 하는 것도 이에서 나온 말이다.

그러니까 '북해의 모서리에 한 나라가 있는데 외인偎人이라'고 하는 뜻으로 나라 이름을 지었던 것이다.

다시 말하면 일본을 왜倭라고 부른 본래의 뜻은 물을 사랑한다는 외偎에 그 어원이 있었던 것이다.

중국 동해의 안쪽 북해의 모서리란 발해를 지칭한다. 발해의 요녕성 일대는 단군조선의 땅이며, 외인들의 나라이며, 왜국 또한 이곳에 그 뿌리가 있었다.

한국인과 일본인의 뿌리는 물을 사랑하는 어진 동이東夷에서 같이 출발한 같은 뿌리의 겨레붙이인 것이다.

왜인들은 단군조선과 기자, 위만조선이 망한 후 부여족과 함께 한반도 남단에 내려 와서 청동기 시대를 거쳐 일본 큐슈로 이동함으로써 왜인, 곧 왜국이 되었다.

도리고에 겐자부로(鳥越憲三郞) 씨의 저저 《야요이 시대의 왕국》을 보면 다음과 같은 구절이 있다.

"왜인이란 야요이인과 관계가 있다. 야요이인은 도래인(渡來人 − 바다를 건너 일본에 온 이주민)이므로 왜인의 조국은 일본 열도에 없다."

그러니까 일본인들의 선조들도 지금 나처럼 바다를 건너 일본으로 왔다는 것이다.

도리고에 겐자부로 씨에 의하면 야요이인은 처음 중국 운남에서 출발했으며, 벼농사와 함께 양자강 하류 지방으로부터 조선반도를 경유하여 일본열도에 진출하게 됐고, 왜족이란 명칭을 사용하게 되었다는 것이다.

양자강 하류에서 한반도로 오게 된 기간은 몇 천 년이나 걸쳐서 이동해 온 것인지 알 수가 없다. 다만 한반도에서 현해탄을 경유했다고 하는 그 기간이 최소한 변한시대부터 가라국 후 300년까지 즉, 기원 전 3세기부터 기원 후 3세기까지 약 6백 년 간에 걸쳐 서서히 옮겨갔다고 한다. 이렇게 추정하는 것은 일본의 신석기에 해당하는 죠몽시대에 이어 기원 전 3세기 때부터 새로운 사람과 문화가 크게 유입되어 그 전과는 다른 시대를 보인 이 야요이인들을 일본인의 조상으로 보기 때문이다.

일본인의 뿌리 찾기 위한 방법으로 도쿄대 히로시 하라시마 교수(정보통신공학)는 통계학적 방법을 일본인의 얼굴에 적용했다. 그 연구에 의하면,
첫 째, 일본인은 시베리아에서 북해도를 거쳐 일본 열도에 퍼진 죠몽인이다. 죠몽인은 얼굴 윤곽이 굵고, 두상이 짧으면서 둥글다. 또 눈썹과 수염이 짙고, 눈이 크며 콧대가 미간에서 낮아졌다가 코가 크게 튀어나온다. 원시 백인종인 아이누족이 이에 속한다.

둘째, 일본인은 만주 일대에서 한반도를 거

신석기 시대 빗살무늬 토기(右)와 일본 토기(左)가 매우 닮았다.

처 일본 큐슈로 옮겨 간 야요이인이다.

야요이인은 얼굴이 평평하며 두상이 길다. 또 눈꺼풀이 외겹이며 눈썹이 둥글다.

먼저 시베리아 연해주에서 북해도 쪽으로 일본 전역에 퍼져 살던 죠몽인은 기원 전 약 3세기경 한반도쪽에서 건너 간 야요이인에 밀려 일본 동북부쪽으로 옮겨 갔다. 그러나 이 두 인종 간 혼혈에 의해 오늘의 일본인의 모습이 되었다.[8]

신라에서 가장 일본과 가깝다는 야마구치(山口)현 도이가하마 해변에는 지금도 한국의 쓰레기가 끊임없이 밀려 와 쌓인다. 각종 한글로 쓰여진 깡통과 비닐봉지들을 보면 한국의 해변에 와 있는 듯한 착각을 일으키게 한다.

그런데 이처럼 쓰레기가 밀려올 정도라면 옛날이라 해도 배를 타고 건너가기가 어렵지 않았을 것이다.

그곳에 〈다이가하마 인류박물관〉이 있다. 관장인 마쓰시다 다카유키 박사는 한국에서 건너 온 사람들이 일본인의 조상인 야요이인이라고 확인해주었다.

부산에서 약 200㎞ 떨어진 일본 서북부 도이가하마 해안의 모래밭에서 발견된 300여 구의 유골은 신통하게도 모두 20도 각도로 서북쪽을 향하고 있다. 전래 매장법(죠몽인의 매장법)으로는 왜 모두 서북쪽을 향해 묻혀 있는지 설명이 안 된다. 그 매장 시기는 기원 전 2세기였다.

"1년 무렵의 묘지가 있는 야마구치현 도이가하마 박물관에 가면 묻혀

---

8) 2001 KBS 기획특집 〈몽골리안 루트〉 5편 〈황금가지〉에서

있는 사람들의 머리가 모두 한국을 향하고 있는 것을 볼 수 있다."
  - 오모토 게이이치 동경대 명예교수(유전인류학)

  죠몽인의 키는 평균 158㎝인데 비해 야요이인의 평균키는 163㎝였다.
당시로는 큰 키라 할 수 있다. 야요이인은 죽은 후 머리를 서쪽을 향하게
해서 묻었다. 그 서쪽에는 바다가 있고, 바다 건너에는 그들이 그리워했
던 대륙이 있었기 때문이다. 그 대륙이 한반도요, 만주임은 다시 말할 필
요가 없다.

  야요이시대의 이들은 왜倭(한반도 거주인 포함)라고 불렸으며, 이들은 만주
요하일대에서 한반도 남단을 거쳐 일본으로 건너가 오늘의 일본인이 되
었다. 그런데 야요이 시대 약 600년 간에는 한반도에 남겨진 왜와 일본 열
도로 먼저 건너간 왜, 두 왜가 있었다.

4. 김해는 일본인의 고향이다

  일본의 고대국가 이름은 왜倭였다. 중국의 《신당서》를 보면,
  "일본은 옛날 왜노이다(日本古倭奴也)."
라는 대목이 나온다.

  우리는 흔히 일본인을 비하하여 칭할 때 왜놈이라 했는데, 이 말은 중
국인들이 옛날부터 왜노倭奴라 한 말에서 연유한 것임을 알 수 있다. 어찌
해 국가의 명칭이 이와 같은 비하의 뜻을 갖게 되었을까?

  왜倭라는 글자를 자전에서 찾아보면 '순종하는 사람'이란 뜻이 있다.

  일본은 건무 중원 2년(57년)에 후한 광무제에게 사신을 보내 공식적으로

국가로 인정을 받고 금인金印을 받았는데, 그 도장에 이렇게 쓰여 있었다.

"한위노국왕漢委奴國王"

왜倭를 위委라고도 쓴다 한다. 노奴라는 말은 남자 종을 의미한다. 그러니까 왜倭는 순종하는 사람, 노奴는 남자 종이다. 요즈음의 일본인들에게는 자존심을 건드리는 말이다. 그러면 왜 하필 이런 글자를 국가의 명칭으로 썼을까?

왜가 국가로서 처음 이름을 공개적으로 나타낸 진수9)의 《삼국지 왜인전》을 보자.

"왜인은 대방의 동남 대해 가운데에 있는데, 산과 섬을 의지하여 나라와 도읍이 있다. 옛날에는 백여 국이 있었다. 한漢나라 시절에 조공하는 자가 있었다. 지금(진수가 삼국지를 편찬할 당시) 사신과 통역하여 보니 30여 곳에 국가가 있다."

그러니까 백여 국이 후한의 환제(147~168년)와 영제(168~188년) 사이 41년간의 전쟁을 통해 30여 국으로 통합되었던 것이다. 또,

"군(대방군)으로부터 왜에 가려면 북해도 해안을 돌아 남쪽으로 가다가 동쪽 육로로 가야한다. 그 왜倭의 북쪽에 구야한국狗耶韓國이 있는데, 그곳은 7천여 리이다."

라고 계속 적고 있다.

왜는 1)구야한국狗耶韓國, 2)대마국大馬國, 3)일대국一大國, 4)말로국末盧國, 5)이도국伊都國, 6)노국奴國, 7)불미국不彌國, 8)구노국狗奴國이 있어 큰 나라가 8개 국이요, 작은 나라가 21개 국이다.

---

9) 진수(陳壽, 233~297) 사천성 출생. 사마천의 〈사기〉, 〈한서〉, 〈후한서〉와 함께 진수의 〈삼국지〉는 중국 전사사前四史로 불린다.

작은 나라로서는 1)사마국斯馬國 2)사백지국巳百支國 3)이사국伊邪國 4)도지국都支國 5)미노국彌奴國 6)호고도국好古都國 7)불호국不呼國 8)저노국姐奴國 9)대소국對蘇國 10)소노국蘇奴國 11)호읍국呼邑國 12)화노소노국華奴蘇奴國 13)귀국鬼國 14)위오국爲吾國 15)귀노국鬼奴國 16)사마국邪馬國 17)궁신국窮臣國 18)파리국巴利國 19)지유국支惟國 20)오노국烏奴國 21)노국奴國이 있다.

그런데 왜 노국奴國이 이렇게 많은 것일까?

그리고 일본이 '종의 나라'··'노예의 나라'라는 뜻이 맞는 것인가?

《일본의 야명(夜明)-田邊 廣》(56쪽)에 의하면,

"여왕국(사마대국)연합 이외의 유일한 나라는 구노국狗奴國이다. 구노국은 kom(곰)이며 웅熊의 나라이다."

라고 했다.

구노국狗奴國의 노국奴國이란 곰의 나라라는 뜻이다.

곰(熊)을 일본말로는 "노오"라고 한다. 우리말의 곰에서 일본 최초의 국명이었던 노국 또는 구노국 등의 노국이란 이름이 나온 것이다.

구노국은 지금의 큐슈 구마모또(熊本)현에 있었다. 구마모또(熊本)라는 지명 또한 우리말의 곰(熊)에서 비롯된 지명이다. 구마모또(熊本)에는 구마군球磨郡이 있다. 구마球磨라는 지명 역시 '곰'이란 우리말에서 나온 지명이다.

일본 최초의 나라라고 하는 노국奴國은 곰의 나라 웅국熊國이었다. 일본에서 한문이 시작되기 전 곰을 "노오"라고 했는데, 중국은 "노오"라는 국명을 발음에 따라 한문으로 표기하면서 악의적으로 비칭해서 노국奴國이라고 했던 것이다.

그럼 노국, 또는 구노국은 어째서 곰의 나라인가?

"곰은 북방 기마민족인 부여족의 조상신(토템)[10]이다. 조선반도 쪽으로 남하했던 부여족은 원래 중국 동북지방에 있었다. 그들 중 일파가 한강 하류에 일시 정착했다. 또 다른 일파는 낙동강 연안까지 내려와 가야제국 (부여족)을 이루었다."11)

고구려나 백제나 가야는 같은 부여족이기 때문에 그 뿌리가 같다는 것이다.

그렇다면 고구려나 백제나 가야와 일본은 어떤 관련이 있었을까?

구노국狗奴國 사람들은 백제와 고구려와 조상신을 공유하고 있던 일족들이다. 그들 일부 부여족의 분파들은 북큐슈를 경유하지 않고 나가사끼 (큐슈 서북쪽 모서리)를 돌아서 직접 우도반도(宇土:熊都-구마모또현)에 상륙했다.12)

그들의 중심지는 현재 큐슈 성남정城南町에 있는 총원고분군塚原古墳群 주변이었다. 후에는 국지천(菊地川-큐슈 구마모도현) 기꾸치시(菊地市) 유역으로 옮겨갔다고 생각된다.13)

결국 일본의 노국이란 부여족의 일족이 상륙하여 만든 나라인 것이다.

그러면 부여족은 왜 곰을 조상신으로 섬겼을까?

부여족에서 갈라져 나온 백제의 옛날 도읍, 공주의 옛 지명 또한 웅진 (熊津-곰나루)이다. 단군조선 시대부터 있었던 부여족의 곰 숭배 사상이 백제에까지 전해 내려왔던 것이다. 진해의 웅천熊川, 거창의 웅양면熊陽面 등처럼 한반도 남쪽까지 이러한 곰 숭배 사상이 이어졌음을 지명으로 알 수

---

10) 토템totem : 미개사회에서 부족 또는 씨족과 특별한 혈연관계가 있다고 믿어 신성하게 생각하는 동·식물.

11)《일본국의 야명(夜明)》-田邊 廣 저. 59쪽

12)《일본국의 야명(夜明)》-田邊 廣 저. 59쪽

13)《일본국의 야명(夜明)》-田邊 廣 저. 59쪽

있다.

    이 지명들은 모두 환웅의 곰에서 유래한 것들이다.

    곰은 환웅과 웅녀의 혈통을 의미한다. 또한 동양철학에서의 만물은 태극에서 나왔다. 이 태극을 별에서 찾는다면 북극성이 된다. 이 북극성에서 나온 것이 북두칠성이다. 북두칠성을 별자리에서는 대웅좌大熊座, 즉 큰곰자리이다. 환웅은 하늘의 상제를 대신한 이 땅의 상제였던 것이다.

    그러기에 여기서의 곰은 이 땅에 사는 동물인 곰이 아니라, 하늘나라에 있는 북두칠성(대웅좌)의 자손이며 환웅의 자손인 천손天孫을 말하는 것이다. 따라서 일본인의 혈통 속에는 환웅의 자손이며 부여나 고구려, 백제, 가야(변한)와 함께 한민족의 피가 흐르고 있는 셈이 된다.

    지금의 후쿠오까 항구를 하까다(博多)라 한다.

    하까다항은 이토반도의 섬들이 두 팔을 벌려 마치 어항처럼 보인다.

    지금부터 2천년 전 일본 후쿠오까에는 최초의 왕국 노국奴國이란 나라가 있었다.

    후쿠오카현은 500만 명이 거주하는 대도시로 인구 134만 명의 후쿠오카시와 100만 명의 북큐슈시가 연접되어 있다.

    후쿠오카의 시내는 도시계획이 잘 되어 있다.

    후쿠오카 박물관은 2층으로 되어 있으며 1층은 대형 홀과 강당, 세미나실, 고고수장고, 민속수장고, 고문서수장고, 미술공예수장고, 정보센타 등이 있다. 박물관 입장권은 1층에서 팔지만 2층으로 올라가면서 티켓을 내게 되어 한국의 박물관하고는 조금 다르다.

규슈의 후쿠오카 앞 바다. 한국에서 남쪽으로 약 180km 떨어져 있지만 쓰시마와 이키섬이 중간에 있어 항해가 용이한 곳이다.

　그런데 전시실의 내용을 보면 한국의 박물관인지, 일본의 박물관인지 구별이 잘 가지 않을 만큼 한국과 관련된 물품이 많다.

　한국의 신석기시대에 해당하는 죠몽시대(승문토기)의 항아리나 옹관 등이 있고, 각종 농기구와 어로도구들의 청동기 유물들이 많다. 생활 도구들의 모양이 이미 한국의 박물관에서 보았던 것들과 비슷하다. 유물 숫자는 김해국립박물관보다 적은 것 같다.

　다만 노국시대의 금인金印을 모조로 만들어 놓은 것이 특이했다.

　금인이란 서기 57년 후한의 광무제로부터 받은 한위노국왕漢委奴國王이란 황금의 관인을 말한다. 그렇다. 그곳은 왜국 역사의 출발지인 노국奴國의 땅이었다.

　금인에는 손잡이가 달려 있는데 뱀이 또아리를 틀고 있는 모습이다.

　도장면은 2.35cm이고 높이는 2,236cm의 무게는 108.7g의 작은 도장이었다. 이 도장을 확대 돋보기로 크게 보여 주고 있었다.

　중국 후한 광무제 때의 관인의 손잡이는 일정한 형식이 있었다.

중국 황제의 도장은 백옥 호랑이 손잡이였고, 황후는 옥, 혹은 황금호랑이 손잡이, 황태자는 황금 거북이 손잡이였다.

승상이나 대장군도 황금거북이 손잡이였다. 제후나 열후는 황금인장이 되 북방은 낙타, 남방은 뱀으로 만들었다. 유목민 왕은 손잡이에 양을 새겼다. 양처럼 온순히 복종하란 표시였다.

왜국은 이 형식에 따라 금인 손잡이에 뱀을 새겼던 것이다.

2층에는 상설 전시실과 특별 전시실, 체험 학습실, 도서실, 세미나실 등이 있었다.

후쿠오카는 현해탄을 끼고 있는 천혜의 항구도시이며 옛날부터 대륙으로 통하는 창구와 같은 역할을 해왔다.

《일본의 야명》 일부를 살펴보기로 한다.

"구야한국狗邪韓國은 훗날의 금관가야으로써 현재 한국 경상남도 김해시 부근에 있었다. 왜국의 최북단이 되는 곳이다.

후한의 초기, 노국奴國은 왜국의 남쪽 경계에 있었다. 한漢나라 때의 왜는 백여 국으로 나눠진 전국시대였다. 그 가운데 노국이 이들 나라의 대표격이었다.

후한 광무제로부터 왜의 노국왕이 받은 금제 관인 현재 일본의 국보이다.

그로부터 백 수십 년 후, 조선반도의 왜는 큐슈로 이동하고 구야한국 등은 한반도에 남게 되었다."

또 이 책에 의하면 김해의 금관가야국이 있기 전에 가야 땅에는 많은 왜(일본)의 선조들이 살았다고 한다. 그 김해의 땅에 살던 왜인 중 일부가 한漢나라 때에 큐슈로 이동하고 남은 왜인들이 구야한국狗耶韓國이라는 체제로 남아 있다가 가라국이 되었다는 것이다.

이어서 야마오 유키히사山尾幸久씨가 쓴《신판 위지 왜인전》의 〈한국인과의 구별〉이란 항목을 보자.

"구야한국은 한韓의 일국이었다. 변한의 12국 중의 하나이기도 했다.

한전韓傳에는 '변진구야국' 이 나온다. 이 나라는 왜를 구성하는 나라는 아니다.《위지동이전》에는,

"한인韓人의 거주지와 한韓의 나라, 친위왜왕(親魏倭王 - 중국 북위와 교류하여 왜왕의 관인을 받음)이 대표하는 왜인倭人의 거주지와 왜倭의 모든 나라들을 확실히 구분하고 있다."

라고 기술하고 있다. 또 이렇게도 기록하고 있다.

"변진구야국과 구야한국은 별개의 나라다. 구야한국은 왜국의 일부라 할 수 있는데 변진구야국이 구야한국의 영토 안에는 있었으나 식민지는 아니었다. 변진구야국은 구야한국의 모국으로 왜족倭族 남진의 최후의 대집단이었다.

임라任那라고 하는 명칭은 선발의 야요이인(기원 전 3세기 - 기원 후 3세기)이 고국을 말할 때 불렀던 명칭이라고 생각된다.

임라가라任那伽羅라는 명칭도 가야제국의 사람을 말하는데, 후에는 가라라는 지명과 물품이름으로 남았다."

이 책에 의하면 지금까지 일본은 임라일본부라는 명칭으로 한반도에 식민지총독부와 같은 것을 두고 한반도의 삼한과 가야는 말할 것도 없고 고구려,신라,백제 등을 다스렸다고 주장, 종래의 역사기록을 뒤집고 새로

운 해석을 하고 있다.

양자강 일대에 살던 주민들이 오랜 세월을 거쳐 한반도로 이주해 왔고, 그들 중에 한반도에 남은 자들은 한국인이 되고, 일본으로 건너간 자들은 일본인이 되었다는 것이다.

그리고 일본 열도로 건너간 사람들이 가야제국의 사람들을 같은 동포와 같은 입장에서 부르던 호칭이 임라라는 것이다.

《위지 왜인전魏誌 倭人傳》에 의하면 일본 큐슈의 이도국伊都國의 동남쪽으로 백여 리를 가면 노국奴國이란 나라가 있었다고 한다.

그곳의 우두머리는 시마고(兒馬觚)라고 하고, 부우두머리는 비노모리卑奴母離라 했다. 2만여 호의 인구가 있었다고 하는데 현재의 후쿠오카시 일대에 있었다고 한다.

일본 큐슈의 후쿠오카시의 하카다만(博多灣) 앞바다에는 작은 섬들이 팔을 벌리듯 펼쳐져 있다.

8월 말, 여름이 다 간 것은 아니지만 한국은 좀 시원한 편인데, 후쿠오까는 더워서 짜증이 난다. 바닷가에도 바람이 없다. 한국의 한낮은 덥긴 해도 이따금 시원한 바닷바람 불어 오는데 이곳에는 바람이 없이 습도가 높아 끈적거리기만 한다.

몽고군이 쳐들어 올 때 가미가제 신풍이 불었다는데, 지금은 바람 한 줄기 불어오지 않는다.

후쿠오까 앞바다 왼쪽에는 이토반도가 바다를 향해 나와 있고, 오른 팔 끝쪽에는 시가섬志賀島이 있다. 지금은 다리가 놓여 자동차가 다니는 것이 멀리서도 보인다.

에도시대인 1784년 봄,

시가섬 남쪽에서 밭일을 하던 농부가 배수로를 내기 위해 밭 가운데 있던 큰 바위를 들어내자 그 밑에서 황금 도장金印이 나왔다.

그 도장에는 한위노국왕漢委奴國王이라 쓰여 있었다.

한漢나라에서 왜국 중에 대표격인 노국奴國왕에게 준

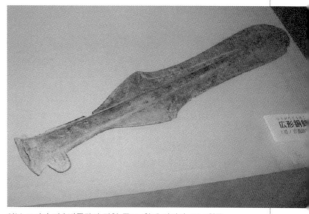
일본 쓰시마 민속박물관의 광형 동모. 창에 끼워서 쓰는 청동제 무기. 창날이 비파형 동검과 비슷하다.

옥새로서 제후로 임명했다는 증거였다.

《후한서》에는 후한의 광무제光武帝가 조공 온 사신을 통해 왜의 노국왕에게 인수印綬를 주었다고 나와 있다.(57년) 이때는 김수로왕이 구지봉에서 즉위한 42년으로부터 15년 후가 된다.

그러니까 북큐슈 후쿠오카에 57년에 노국이란 나라가 있었음을 입증한 셈이 된다.

그런데 왜 노국왕의 금인이 바위 밑에서 발견되었을까?

그 바위는 바로 지석묘였다. 그렇다면 한민족계의 묘제인 지석묘에 왜 일본 최초의 왕이 묻혀있었을까?

노국왕의 무덤 속에서는 동검 1점, 동모 8점, 동과 1점, 중국 거울 30면 이상, 유리옥 1개, 유리관옥 10개 등이 발견되었는데 철기는 발견되지 않았다.

노국왕의 시대는 청동기시대임을 알게 된다.

이 때는 일본은 북큐슈 일대에 100여 개의 작은 국가들이 서로 전쟁을 하던 전국시대였다.

  큐슈 사가현 길야리의 유적지에서는 머리가 없는 유골이 옹관에서 발견되었다.(사가현 교육위원회) 큐슈와 쿄토 일대에서도 마찬가지였다. 전쟁이 많았음을 반증한다고 할 것이다.

  《한서漢書》에는 왜인倭人이 100여 개의 소국小國으로 분립되었다고 기록되어 있다.

  《위지 왜인전》에는 대방군帶方郡에서 노국奴國까지의 노정路程이 상세하

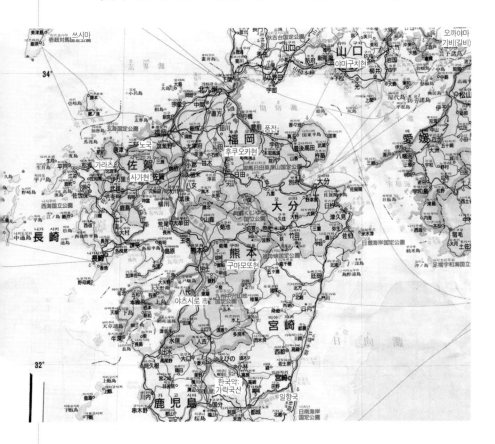

게 기록되어 있다. 이 노정을 안본미전安本美典씨가 계간《사마대국》35호에(1988년) 미터법으로 환산해 게재했는데 다음과 같다.

한의 대방군~구야한국狗耶韓國 7천여 리(630km)

구야한국~쓰시마[對馬國] 1천여 리(95km)

쓰시마[對馬國]~이키[壹岐] 1천여 리(100km)

이키[壹岐]~말로국[末盧國] 1천여 리(52km)

말로국末盧國~이도국伊都國5백여 리(53km)

이도국伊都國~노국奴國 백 리(16.6km)

구야한국은 현재 한국의 김해지방에 있었다. 구야한국을 왜국의 북방쪽 언덕이라 하고 일본의 모든 출발지로 기록하고 있다. 쓰시마[對馬鳥]와 이키섬[壹岐鳥]은 별도의 섬나라였다.

이키국은 동서 15km, 남북 17km, 총면적 138㎢인 작은 섬이다. 인구는 1997년을 기준하여 약 3만 5천 명인데 쓰시마의 면적(695.9㎢)에 비해 그다지 작지 않다. 쓰시마보다 면적이 오분의 일 밖에 되지 않지만 높은 산이 적고(최고 높은 산이 213m) 평지가 많아 오히려 농사짓기에 적합하기 때문이다. 이키섬 주민들은 '가라가미(韓神) 신화의 고장'이라 한다. 가라가미는 가야신(伽羅神, 伽倻神)을 말한다.

이키섬에는 쓰시마보다 가야인들의 유적이 더 많이 남아 있다. 이끼섬 한 가운데 마을 뒷산에 가라가미 신사가 있다. 가라가미 신사는 한국의 당집 모양이다.

1996년 이끼의 유적을 발굴하니 가야의 무문토기, 삼한(가야)시대 와질瓦質토기, 옹관 등 한반도에서 전래된 유물이 대량 발굴됐다.

말로국末盧國은 지금의 큐슈 사가현이며, 가라츠라는 항구를 통해 큐슈에서 한반도와 가장 가까운 거리에 있었던 나라이다. 이도국伊都國은 왼편의 가라츠항과 오른쪽 후쿠오카의 하카다항을 사이에 둔 이토반도를 중심한 나라였다. 노국은 이도국과 연접한 후쿠오카에 있었다. 이들 모두 북큐슈에 있었던 왜국이었고, 그 중 대표 세력이 노국이었다가 3세기경 사마대국으로 모두 통합되었다.

《삼국지 위서 동이전》에 의하면,

"변진 12국은 (1)이저국已柢國, (2)불사국不斯國, (3)변진미리미동국弁辰彌離彌凍國, (4)변진접도국弁辰接途國, (5)근기국勤耆國, (6)난미리동국難彌離凍國, (7)변진고자미동국弁辰古資彌凍國, (8)변진고순시국弁辰古淳是國, (9)염해국冉奚國, (10)변진반로국弁辰半路國, (11)변진낙노국弁辰樂奴國, (12)군미국軍彌國, (13)변진미오야마국弁辰彌烏邪馬國, (14)여담국如湛國, (15)변진감로국弁辰甘路國, (16)호로국戶路國, (17)주선국州鮮國, (18)변진구야국弁辰狗邪國, (19)변진주조마국弁辰走漕馬國, (20)변진안야국弁辰安耶國 (21)변진독로국弁辰瀆盧國, (22)사로국斯盧國, (23)우유국優由國 등이 있어서 변한과 진한을 합해서 24국이 된다. 대국은 4~5천 호요, 소국은 6~7백 호로서 총 4~5만 호이다."

라고 했다.

변진 24국 중에서 (22)사로국斯盧國은 신라의 초기 국명이며, (18)변진구야국弁辰狗邪國은 김해의 금관가야국이 되었다. (20)변진안야국弁辰安耶國은 6가야 중 함안의 안라국(安羅國,아라가야국)이 아닌가 한다. 변진고자미동국弁辰古資彌凍國은 지금의 경남 고성에 있던 포상팔국 중의 고차국으로 추측한다.

그런데 삼국지《왜인전》의 국가 중에서 변진 24국과 국명이 비슷한 나라가 있다. 이 변한의 소국 사람들이 야요이시대 일본으로 건너갔다면 국

38

가의 명칭 또한 옮겨 갔음이 분명하다.

《왜인전》의 국명은 아래와 같다.

1)사마국斯馬國 2)사백지국巳百支國 3)이사국伊邪國 4)도지국都支國 5)미노국彌奴國 6)호고도국好古都國 7)불호국不呼國 8)저노국姐奴國 9)대소국對蘇國 10)소노국蘇奴國 11)호읍국呼邑國 12)화노소노국華奴蘇奴國 13)귀국鬼國 14)위오국爲吾國 15)귀노국鬼奴國 16)사마국邪馬國 17)궁신국窮臣國 18)파리국巴利國 19)지유국支惟國 20)오노국烏奴國 21)노국奴國.

이 중 변한의 ⑽변진반로국弁辰半路國, ⑾변진낙노국弁辰樂奴國, ⒂변진감로국弁辰甘路國과 일본의 노국奴國, 구노국狗奴國, 소노국蘇奴國, 화노소노국華奴蘇奴國, 미노국彌奴國, 오노국烏奴國, 귀노국鬼奴國은 어떤 연관된 관계가 있지 않을까? 노국奴國이란 이름이 일치하고 있음을 볼 때 가능성이 크다.

또한 ⒀변진미오야마국弁辰彌烏邪馬國은 일본 큐슈의 야마대국邪馬臺國, 혹은 사마국斯馬國), 사(야)마국邪馬國과 같은 이름이다.

이렇게 변진 24국의 국명과 일본의 21개 소국의 국명이 비슷한 것을 볼 때 변한의 소국이 큐슈의 소국으로 변했을 가능성이 크다 할 것이다.

김해의 역사 시간표

연대	시대구분	사료적 근거
BC 23-10세기	신석기 시대	장유면 수가리패총, 범방 패총, 화목동 패총.
BC 10-4세기	청동기 시대	회현동,부원동, 대성동, 칠산동 패총 등.
BC 4-1세기	초기철기시대	변한 12국, (구야한국-九干) 창원시 동읍 다호리.
42-199년	시조 수로왕 (首露王)	삼국유사 가락국기. 왜 노국왕이 57년. 후한 광무제에게서 금인을 받음.
199-259년	2대 거등왕 (居登王)	삼국사기. 신라에 가야의 왕자 보내 화친을 청함.
259-291년	3대 마품왕 (麻品王)	왜 사마대국 히미코 여왕이 왜국을 통일하고(239년) 중국 위나라에서 관인을 받음. 신라 아달라왕에게 사신 보냄.
291-346년	4대 거질미왕 (居叱彌王)	일본서기(중애천왕) 신공황후 편, 삼국사기(신라 석우로 사건)
346-407년	5대 이시품왕 (伊尸品王)	백제 근초고왕, 목라근자 장군 파견. 가야와 왜, 연합하여 신라 공격(375년).
407-421년	6대 좌지왕 (坐知王)	용녀를 왕비로 삼았다가 폐출함. 일본 응신천황시대에 가야인이(오까야마 길비국) 대거 진출
421-451년	7대 취희왕 (吹希王)	신라 눌지왕, 고구려와의 전쟁에 가야의 도움청함(일본서기)
451- 492년	8대 질지왕 (叱知王)	왕후사 건립
492- 512년	9대 겸지왕 (鉗知王)	왕비는 출충 각간(出忠角干)의 딸 숙숙이며 출 각간의 딸 출여의와 황세 장군의 전설이 전해옴
512- 532년	10대 구형왕 (仇衡王)	가야인이 대거 도일, 일본 대화정권에 참여

출토유물	묘제	역사
낚시바늘, 작살, 돌도끼, 돌삽, 빗살무늬 토기	돌무지 무덤	단군조선
민무늬토기	고인돌	단군조선 삼한시대 (마한. 진한. 변한)
창원 다호리 1호의 철모, 다호리11호 쇠도끼, 쇠칼 구지로 12호(철제 머리띠)	옹관, 석관, 토광목관묘	B.C108년 위만조선 멸망과 철기 유민 이입. B.C 57년 신라 박혁거세왕 즉위.
수로왕릉, 왕비릉. 상주, 함창, 고령가야 태조왕릉 대성동 27호(?)	토광목곽묘로 추정 (도굴, 개축됨) 2세기 전반 토광목곽묘	가락국 건국. 신라 4대 석탈해왕과 전쟁. 209년, 신라 내해왕, 가야의 요청으로 포상팔국의 난 평정.
대성동29호(?) 오르도스형 동복(청동솥) 금동관 파편	3세기 후반 토광목곽묘	신라 조분왕(231년)이 석우로 장군을 시켜 가야의 감문국(김천)을 정복.
대성동 13호(?) 철촉85점 창, 칼류 100점, 통형동기 3점 대형파형동기 6점	4세기 중반 토광목곽묘	첨해왕249년, 고령가야(경북 상주)의 사량벌국(沙梁伐國, 사벌국) 침공.
대성동39호(?)대성동 29호를 파손하며 조성 통형동기	4세기 후반 (철창,목가래, 투구,갑옷) 토광 목곽묘	고구려 광개토대왕(375~413). 임라 종발성 정벌(400). 신라내물왕(356~402).
대성동2호(?) 통형동기 2점, 파형동기 3점 금동재갈, 말띠꾸미개, 판갑옷, 삼지창	4세기 후반 토광목곽묘	신라 실성왕(402) 부산지역 신라로 편입.
대성동 3호(?) 철검, 철정, 환옥, 곡옥	4세기 후반 토광목곽묘	신라 눌지왕(417-458)
대성동1호(?), 통형동기 8점, 금동안장, 행엽 쇠창, 쇠화살촉	5세기 초반 토광목곽묘	백제 개로왕이 고구려 장수왕에게 패해 살해됨. 백제 문주왕은 웅진(공주)으로 도읍을 옮김.
대성동 4호(?) 도굴됨. 작은 칼, 꺾쇠	횡혈식 석실묘 (신라계 영향?)	신라지증왕(500-514) 가야 국경 순방.
경남 산청 구형왕릉	돌 기단 축조	532년 신라의 법흥왕에게 멸망.

제2장 가야의 태동과 성장

1. 시조 수로왕(42~199)편

(1) 성스러운 소도 구지봉

아침 여섯시인데도 아직 1월의 새벽은 어둡다.

봉황동에서 수로왕릉을 향해 갔다. 발 밑에 닿는 시멘트가 유난히 딱딱
하다고 느끼면서 오른쪽으로 꺾어 들었다.

왕비릉 쪽에서 바라 본 구지봉 전경

멀리 보이는 분산 이마엔 머리띠가 질끈 둘러져 있다. 김해시가 복원하고 있는 분산산성의 화강석 돌들이 무언가 결의를 보이는 듯하다.

이천 년, 그렇다. 지금 이 거리는 이천 년 전에도 사람의 발길이 분주하게 오고 가는 왕도였을 것이다.

구지봉에 다 왔다. 구지봉의 오른편에는 왕비 능이 있다. 그 능을 지나 김해시에서 공급하는 약수터로 갔다. 꼭지를 트니 차가운 물이 쏟아졌다. 날씨가 차가운 1월의 아침인데도 다행히 물은 얼지 않고 있었다.

플라스틱 작은 물병을 인지와 검지 사이에 낀 후 마개를 열고 수도꼭지 밑에 디밀었다.

정한수! 그래, 이건 정한수다. 내 할미가 새벽별을 보며 일어나 목욕재계하고 당신의 소원을 빌던 정한수다.

구지봉 앞에 세워진 구지가의 비석을 뒤로하고 구지봉에 올랐다.

참나무와 갈대가 어우러진 작은 언덕, 해발 100여 미터 남짓한 언덕에 올라 사면에 돌아가며 가지고 온 물을 뿌렸다. 한 방울도 남김없이 다 뿌린 후, 나는 숨을 골랐다. 그리고 두 손 모아 잠시 합장을 했다. 마음이 평안해졌다. 이 기분 때문에 나는 매번 산에 오르는지도 모른다.

앞쪽으로 소나무에 둘러싸인 수로왕릉. 그 좌측으로 봉황대가 보였다. 김해 패총이 저곳에 같이 있으리라. 그 앞쪽으로 대성동 고분군이 있는 애꼬지[14]도 있다.

그 옆을 흐르는 해반천, 그 옛날부터 사철 마르지 않고 시내를 지나며 흐르는 해반천은 남녘 바다와 만난다.

지금은 김해평야로 변했지만 임호산과 봉황대 주변은 조선시대만 해도

---

14) 애꼬지 : 대성동 고분을 김해의 노인들은 애꼬지 또는 왜꼬지라 했다. 작은(아기) 구지봉이란 의미이다.

구지봉의 구지봉석. 구지봉이라고 쓴 사람은 명필 한석봉이라 전해진다.

바다였다. 멀리 바닷물을 가르며 중국과 일본을 오가는 국제무역선과 낙동강을 낀 각국의 배들이 오고 갔을 봉황동 항구를 내려다 보는 이곳은 하늘에 제사하는 신령스러운 땅, 구지봉이다.

　백두대간을 따라 내려온 태백준령이 지리산에 내려 뻗고, 지리산에서 창원 정병산과 불모산 고개를 넘어서면 낙남정맥의 끝자락 김해의 주산인 분산에 이른다. 구지봉은 김해의 주산인 분산(해발 330m)에서 내려온 나지막한 봉우리다.

　구지봉과 수로왕비 능(허왕후)은 연결되어 있는데 구지봉이 거북의 머리가 되고, 왕비 능은 몸통에 해당한다. 그런데 안타깝게도 일제시대에 일인들이 도로를 내면서 이곳의 기를 꺾는 의미로 거북의 목 부분을 잘라버렸다. 그래서 1993년, 끊어진 왕비 능과 구지봉 사이에 다리를 만들고 흙을 덮어 터널식으로 목부분을 연결시켰다. 하여 그나마 다행히 거북이가 숨이라도 쉬게 되었다.

　왜 구지봉이요, 구지가인가?

거북은 중국인들이 가장 싫어
한다. 그들은 욕을 할 때 거북에
다 비유한다. 반대로 동이족은
좋아한다.

동이족을 구이九夷라 한다. 구
이九夷와 거북의 구龜가 발음으
로 같은 아홉을 뜻해서일까?

《동사》에 의하면 단군 또한 구
이九夷의 추대를 받아 즉위했다
고 한다. 수로왕도 구간의 추대
를 받아 즉위했다.

수로왕 진영

아홉은 자연수 중에서 가장 큰
수이기 때문에 자손의 번성, 나
라의 번성을 의미한다.

거북 또한 장수와 다산을 의미
한다. 그 덕분인지 가락 김씨(김
해 김씨, 김해 허씨, 인천 이씨)는 우리
나라 전역에 자손이 번창하고 있
다.

김해 구지봉 정상에는 약간의
평지가 있다. 신화에는 지금으로
부터 약 2천 년 전(42년) 구간들이

수로왕비(허황옥) 진영

모여 제사를 지내고 있을 때 수로왕이 나타나 왕이 된 곳이라고 기록되어 있다.

구간의 간干은 몽고의 칸과 같이 왕을 뜻한다.

지금으로부터 약 2천 년 전, 변한의 12국은 경남 전역과 경북 일부 지역을 포함하고 있었다.

그때 후한後漢 세조世祖 광무제光武帝 건무建武 18년(42) 임인壬寅 3월 계욕일15)에 북쪽 구지봉龜旨峰16)에 구간들과 백성들이 모여 제사를 지냈다.

계욕일이란 무슨 날일까? 혹자는 나쁜 운수인 액厄을 막기 위해 물가에 모여서 제사하는 것이라 하며, 삼월 첫 상사일上巳日에 했다고 한다.

일면 맞는 말이기는 하지만 조금 더 구체적으로 알아보자.

신선서적神仙書籍인《운급칠참雲笈七讖》(중국, 자유출판사) 1권 태상소령경太上素靈經에 계욕일의 목욕재계에 대해 다음과 같은 내용이 나온다.

"도道를 이루고 신령神靈을 접하기 위해서는 먼저 목욕간에서 스스로 깨끗하게 몸과 혼을 씻어야 한다. 목욕에는 오향五香을 쓰는데, 난꽃蘭花과 청목향靑木香을 으뜸으로 친다."

목욕 길일에 목욕을 하면 아래와 같은 장점이 있다고 한다.

정월 10일 인정시(人定時, 한밤중) - 치아를 튼튼하게 한다.

2월 8일 황혼시黃昏時 - 몸이 가볍고 건강하게 한다.

3월 6일 일입시(日入時, 해가 뜰 때) - 액을 없앤다.

---

15) 계욕일 - 도가서적인《운급칠참》에 의하면 목욕 재계하고 하늘에 제사지내는 목욕 길일이며 시간이 따로 있다. 3월은 6일, 일입시가 목욕 길일 이다.
16) 구지봉 - 김해의 주산 분성산의 줄기를 이은 언덕. 변한 이전부터 하늘에 제사를 지내던 곳이다.

4월 4일 일질시(日昳時, 해질 때) - 송사를 없앤다.

5월 1일 일중시(日中時, 해가 중천에 있을 때) - 몸에 빛이 난다.

6월 27일 식시(食時, 중식과 석식 사이) - 몸을 건강하게 한다.

7월 25일 조식시早食時 - 도道를 정진하게 한다.

8월 22일 일출시日出時 - 화禍를 없앤다.

9월 20일 계삼명시(鷄三鳴時, 새벽닭이 세 번 울 때) - 전쟁을 피하게 한다.

10월 18일 계초명시(鷄初鳴時, 첫닭 울 때) - 오래 살게 된다.

11월 15일 과야반시(過夜半時, 밤이 절반 쯤 지났을 때) - 근심걱정을 없앤다.

12월 13일 야반시夜半時 - 옥녀玉女의 모심을 받는다.

《운급칠참》에서는 3월 6일을 길일로 친다. 하지만 수로왕의 탄강일이 3월 3일로 되어 있어 가라국 사람들은 이날이 양이 겹치는 날이라하여 더 길한 날로 여겼다.

3월 3일은 오늘날까지도 삼월 삼짇날이라 하여 봄을 맞는 날이다. 동쪽으로 흐르는 물에 들어가 몸을 씻고, 들판에 나가 새로 돋은 푸른 풀과 흙을 밟아 대지의 새 생명과 하나 되는 행사를 한다. 이를 답청이라 하기도 한다. 신라 때에는 재액(재난과 나쁜 운수)을 털어 버리는 의식을 치르는 날이기도 했다.

《운급칠참》에 다음과 같은 구절이 있다.

"매월 1일, 15일, 23일 즉, 한 달에 세 번, 세 곳의 하천에 흐르는 물이나 세 강의 물, 혹은 세 곳의 우물물을 떠다 몸을 씻는다."

이렇게 봄이 오는 좋은 절기에 구야국의 구간들은 김해의 구지봉에 모여서 제사를 지냈다.

또 소도蘇塗라는 곳은 하늘에 제사를 지내는 신령스러운 땅으로 여기어 죄인이 그곳으로 도망가도 따라 들어가지 못할 만큼 신성한 곳으로 여겼다. 죄인을 잡느라고 소동을 피우다 보면 신성성이 훼손된다고 믿었기 때문이었다.

구지봉은 이와 같은 소도였다. 그곳에는 경남 일대에 있었던 변한 12국 구간들과 2~3백 명의 백성들이 모였다. 이는 작은 부락의 제사가 아니라 나라의 큰 제례였던 것으로 추정된다.

다시 구지봉의 2천 년 전으로 돌아간다.

변한의 구간들이 모여서 하늘에 천제를 올리고 있었다. 거북의 등껍질을 태운 덕에 하늘의 계시를 받았는지, 모두 누군가를 기다리고 있었다.

"오늘 그들이 틀림없이 온다고 했소?"

"예! 그렇습니다. 아도간我刀干!"

"신천간神天干도 알다시피 요즘 마한왕은 세력이 줄어 우릴 지켜 줄 힘이 없소. 그런데 진한의 열 두 나라는 모두 사로국을 중심으로 뭉쳐 그 기세가 욱일승천하고 있소. 마지막 버티던 염해국冉奚國의 염사치는 견디다 못해 이미 이 땅을 떠나 낙랑군에 항복해버렸소. 그리고 변한의 세 나라 낙노국樂奴國, 감로국甘路國, 반로국半路國도 바다 건너 섬나라로 가버렸소. 이대로 가다간 우리 변한 사람들은 뿔뿔이 흩어져 망해버리거나 진한인들에게 먹혀버리고 말게 될 게요. 누군가 힘 있는 자가 이 땅의 주인이 되어 우리의 살길을 마련해야 하지 않겠소?"

"예, 아도간我刀干! 그것만이 우리 희망입니다. 하지만 그들이 그 먼 곳에서 과연 이곳까지 오겠습니까?"

"믿어 봐야지. 현재 우리에게는 아무 대책이 없소. 다른 간干들은 모두

모였지요?'

"예. 그렇습니다. 하지만 그들은 아직도 믿지 않고 있습니다."

"그렇겠지. 나 또한 반신반의하고 있으니……."

이 때 구지봉 아래 바다에서 폭죽이 터졌다.

'피웅, 팍!

구지봉에 모인 구간들과 그 부하들은 깜짝 놀랐다.

어디에서 왔는지 많은 배들이 깃발을 펄럭이며 바다를 가득 메우고 있었다. 이윽고 배에서 우렁찬 징소리와 함께 갑옷을 입은 병사들이 거북떼처럼 구지봉으로 기어 올라온다. 이렇게 큰 대군을 구간들은 본 적이 없었다. 구간들의 병력을 모두 합친대도 이 대군에 대적하기에는 어림없을 것 같았다.

병사들이 소리쳤다.

"모두 고개를 숙여라."

구간들과 백성들은 위세에 눌려 모두 머리를 숙였다.

홍포로 얼굴을 가린 구척 장한이 안내를 받으며 구지봉 신단으로 올라왔다. 하늘에서 내려 온 존귀한 이의 얼굴은 아무나 볼 수 있는 것이 아니었다.

그가 구지봉의 한 가운데에 좌정하자 장군들이 둘러서서 옹위하고 있었다. 그때 구한들의 머리 위로 큰 목소리가 들려왔다.

"이곳은 누가 다스리고 있느냐?'

구간九干들이 대답했다.

"우리들이 다스리고 있습니다."

"이곳이 어디인가?'

"구지봉龜旨峯이라 합니다."

"그래, 그대들은 잘 들어라. 하늘이 나에게 명령하시기를 이곳에 새로운 나라를 세우고 임금이 되라고 하시어 내가 여기에 내려왔다. 너희들이 지금부터 나를 하늘이 보낸 대왕으로 인정하고자 한다면 산봉우리의 흙을 파면서 이 노래를 부르며 춤을 추어라. 그러면 나는 너희들의 왕이 되리라"

거북아! 거북아!
머리를 내밀어라.
만약 내밀지 않으면
구워 먹겠다.

龜何龜何 首其現也
若不現也 燔灼而喫也

이 말은 구간들에게 항복하라는 말이었다. 그리하여 구간들과 백성들은 수로왕에게 모든 것을 맡기고 왕으로 모실 것을 약속했다.
"무엇이든지 대왕께서 시키는 대로 하겠사옵니다."
아도간이 이렇게 말하자 구간들 모두 함께 소리쳤다.
"시키는 대로 하겠사옵니다. 대왕마마 만세! 만만세!"
구간들과 변한의 모든 사람들은 수로왕을 맞는 환영의 잔치를 벌였다.
이것은 《가라국기》 내용을 필자가 상상하여 그려 본 것이다.[17]

---

17) 구지가는 수로왕이 구간들에게 자리를 내어 놓고 항복하라는 뜻을 담고 있다.
인제대 이영식 교수는 기존의 해산물의 풍요를 비는 노래를 정치적 목적(수로왕의 등극)으로 개작한 것으로 보인다고 했다.

그곳을 왜 구지봉龜旨峯이라 했을까?

《운급칠참》을 보면 '석구령 태묘 구산원록釋九靈太妙龜山元錄' 이라는 구절이 있다. 여기에서 구산龜山이란 하늘 서북쪽 4천만 리 높이에 옥황상제와 연계되어 있는 땅을 말한다. 그러니까 보통 땅이 아니라 신령스러운 땅으로써 서왕모라는 신선이 특별히 내려 준 땅이었다.

일본에서는 거북이를 용의 다섯 번째 아들이라 한다.

고구려에서도 고분벽화의 사신도에 나올만큼 신령스러운 동물로 친다. 좌청룡, 우백호, 남주작, 북현무가 그것인데 현무가 바로 거북이다.

그러면 수로왕 즉위 때에 불렀다는 구지가에는 어떤 비밀이 숨겨져 있을까?

구지석은 길이가 약 2.5m가 되는 덮개돌을 작은 돌로 받친 남방식 지석묘(고인돌)이다. 김해박물관과 수로왕릉 뒷편에도 고인돌의 덮개돌이 보관되어 있다. 김해지역에 지석묘가 흩어져 있었는데 오랜 세월에 파손되고 덮개돌만 옮겨다 놓은 것이다. 이를 보면 수로왕의 가야시대 이전부터 부족사회의 큰 인물들이 이 지역에 있었음을 알 수 있다.

고인돌을 구지봉 정상에 옮겨 놓으려면 많은 노동력이 필요했을 것이다. 즉 어느 개인으로서는 할 수 없고 상당한 세력이 있는 자만이 가능했을 것이다.

지석묘는 기원 전 10세기 경 만주 요녕성에서 만들어지기 시작하여 기원 전 2~1세기 경 한반도 남단에까지 전파되었다.

구지봉의 지석묘는 기원 전 4세기 경의 것으로 추정한다. 만주 요녕성의 대형 지석묘에 비해 규모는 많이 작지만 그 뿌리는 같다고 보아진다.

묘제는 조상 대대로 이어지기 때문에 좀체로 변치않고 정신적 뿌리를 이어 간다. 그런 의미에서 만주 요녕성을 한민족의 발상지로 보아도 무방

할 것이다.

그곳의 지석묘는 처음에는 건물 높이만 했으나 남쪽으로 내려오면서 그 규모는 초라할 정도로 낮아졌다. 그러나 선조로부터 이어온 묘제의 풍습은 그대로 계속되어 왔다. 그러므로 변한인들이나 구간들도 그 혈통의 뿌리가 만주 요녕성으로 연결되어 있음을 알 수 있다.

만주 요녕성 일대, 즉 요하일대는 단군조선, 기자, 위만조선의 옛 도읍이 있던 곳으로 지석묘에서 출토되는 비파형 동검의 출발점이기도 하다.

1988년~91년에 경상남도 창원시 다호리에서 유적 발굴 사업이 이루어졌다.

한국 국립박물관 한병삼 전 관장이 일본 N.H.K 방송국 주최 심포지움에서 〈사마대국을 본다.〉는 제목으로 다음과 같이 주장했다.

"부산 근처의 다호리 유적은 길야리(吉野里:북큐슈) 분구묘墳丘墓와 동일시대의 것으로 기원 전 1세기 경의 고분이다. 다호리가 중요한 것은 왜인전에서 말하는 구야한국의 중심지이기 때문이다. 다호리로부터 북동쪽으로 수 ㎞를 가면 낙동강이 나온다. 그 남쪽 언덕은 지금도 지명이 본포(本浦:현 창원시 동읍 본포리)인데, 옛날에는 항구였다."

지금의 김해시 진영읍과 붙어 있는 창원시 동읍 다호리에 기원 전 1세기의 구야한국이 있었다는 것이다. 이때는 김수로왕의 가라국이 있기 전이다. 창원시 동읍 다호리가 변한 12국의 하나인 구야한국의 중심지였으며, 그곳 사람들이 낙동강을 통해 일본으로 이주했다는 것이다.

다호리 유적은 총 7차에 걸쳐 발굴조사가 있었는데, 여기서 70기 정도의 목관묘가 발굴되었다. 그리고 그 속에서는 청동제 창과 칼, 철제 창과

김해와 창원일대는 변한 시대부터 철기를 생산했고 창원의 성산패총에는 철기를 생산했던 야철지가 있다. 창원시는 매년 야철제 축제를 열고 있다.

칼, 환두대도, 칠기 칼집과 칼, 활과 화살 등의 무기류, 쇠도끼 등이 나왔다. 또한 여러 가지 칠기그릇과 유리제품, 붓과 부채, 중국의 오수전과 청동거울 등이 발굴되었다.

이 일대에는 기원 전후 상당한 문화를 가진 지배층이 있었던 것으로 추정된다. 김수로왕 때의 구간들도 야만적 추장이 아니라 적어도 일정한 문화적 배경을 가진 지배층의 인물들이었을 것으로 짐작된다.

다호리에서 2㎞ 쯤 떨어진 동읍 덕천리에서도 3기의 지석묘(고인돌)와 환호(環濠-집단 거주지를 외적으로부터 방어하는 일종의 참호 시설) 등이 발견되었는데, 지석묘에서는 단도마연토기와 관옥, 돌화살촉 등이 발견되었다. 또 12기의 석곽묘도 발견되었는데 그 속에는 만주 요녕식 비파형 동검과 마제석검이 있었다.

비파형 동검은 그 출발이 만주 요녕성이며 기원 전 6세기 이전부터 만들어진 중국 청동기와는 다른 우리 한민족만의 청동검이다.

중국 청동검은 칼날이 일직선으로 만들어져 있는데 비파형 동검은 칼날이 비파처럼 만들어져 비파형 동검이란 명칭이 붙었다. 창날도 이런 모양으로 만들어진 것이 있는데 경주나 김해 국립박물관에서 뿐만 아니라 일본 쓰시마의 민속박물관이나 후쿠오카 박물관에서도 이런 창날을 가진 청동투겁창을 볼 수 있다.

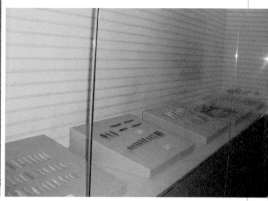

창원 성산 패총 안에 있는 가야시대의 철제련터.   철제련터 표지석
창원은 가야시대부터 공업단지였다.

비파형 동검은 청동기 시대인 기원 전 3세기 ~ 1세기에 한국형 세형동검으로 변화되지만 처음 한민족의 청동검은 중국의 직선형 청동검과는 달리 칼날이 비파 모양의 둥근 곡선으로 이어져 있었다.

창원시 동읍의 환호는 청동기시대에 조성되었던 것으로 마을을 지키기 위해 참호로 감싸듯 둘러져 있다. 이로써 이곳이 구야한국의 중심지라는 것을 알 수 없다. 그러나 동검의 출토와 지석묘를 볼 때 구야한국의 뿌리가 만주 요녕성에서 시작된 단군조선과 예맥조선, 그리고 부여로 연결되어 있는 것으로 추정된다.

김수로왕 때의 구간九干 중 아도간我刀干의 집 또한 창원시 동읍이나 다호리의 모습과 비슷하지 않을까 생각된다.

수로왕은 42년 가락국의 왕이 되었는데 이때 고구려는 3대 대무신왕 25년이요, 백제는 2대 다루왕 15년이 되며 신라는 3대 유리왕 19년에 해당한다.

《삼국유사》오가야편에 보면

아라가야(지금의 함안), 대가야(경북 고령), 성산가야(경북 성주), 소가야(경남 고성)의 오가야가 있는데 김해의 금관가야를 포함하면 7가야의 국명이 전해진다.

김해의 가야사는 구지봉에서 출발한다. 수로왕의 탄생과 구지가를 통한 가락국의 개천을 모두 알고 있다. 그러나 수로왕과 함께 내려왔다는 여섯 가야에 대해서는 잘 알고 있지 못하다.

그 중 경북 상주시에 있었던 고령가야에 대해서는 모두 아득히 잊고 있는 듯하다. 나 또한 며칠 전만 해도 그 사실을 어렴풋이 밖에 알지 못하고 있었다. 며칠 전 자동차에서 여행용 지도를 보다가 가야왕비릉이란 글자를 지도에서 보게 되었다. 그 가야왕비릉은 김해나 경북 고령이 아닌 김해에서 200㎞도 더 떨어진 곳에 어떤 모습으로 있는지 궁금했다.

몇몇 가야사연구회원들과 이 사실을 이야기하고 2006년 7월 8일 나는 박광수 가야사연구회장과 함께 고령가야국을 찾아 나섰다.

상주시보다 오히려 문경시에서 5㎞ 정도 밖에 안 떨어진 함창읍이란 곳

상주 함창 고령가야 태조왕릉 사적비

태조왕비 능문 앞에 선 필자

에 고령가야왕과 왕비의 무덤이 있었다. 왕릉은 가야태조왕릉이라 불려졌다. 왕릉 왼편에는 숭선전이 옛날식 건물로 줄지어 서 있었고 왕릉 앞에는 함창김씨들의 제각이 고풍스럽게 남아 있었다.

함창읍지에 의하면 고령가야 왕은 함창 김씨의 시조로 42년(신라 유리왕 18년) 3월 15일 계욕일에 가락국(현 김해읍) 북쪽 3리쯤의 구지봉에 강생하였다.

개국 초에 지금의 문경, 호계(문경시 호계면), 가은(현 상주시)을 영현으로 나라를 다스렸고, 모두 16대를 내려와 16세 520년(진흥왕 23년)에 신라에 병합되었다 한다.

금관가야보다 불과 11년 전에 신라에 흡수된 것이다. 고구려와 백제에 비해 100년 정도의 짧은 차이밖에 나지 않는다.

이 능은 1500여 년 간 부근 주민의 구전으로 고령가야 왕릉이라 전하여 오다가 1592년(선조 25년)에 능 밑 층계 앞에 묻혀 있는 묘비가 발견되었다. 그리고 그 묘비에 음각으로 된 글씨로 고령 가야 왕릉임이 관찰사 김쉬, 함창 현감 이국필 등에 의해 확인되었다.

왕비릉은 왕릉의 오른 편으로 조금 높은 곳에 있었다. 제각은 없었고 홍살문과 능문이 있었다. 그리고 전체적으로 담벼락이 둘러져 있었는데 수로왕비릉과 구지봉처럼 왼편에는 얕으막한 언덕이 있고 주위에는 노송들이 우거져 있었다.

함창에는 오봉산고분군이란 유적지가 있다.

동네 뒷산에 등산로로 활용되고 있는 산길을 걸어 올라 갔다. 이미 고분은 모두 발굴한 후 다시 되메워져 그 원형을 알아 보기 어려운 몇 개의 고분흔적을 보았을 따름이지만 이곳이 기원초 김해의 금관가야와 같은 시기에 세워진 6가야 중 하나였던 고령가야의 도읍지였음을 확인할 수 있었다.

기원 초부터 형성된 오봉산 고분 중에는 24m가 넘는 중대형 고분도 있었으며 단경호(목 짧은 항아리) 등 가야시대의 토기편이 출토되었다.

돌아오는 길에는 공갈못과 역곡리를 돌아 보게 되었다.

역곡리는 힘실마을이라고 불렀는데 큰 들과 공갈못이 함께 펼쳐져 있었다. 이 역곡리와 가까운 곳 숭덕산 밑에 왕궁터가 있었다고 전한다.

공갈못은 삼국(가락국) 시대에 만들어진 저수지로 공갈이란 아이를 파묻고 제방을 쌓았다는, 흡사 에밀레종과 비슷한 전설이 전해진다. 이곳에는 공갈못 노래비가 있는데 함창지방의 민요로 알려지고 있다.

금관가야와 200㎞가 넘게 떨어져 있으나 안동에서 출발하는 낙동강의 물줄기를 따라 교역이 이루어졌음이 분명하다.

상주시 외곽에는 상주 I.C가 있고 북천이란 하천이 흐르고 있는데 하천 주변에는 가야시대 이전부터 있었던 사벌국이란 곳이 있었다.

지금은 통일신라 시대 세워진 사벌국 왕릉(박헌창) 밖에 볼 수 없지만 바로 옆에는 사벌국의 옛산성이 있으며 병풍산 고분군이 그 당시의 역사를 간직한 채 묻혀 있다.

병풍산성은 후삼국 시대 견훤의 아버지 아자개가 점거했었다는 산성으로 지리적 요충지였던 곳이다.

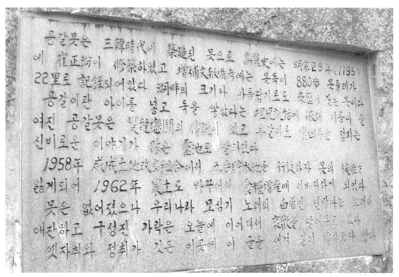

함창에 있는 공갈못 유래비

《삼국사기》에는(권 45, 열전 제5) 사벌국이 첨해이사금(沾解尼師今 247~261) 때 신라에 속하였다가 문득 배반하여 백제로 돌아가므로 석우로昔于老가 토벌하여 멸했다고 기록했다.

그러나 신라에 속하기 전 이곳은 고령가야의 땅이었을 것이다.

사벌국을 토벌했다는 석우로는 신라의 왕자이면서 경주를 다스리는 서불감이기도 했고 병마사를 겸하고 있었던 인물이다.

《일본서기》는 신공황후가 신라의 왕이었던 우로소호리 치가(석우로 서불감)를 불에 태워 죽였다고 했고 삼국사기는 석우로를 왜인들이 죽였다고 했다.(석우로전 참조)

그러나 이 때는 신공황후의 때가 아니고 사마대국의 여왕 히미코가 재위했던 때였다.

가락국의 포상팔국(浦上八國, 201~212년)의 난은 사천 · 고성 · 철원 · 마산

등의 바닷가 나라가 김해의 낙동강을 중심한 6가락국의 해상교역권을 빼앗기 위해 가락국을 공격했던 전쟁이었다.

이때에 가야 왕자가 신라에게 원병을 청했고 령가야와 신라, 금관가야, 왜는 역사 속에서 뒤엉켜 있다. 그러나 분명한 것은 가락국의 구지봉의 신화는 신화가 아니라 역사였으며, 6가야는 환상의 나라가 아니라 실재로 있었던 나라라는 것이다.

(2) 동방가라제국東方呵羅提國

운급칠참이란 도가서적에 기록된 동방가라제국東方呵羅提國에도 삼국유사와 같이 6가야명이 기록되어 있는데, 명칭은 조금 다르다. 《운급칠참》의 동방가라제국의 설명을 본다.

"중국에서 동방으로 90만 리 바깥에 가라제呵羅提라는 나라가 있다. 일명 일생국(日生國-해 돋는 나라)이라 한다.

푸른 바다를 끼고 있는 땅인데, 한쪽 면의 일만 리里 위에 태제궁太帝宮이 있어 태진왕(太眞王-진국왕)이 따로 다스리는 곳이다."

가락국이 신선의 나라로 지칭된 것이다.

"이 나라에 부상扶桑이라는 나무가 있다. 그 나무에는 붉고 검은 열매가 달린다. 신선이 먹으면 그 몸이 금빛이 되며, 9천 년을 살게 된다. 또 부상나무가 있는 곳의 서쪽으로는 봉래의 땅에 접하게 되는데, 2천5백 리 멀리 떨어진 산이 있다. 그 산에는 수만 명의 신선이 사는데, 그 땅은 추위도 더위도 없이 기후가 항상 온화하며, 그곳의 신선초를 먹으면 하늘을 날을 수 있다.

동해 가운데에는 조주祖州라는 땅이 있으며 5백 리 떨어진 언덕에서 칠만 리 상공에 불사초가 있다. 그 모양이 고묘(菰苗-버섯?)와 비슷하다. 길이가 34척이요, 일명 양신지(養神芝-영지?)라 한다.

이처럼 신기한 묘약이 그 나라에 있어 그 이름이 그 나라(胡)에 남겨져 있다. 늙은 선관도 조주에서 그것을 캐서 3년간 먹으면 얼굴에 운기가 흐르고, 만년이나 오래도록 장수를 누리며, 그 몸에 신선의 모습이 깃들게 된다.”

이 《운급칠참》에 의하면 가라국이 바로 불로초의 나라인 동시에 신선의 나라라고 할 수 있을 것이다.

2. 왕궁의 건립과 봉황동 유적

2천년 전 왕도였던 김해에는 변한시대와 가야시대의 유적 등 역사의 숨결이 가득하다.

김해는 원래 바닷가였기 때문에 조금만 파도 여기저기서 조개껍질이 나온다. 현재는 바다와 수십 키로가 떨어져 있지만 지금도 회현동 일대에서는 수천 년 묵은 조개껍질이 나온다. 그러니 여기가 패총이 있던 곳으로 추정된다.

회현동 패총은 1907년에 일제시대 이마니시류(今西龍)가 1907년 발견하였다. 그 패총은 언덕을 이루고 있었는데 2천 년 전의 생활 쓰레기장이었던 셈이다.

조개무지 아래 층에서는 지석묘(고인돌)와 옹관(항아리 관), 석관묘도 발견되었다. 옹관에서는 세형동검[18], 석관묘에서는 단도마연토기(붉은 간토기), 돌화살촉이 발견됐다.

이 유적을 보고 일본인들은 야요이시대 전기의 유물이라 했다. 즉, 회현동 패총에서 발견된 것과 같은 유물을 사용했던 사람이 야요이시대 전기(기원전 3세기 - 1세기)에 일본으로 많이 건너갔다는 것이다.

지석묘는 변한시대 이전에 이 지방에 살았던 지배자의 묘이며, 토광목관묘는 변한시대부터 시작된 묘제이다. 그러므로 이 봉황동은 가야인들이나 변한인들이 살기 전부터 중요한 지역이었다.

수로왕 이후에 토광목관묘→ 토광목곽묘→ 석관묘 등으로 묘제가 변화되어 간 것이다. 김해 패총과 연결된 봉황동 유적지에 가라국 궁허지라는 비석이 서 있다. 지금은 나지막한 언덕 봉황대 아래 주택가와 함께 있어

김해 봉황동의 가라국의 궁궐터. 그 뒤편에는 봉황 유적터로써 집터와 창고 등의 유적지가 발굴, 복원된 형태를 보여주고 있다.

18) 세형동검 : 기원 전 4~3세기 경에 제작된 청동단검으로써 일명 '한국형 동검' 이라고도 한다. 만주 요녕의 비파모양의 칼날이 오늘날의 단검처럼 칼날이 가늘어 실전적이었다.

도저히 왕궁터로 보이지 않는다.

《삼국유사》를 보면,

"수로왕은 임시로 궁궐을 세워 거처하였는데 질박하고 검소하여 지붕의 이엉을 자르지 않았으며, 흙으로 바른 벽은 겨우 3척이었다."
라고 기록되어 있다. 이 말은 중국의 성인이며 제왕이었던 요임금의 궁궐이 이엉을 자르지 않고, 흙으로 만든 계단이 3척이었다고 검소함을 표현한 것과 같이 수로왕도 검소했음을 말하는 것이다.

또 즉위한 지 2년, 계묘(AB 43)년 정월에는 왕이 말하기를,

"내가 도읍을 정하려 한다."
하고, 임시 궁궐의 남쪽 신답평에 나가서 사방의 산악들을 살피며 좌우 신하들에게 말했다.

"이 땅은 마치 여뀌잎처럼 협소하지만 풍광은 수려하고 기이하여 가히 16나한이 살 만한 곳이다. 일一에서 삼三을 이루고, 삼三에서 칠七을 이루니 칠성七맽이 살기에 가장 적합하다. 그러니 여기에 대궐을 짓는 것이 어떠한가?

수로왕의 물음에 신하들은 모두 찬성했다. 이에 일천오백 보 주위에 성곽과 궁궐, 전당과 여러 관청, 무기 창고와 곡식 창고 등의 터를 잡아 놓고 임시 궁월로 돌아왔다."

이 말은 새겨보면 수로왕은 가라국을 세우기 전 다른 곳의 큰 땅을 본 듯하다. 그 큰 땅은 중국 대륙을 말하는 게 아닐까? 그러기에 가라국의 터가 마치 여뀌풀의 잎처럼 가늘고 길쭉하다고 지적한 것이다.

그럼 '일一에서 삼三을 이루고 삼三에서 칠七을 이루니 칠성七맽이 살 만한 곳으로 가장 적합하다.'는 말은 무슨 뜻일까?

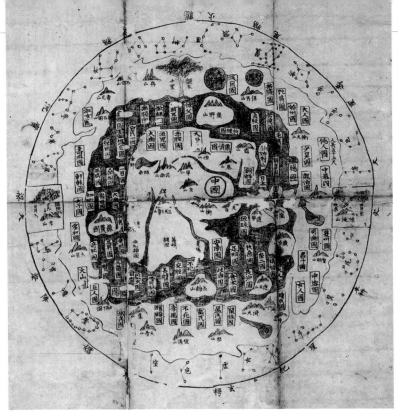

중국을 중심한 고지도와 별자리, 하늘을 천구라 하여 둥글게 표시했다. 고대인들은 하늘나라와 지상계는 연결되어 있다고 생각했다.

이 말은 당시 사람들의 별자리, 즉 천문사상을 모르면 풀리지 않는다.

수로왕이 태어나기 전에 있었던 중국 한漢나라 사마천의《사기 천관서》를 보자.

"천구天區[19]의 중앙에는 북극성이 있고, 그 중 유난히 밝은 별이 하나 있는데 그곳에 천자 태일太一이 항상 거주하고 있다. 그 옆의 세 별은 태일의 세 대신大臣인데, 어떤 사람들은 그 세 별을 태일의 태자와 서자라고 한다. 그 뒤에 갈고리처럼 굽어져 있는 네 개의 별이 있는데 그 중 끝에 있는 큰 별은 황후이고, 나머지 세 별은 후궁들이다."

---

19) 천구 : 우주를 지구본처럼 둥글게 본다.

분산산성의 봉화대

이에 의하면 수로왕이 말한 "1"이란 북극성을 말하며 북극성은 곧 왕을 뜻한다.

그러면 "3"이란 무슨 뜻일까?

이는 북두칠성의 세 별로 삼태성을 가리키며, 세 명의 왕자나 신하를 뜻한다. 즉 조선시대의 삼정승을 의미하는 것과 같다. 그렇다면 3에서 7을 이룬다는 말은 북두칠성을 말하는 것이다.

그러니까 수로왕은 가라국의 궁터를 잡을 때 자신을 하늘의 북극성을 대신한 천자 태일太―이라 생각하고, 천지 만물의 이치에 따라 왕궁을 배치했던 것이다.

이어 사마천은 계속해서 기술하고 있다.

"북두좌北斗座에는 일곱 별이 있는데 선기와 옥형은 7정七政을 상징한다. 7정은 해와 달의 음양과, 금ㆍ목ㆍ수ㆍ화ㆍ토의 오행들 일곱 행성을 뜻하기도 한다. 그러니 우주 만물이 음ㆍ양과 오행에 의해 만들어져 7수가 된다."

김해 회현동 패총과 연결되는 봉황대 부근에서 집자리 유적이 발견되

---

20) 고상식 : 마루가 높이 올라가 있는 건축형태

었다.

그래서 그를 근거로 그 옛날의 건물과 창고 등을 복원해 놓았다. 창고는 고상식[20]이다. 당시 쥐의 피해를 줄이기 위해서였는지, 습기를 피하기 위해서인지, 창고의 모양이 중국식 창고 같다.

중국 소주와 항주 쪽을 여행해 본 적이 있다. 정말 광활한 대지였다. 차로 5시간 이상 계속 달려도 사방에 산 하나가 보이지 않을 정도였다.

농촌 집들은 대개 2층으로 지어져 있었다. 집터가 부족해서 그런 것은 아닐 테고, 또 아래층은 대개 헛간으로 사용할 뿐인데도 말이다.

가야시대 창고의 복원된 모습. 중국이나 고구려의 창고와 흡사하다.

왜 그럴까? 땅이 중국에 비해 좁은 우리 한국도 농촌은 초가이든 와가이든 모두 단층이다. 또 필요하면 별채로 짓는다. 그러니 뭔가 다른 이유가 있을 게 분명했다.

삼국유사를 계속 본다.

"두루 나라 안의 인부들과 장정들을 뽑아 그 달 20일에 성을 쌓고, 3월 10일 공사를 마쳤다. 궁궐과 집들은 공사를 농한기에 하

가야시대 집회소로 쓰였던 건물

기 위하여 10월에 시작해 이듬해(44년) 2월에 완성했다. 좋은 날을 가려 새 궁궐에서 정사를 다스리고, 그 밖의 일도 보살폈다."

농한기라고 한 걸로 미루어 농업이 번성했었음을 알 수 있다.

1992-1993년, 김해 회현리 패총(조개무지)과 연결된 언덕 주위에서 3~6세기경의 주거지가 발굴되었다. 그 주거지를 둘러싼 환호(마을 주위를 삥 둘러 싼 방어시설로 구덩이를 파고 목책을 세우는 것)가 발견되었다. 환호의 구덩이는 깊이 150㎝, 넓이 350㎝ 정도로써 계속 이어져 있었다. 그곳에서 숫돌, 나무빗, 철기, 철 찌꺼기, 송풍관 등이 발견되어 가야시대에 철의 생산이 이뤄졌음을 알 수 있다.

《김해읍지金海邑誌》1928년판에서 확인된 내용을 보자.

"수로왕궁 유지는 지금의 김해부 내에 있다. 속언에 옛날 서문 밖 호현리(弧峴里 - 현 회현동 봉황대 유적)에 있었고, 토계(흙계단) 등에서 때때로 구슬 등을 얻는다고 전한다."

또 김해 김씨《선원대동세보총편》(1965년 을사보)에는 수로왕 2년, 계묘(43년)년에 흙을 다져 토성을 쌓았고(1,500보), 얼마 후 궁전을 지었다고 했다.

최근 회현동 옛궁궐터에서 소방도로를 만들다 흙을 다져 쌓는 토축공법의 토성을 발견했다. 하여 이를 보호

가락국의 토성 안내판. 이곳을 보호하기 위해 화단으로 만들었다고 설명하고 있다.

분산산성의 모습   분산산성 안내판

하기 위해 화단으로 만들어 접근을 막고 있다.

　이렇게 여러 정황으로 미루어 이곳에 가라국의 궁성이 있었음이 분명하다.

　김해 김씨《선원대동세보》에는,

　"후에 호계변으로 궁을 옮겼다. 정조 경신(1800)년에 고궁의 유적지에 비를 세웠는데 지금의 분성대이다."

　라고 기록되어 있다.

　분성대는 김해의 주산 분산이 있는 곳이며, 분산산성이 있는 곳이다. 이곳에서 가야시대의 토기와 신라 토기 등이 출토되었다.

　분산산성에는 봉화대의 유적이 남아 있고, 가야시대에 허황옥 왕비의 오라버니 장유화상이 세웠다는 〈해은사〉라는 절이 있다. 그 절에는 수로왕과 허황후의 영정이 모셔져 있다.

　현재 김해시에서 무너진 산성을 복원 중에 있다. 김해 사람들에겐 이곳이 〈만장대〉라고 더 알려져 있다.

김해시가 추진하고 있는 한옥생활체험관. 가야시대의 주거지였던 이곳 부지에서는 토기공방 등이 출토되었다.

가야 시대 한 주거지에서는 대형 통나무 판을 이용한 문짝 시설이 출토됐다. 이 문짝은 길이 1m 가량에 폭 40-50㎝ 정도 되는 직사각형이며, 이 일대가 습지인 까닭에 훼손이 없는 거의 원형의 상태로 발굴됐다.

조사 대상 지역에서 동서 방향에 걸쳐 길게 확인된 제방 시설은 현재까지 드러난 규모만 해도 길이 25m에 너비 12m, 두께 60㎝에 이르고 있다. 이 유적의 조성시기는 돌더미 하부 조개무지층에서 출토되는 굽다리 접시와 받침 달린 긴목항아리(장경호長頸壺) 등의 유물을 볼 때 5세기 중반 혹은 5세기 무렵으로 생각할 수 있다.

3. 영원한 앙숙 수로왕과 석탈해왕

《삼국유사》에 다음과 같은 내용이 있다.

"완하국[21] 함달왕含達王의 부인이 아기를 낳았다. 이름을 석탈해라 했는데 바다를 건너 가라국에 왔다. 문무왕 때 석탈해의 유해를 파보게 되었는데 그 유해의 골격이 비할 데 없이 장대했다. 수로왕 역시 체구가 만

---

21) 완하국 : 페르시아 또는 인도쪽에 있던 나라로 보이며 혹자는 석탈해가 인도에서 왔다고
   도 한다.

만치 않을 만큼 큰 인물이었는데 석탈해는 체격이 그보다 더 우람한 용사였다."

《가라국기》에는 수로왕의 용모에 관해 더 자세히 언급하고 있다.

"용모가 매우 훤칠했다. 키가 9척이나 되어 마치 한나라 천을과 같고, 얼굴은 용처럼 생겨 마치 한나라 고조와 같고, 눈꺼풀이 두 겹으로 되어 우나라 순임금과 같다."

김해 고분박물관에는 구지로 12호 고분을 실제 크기대로 복원해 놓고 있다. 이 고분은 수로왕의 생존 연대인 기원 후 1~2세기 것이었다. 고분 속 인물의 키는 180㎝였다. 김해 대동면에서 발굴된 유골이 평균 164㎝~168㎝인데 비해서 이례적으로 큰 키였다.

수로왕도 구지로 12호 고분처럼 당시 사람들에 비해 매우 큰 인물이었음을 짐작 할 수 있다.

석탈해가 수로왕에게 도전했다.

"내가 왕의 자리를 빼앗으러 왔소! 죽고 싶지 않으면 나라를 내놓으시오!'

그러자 수로왕은 앞으로 나섰다.

"하늘이 나에게 왕위에 오르게 함은 나라를 안정시키고 백성을 편하게 하기 위한 것이다. 그러므로 나라와 백성들을 그대에게 맡길 수 없다."

싸움의 결과는 석탈해의 패배로 끝났다.

"제가 졌습니다."

석탈해는 수로왕 앞에 무릎을 꿇었다.

"살려 주십시요. 다시는 대왕께 도전하지 않겠습니다."

"그래? 그렇다면 당장 부하들을 이끌고 물러가라! 어물거리면 모두 도륙해버릴 것이다."

탈해는 비실비실 일어나 부하들을 이끌고 물러나와 중국에서 배를 대는 수로쪽으로 도망갔다.

"와, 이겼다!"

사기가 충천한 가라국 병사들은 도망가는 석탈해의 뒤를 쫓아갔다. 배를 타고 도망치는 석탈해를 가라국의 수군 오백 척이 요란하게 북을 치며 쫓아갔다. 탈해가 신라의 계림[22] 땅으로 달아나는 것을 보고 가라국의 수군은 발길을 돌려 돌아 왔다.

이 내용을 신라 쪽의 기록에서 본다. 《삼국유사》 제4대 탈해왕 편이다.

"신라 남해왕 때, 가라국 바다 가운데 웬 배가 와서 정박했다. 남해왕이 신하와 백성들과 함께 북을 치며 맞아 머물게 하려 하였으나 배는 나는 듯이 달아나서 계림 동쪽 하서지촌河西知村 아진포阿珍浦[23]에 닿았다."

이 내용을 보면 석탈해가 가라국의 수로왕과 싸워 왕위를 찬탈하려다가 실패하고 신라 땅으로 달아났다는 것이다.

석탈해는 지금의 울산 하서지촌 아진포에 정박하여 근거지를 마련했다. 가라국을 뺏으려 했다가 실패한 석탈해는 신라를 뺏으려 틈을 노렸던 것이다.

신라 제2대 남해왕 때 석탈해는 두 부하와 함께 울산쪽에서 토함산으로 넘어가서 신라의 도읍 경주를 바라보았다. 넓은 들판 군데군데 백성들이 살고 있었다.

"저기 보이는 저 큰집이 누구네 집일까?"

토함산 산자락 아래에는 양산골이 펼쳐져 있었다. 석탈해는 신라의 가

---

22) 계림-신라 석탈해왕 때에 시림에서 바꾼 신라의 국호
23) 아진포구-지금의 경북 영일

장 중신인 호공瓠公의 집에다 몰래 숯을 묻어 두었다.

"아마 꽤 힘 있는 자가 살고 있는 듯합니다."

"그래? 그럼 그 집이 좋겠다."

그리고 다음 날 그 집에 찾아가 다짜고짜 집은 호공이 지었을지 몰라도 집터는 자기 조상들의 것이라고 주장했다. 그러면서 자기 조상들이 대장장이였기 때문에 이 집터를 파면 숯이나 철을 만들던 증거가 나올 것이라 하며 파보자고 했다.

그렇게 남해왕 앞에서 신라의 유력한 대신인 호공의 집을 자기 선조의 집터라고 우겨 빼앗았다. 가라국을 무턱대고 빼앗으려 하다 실패한 석탈해는 신라에 대해서는 계략을 세워 점진적으로 잠식해 들어간 듯하다.

석탈해는 호공의 집을 빼앗은 데에 만족하지 않고 계략을 펴 남해왕의

대성동 고분 13호의 목관 흔적

대성동 고분 13호의 유물 부장 상태

71

사위가 되었다. 남해왕은 석탈해가 지혜 있는 사람임을 알고 맏공주를 탈해의 아내로(阿尼부인) 주었다. 그러나 사실은 석탈해가 호공의 집을 거의 강제적으로 뺏는 것을 보고 두려운 나머지 딸을 주어 달랬을 수도 있다.

신라를 장악하는 석탈해의 전략은 성공해서 드디어 왕권까지 넘보기에 이르렀다.

제2대 남해왕이 죽자 제3대 노례(유리)왕과 왕권을 다투다가 잇금으로 결정하기로 하였다. 즉 떡을 베어 물어 이의 숫자가 많은 사람이 왕이 되기로 한 것이다. 그 결과 노례가 왕이 되었다. 그러기에 나이를 연치라 한다. 노례왕이 석탈해보다 나이가 많아 왕이 되었다는 뜻이다.

유리왕이 죽을 때 말했다.

"선왕(남해)의 부탁하신 말씀에 '내가 죽은 다음 아들과 사위를 막론하고 나이 많고 어진 사람으로 왕위를 잇게 하라.' 하셔서 과인이 먼저 즉위한 것이니 이제 그 위를 탈해에게 넘길 것이다."

남해왕이 자기가 직접 왕위를 태자에게 물려주지 못하고 임종시 나이를 핑계로 유리왕에게 전한 것을 볼 때 석탈해의 힘이 강함을 알 수 있다. 석탈해는 주위의 눈이 호의적이지 않았기에 다음 기회를 노린 것이다.

결국 석탈해는 노례왕의 뒤를 이어 신라의 제4대 왕이 되었으며, 신라의 국력으로 가라국 수로왕과 복수의 일전을 벌인다.

《삼국사기》의 신라본기 4대 탈해이질금 편을 보면 21년(77년) 8월에 아찬 길문이 가야병과 황산나루 어구에서 싸워 천여 명을 사로잡았다. 이에 길문을 파진찬으로 표창했다.

석탈해는 황산강, 즉 지금의 낙동강 양산시 물금읍 일대에서 가야와 싸워 큰 승리를 거둔 것으로 보인다.

신라의 석탈해왕과 가라국의 수로왕이 적이 되어 싸우고 있을 때 하나의 변수가 등장한다. 바로 경주 김씨의 시조 김알지다.

《삼국사기》의 탈해이사금 9년 조를 본다.

"석탈해왕 9년 3월이었다.

왕이 밤에 금성 서편 시림始林에서 닭 우는 소리를 듣고서 호공瓠公을 보내 살펴보게 했다. 호공이 가서 살펴보니 금색의 작은 궤짝 속에서 사내아이가 나왔다. 왕은 하늘이 나에게 아들을 준 것이라며 이름을 알지라 하고 금궤에서 나왔으므로 성을 김이라 했다. 또 시림을 고쳐 닭이 운 술이라는 뜻으로 계림鷄林이라 고치고 국호로 삼았다."

《삼국유사》에 의하면 왕은 길일을 가려 알지를 태자로 책봉했으나 뒤에 파사왕(유리왕의 둘째 아들)에게 왕위를 양보하고 나가지 않았다고 한다.

이렇듯 삼국사기의 내용을 보면 흥미로운 이야기가 많이 숨겨져 있다.

첫째, 납득키 어려운 점은 석탈해에 의해 집을 빼앗긴 호공이 김알지를 데려왔다. 그후 석탈해왕은 자신의 후사로 왕위를 계승하지 못했다.

석탈해왕에게는 구추仇鄒라는 맏아들이 있었다. 김해 김씨 보첩(족보)에서는 수로왕의 딸 하나가 석탈해왕 맏아들의 비가 되었다(一女昔太子妃)고 했다.

이 말은 우리를 깜짝 놀라게 한다. 이 말이 사실일까?

《삼국사기》에서 보면 석탈해왕의 맏아들 구추仇鄒를 구추각간이라 하는데 그가 벌휴이사금(9대)을 낳았다. 구추각간의 부인이며 벌휴이사금의 어머니는 성이 김씨요, 이름은 지진내례라고 밝히고 있다. 경주 김씨는 김알지를 시조로 하고 있으니 석탈해의 맏아들에게 시집간 김씨, 지진내례라는 여인은 김알지의 자손이 아니고. 김수로왕의 자손임이 분명하다.

이렇게 보면 김해 김씨 보첩과 《삼국사기》의 기록은 일치하고 있다.

그렇다면 수로왕과 석탈해는 적이면서도 사돈이 된다. 수로왕은 적의 왕인 석탈해의 아들에게 딸을 시집보낸 것이다. 이것은 명백한 정략결혼이었다.

이상한 일은 이것만이 아니다.

석탈해왕은 자신의 아들이 있음에도 불구하고 호공이 데려온 김알지를 보고 하늘이 자신에게 아들을 준 것이라 하며 김알지에게 왕위를 물려주려 했었다. 그러나 김알지가 사양함에 박씨인 유리왕의 둘째 아들왕에게 왕위를 물려주니 그가 파사왕이다.

그런데 파사왕(5대)의 왕비 또한 성이 김씨였다.[24]

경주 김씨의 조상이 김알지로 되어 있는데, 동년배인 파사왕의 왕비가

경주 계림의 비각

김알지가 태어났다는 계림의 숲

---

24) 《삼국사기》 파사이사금 참조.

74

김씨라면 이 부인은 김알지의 후손이 아니라 김수로왕의 후손이거나 인척일 가능성이 크다.

파사왕의 아들은 지마였다. 지마이사금(6대)의 왕비 역시 김씨였다. 신라 왕가는 김수로계의 김씨 왕비나 왕녀들이 점령한 꼴이었다.

김수로왕은 석탈해왕과 전쟁 이후 신라의 세력을 견제키 위해 자기의 딸을 석탈해의 장자에게 시집보내고, 또 박혁거세의 후손으로 하여금 왕위를 잇게 했으며, 그 부인은 김씨의 딸을 주어 혼인동맹을 맺은 것이다.

여러 가지 정황으로 볼 때 박씨(유리왕)의 신하였던 호공과, 계략에 의해 김수로왕과 맥을 같이하는 김알지가 협력하여 대권은 다시 박씨인 유리왕의 둘째 아들 파사왕에게 승계된 것이 아닌가 한다.

둘째, 석탈해는 국호를 계림으로 바꾸었다. 그 이유는 자신이 싸운 적국 가라국 김수로왕과 성이 같은 김金알지로 말미암은 것이다. 한 나라의 국호를 아무리 뛰어난 어린 아이 하나 주워왔다고 바꿀 수 있을 것인가? 거기에는 보수적 기득권 세력의 책략이 있었던 것 같다. 또한 이 두 가지 의문의 열쇠는 신라의 적국인 김수로왕에게 있는 것이 분명해 보인다.

그러니까 신라의 유리왕계(박혁거세의 후손)와 호공은 석탈해에 의해 빼앗겼던 왕권을 김알지의 도움으로 되찾았으며, 신라는 김알지의 후손 미추왕(신라 13대 왕)에 의해 김씨의 나라가 되었다.

김수로왕의 힘이 신라에 비해 매우 강했을 뿐만 아니라 파사왕(5대)의 즉위에 막강한 영향력을 미쳤다. 그러기에 파사이사금 23년, 음집벌국과 실직곡국과의 경계 다툼이 있자 수로왕에게 판결을 요청하기에 이른 것이다.

《삼국사기》의 기록에는 석탈해가 황산나루, 즉 낙동강에서 가라국 포로 천 명을 잡았다고 한다. 그러나 그 전쟁 후 파사왕 때 김수로왕은 신라의 내정에 깊이 간여했을 뿐 아니라 6촌장 중에 하나였던 한지부의 주인을 종, 탐하리를 시켜 죽였다.

《삼국사기》의 다음 내용을 참고하면 명확히 알 수 있다.

"파사이사금 8년(87년) 7월에 왕이 영을 내렸다.

'짐이 나라를 가진 후 서쪽으로는 백제와 인접하고 남쪽으로는 가야와 접한 탓으로 덕으로 백성들을 안정시키지 못하고, 위엄으로 다른 나라를 제압하기에도 부족하다. 그러니 성과 보루를 수리하여 외적의 침입에 대비하라.'"

그 후 가소[25]와 마두[26] 두 성을 쌓았다.

15년(94년) 2월, 가야병이 마두성을 둘러싸니 아찬, 길원에게 기병 1천을 주어 격퇴시켰다.

17년(96년) 7월, 폭풍이 남에서 불어와 금성 남쪽의 큰 나무가 뽑혔다. 9월에 가야인이 남쪽 변경을 습격하니 가성주[27] 장세를 보내어 막았으나 적에게 살해당했다. 왕이 노하여 용사 5천을 거느리고 친히 나가 싸워 이기니, 노획한 것이 매우 많았다."

신라는 가야에게 지속적으로 시달림을 받았음을 것을 알 수 있다.

파사이사금 18년(97년) 정월에 거병하여 가야를 치려고 하니 가야 국왕이 사신을 보내어 사죄하기에 그만 두었다는 기록이 보인다,

---

25) 가소 : 경남 거창군 가조면으로 합천과 연접하여 있다. 사방으로 약 1,000m의 준봉으로 둘러 싸인 분지로 백제와, 신라, 가야간의 군사적 요충지이다.
26) 마두 : 거창군 마리면으로 추정된다. 거창의 거열산성이 인근에 있다.
27) 가성주 : 가소성의 성주

가야국의 국왕이 누구인가? 막강한 수로왕이 아닌가. 그런 수로왕이 신라가 가야국을 쳐들어 올까 두려워 사신을 보내 사죄했다함은 믿을 수 없다. 가야국의 국력이 신라보다 강력하여 신라가 넘볼 수 없었음을 역으로 말한 것이다.

23년(102) 8월에 음집벌국[28]과 실직곡국이 국경을 두고 서로 다투다가 왕에게 와서 판결을 청하였다. 왕이 처리하기 난처하여 생각하기를 금관국 수로왕이 연로하여 아는 것이 많다하여 물었더니, 수로가 의견을 내어 다투던 땅을 음집벌국에 편입시켰다.

이때에 왕이 6부에 명하여 수로왕을 대접하게 하였다. 5부는 모두 이찬으로 주인을 삼았는데 오직 한기부(보제)만은 직위가 낮은 자로써 주인이 되게 하였다. 수로왕이 성을 내어 자기의 종 탐하리를 시켜 한기부를 죽이게 하고 돌아갔다. 그러나 종이 도망하여 음집벌의 타추간 집에 의탁하니 왕이 사람을 시켜 그 종을 찾았으나 타추칸이 돌려보내지 않았다. 왕이 노하여 군사로써 음집벌국을 치니 타추칸이 무리를 데리고 나타나 자진 항복하였다. 실직곡국과 압독[29] 두 나라 임금도 와서 항복했다.

《삼국사기》의 기록을 보면 파사왕 때 신라는 가라국의 침입을 여러차례 받았다. 파사이사금 15년, 17년, 18년 이렇게 연이어 침공을 당하면서 23년엔 이웃 나라의 분쟁 조정역을 수로왕에게 부탁하기도 했다.

아무리 적의 왕인 수로왕이 나이가 많아 경륜이 풍부하고 탁월한 식견을 가졌다 하더라도 자국의 국정에 대한 기밀을 의논할 수 있었을까? 또한 그 조정 역할에 수로왕의 공이 아무리 크다 하여도 신라의 왕권까지

28) 음집벌국 : 지금의 경주 인근(월성군 강서면)
29) 압독-경북 경산

제약할 만큼 막강한 힘을 가진 신라의 6촌장이 돌아가며 수로왕의 노고를 대접해야 만할 정도였을까?

이는 수로왕이 나이가 많고 경험이 많아 조정을 부탁한 것이 아니라 가라국의 국력이 강해 파사왕의 왕권을 좌지우지할 만했기에 수로왕의 말에 따라 처결할 수밖에 없었을 것이다.

수로왕은 한지부의 주 보제를 죽였다고 한다. 수로왕의 석탈해의 영역인 울주를 연고로 하는 한지부의 주를 죽였다고 하는 것은 석탈해의 부족을 공격한 것이기도 하다.

김수로왕과 석탈해왕의 대결은 그들의 사후 신라 30대 문무왕에 의해 최후의 판정을 받게 된다.

《숭선전 신도비문》에 의하면,

"문무왕께서는 말씀하시기를, '짐은 외가 수로왕의 후손이다.' 하시고 예관을 보내어 제사를 지내게 하고, 다시 두 능을 보수하도록 하셨다."

고 했다. 그러니 문무왕은 김수로왕에게 효를 다한 후손인 셈이다.

《삼국유사》에 보면,

"석탈해왕이 왕위에 있은 지 23년만인 기묘에 죽으니 소천구속에 장사지냈다. 뒤에 신(神, 석탈해왕)이 명령하기를 '조심해서 내 뼈를 묻어라.' 했다. 그래서 파내어 보니 두개골의 둘레는 3척 2촌이요, 몸의 길이는 9척 7촌이었다. 뼈가 서로 섞이어 하나가 된 듯했고, 뼈마디도 모두 연결되어 있었다. 천하에 비할 길 없는 역사였다. 이것을 부수어 소상을 만들어 대궐 안에 모셨더니 신이 또 말하기를 '내 뼈를 동악에 안치하라.' 하므로 동악에 봉안했다."

라고 했다.

석탈해왕은 사후에 그 유골이 파헤쳐져 그 뼈가 부서졌으며, 무덤까지 없어져 버렸다. 누가 이런 일을 했을까?

《삼국유사》(이민수 역 49쪽)에 의하면 그가 죽은 뒤 27대 후 문무왕(신라 30대왕) 2년 경진 3월 15일, 태종(무열왕 김춘추)이 꿈을 꾸니 모습이 몹시 위엄이 있는 어떤 노인이 나타나 말하기를,

"나는 탈해인데 내 뼈를 소천구에서 파내어 성상을 만들어 가지고 토함산에 봉안토록 하라!'
고했다.

석탈해왕의 무덤을 파헤치고 그 뼈를 부수어 가루로 만든 사람은 문무왕이었다. 핑계는 문무왕의 아버지 태종 무열왕 김춘추의 꿈에 나타난 석탈해의 비원이라 했지만 김수로왕과 석탈해에 대한 숭모와 저주에 천양지차가 있음을 볼 수 있다. 문무왕은 수로왕의 13세 손인 김유신과 가야에 대한 아낌이 각별했다.

문무왕 원년, 김유신을 대장군으로 삼아 고구려를 치게 했다. 4년 정월에는 김유신이 늙었다고 물러나려 하자 왕은 허락하지 않고 궤장(벽에 기대는 방석과 지팡이)을 하사하였다. 지팡이를 짚고라도 일하라는 대폭적 신임이었다.

문무왕의 가야에 대한 사랑은 어떠했을까?《삼국사기》문무왕 상편을 보자.

"10월 22일, 신라의 문무왕은 신라군이 고구려를 평정한 후 김유신에게 태대각간의 벼슬을 내렸다."

원래 신라의 벼슬에는 대각간만 있었는데 김유신 장군을 위해 태대각간이란 벼슬을 새로 만든 것이다. 그 외에 많은 장군들과 군사들에게 벼슬과 벼 1천 석을 상으로 내렸다고도 했다.

아술(충남 아산)에 사찬 구률이란 사람이 있었다. 그는 전쟁에서 다리 밑으로 들어가 냇물을 건너 적과 싸워 크게 이겼다. 그의 전공은 제일이라 했으나 그는 상을 받지 못했다. 그는 분하고 한스러워서 목매어 죽으려 했으나 측근들의 구조로 죽지 못했다.

그가 상을 받지 못한 것은 군령 없이 자유로이 위험한 곳에 들어갔기 때문이었다. 사찬 구률은 김유신의 군령을 따르지 않았기에 큰 공을 세우고도 상을 받지 못했던 것이다.

이렇듯 고구려와의 큰 전쟁에서 목숨을 걸고 큰 공을 세운 자에게 군령을 어겼다 하여 아무 상도 주지 않은 걸로보아 문무왕은 공사를 엄격하게 처리했던 것 같다.

그러나 《삼국사기》의 기록에 의하면 그로부터 3일 후에는 또 다른 사건을 기록하여 문무왕의 공사구별이 분명치 못했다는 내용을 함께 기록하고 있다. 그 내용은 이러하다.

"25일에 왕이 한성에서 돌아와서 욕돌역에 이르니 국원경(지금의 충주)의 사신 대아찬 용장이 사사로이 연석을 베풀고 왕과 여러 시종들을 대접하였다. 풍악이 연주 되자 내마 간주의 아들 능안이 나이 15세로 가야伽倻의 춤을 추었다. 왕은 능안의 용모가 아름다움을 보고 앞에 불러 앉히고 등을 어루만지며 금잔으로 술을 권하고 폐백을 후히 주었다."

문무왕은 전쟁터에서 목숨을 걸고 큰 공을 세운 자에게는 군령을 따르지 않았다고 상을 주지 않았고, 사사로이 연석을 베푼 자리에 참여했을 뿐 아니라 그 연석에서 단지 춤을 추었을 뿐인 능안이란 소년에게는 극진한 사랑을 베풀었다.

《삼국사기》에서는 능안이란 소년의 외모가 아름다워서라고 말하고 있다. 그러나 그것은 능안의 용모가 아름다워서가 아니라 능안이란 소년이 가야伽倻의 춤을 추었기 때문이었을 것이다.

능안이란 소년이 추었다는 가야의 춤은 어떤 춤이었을까?

검기무劍器舞, 또는 황창랑무黃倡郎舞라고도 하는 이춤은 신라의 검무劍舞라는 형태로 이어져 왔다. 혹자는 화랑 관창의 춤이라고도 하며, 15세 전후의 소년 둘이서 추는 쌍무였는데 후대에는 가면을 쓰고도 추었다. 이 춤이 신라에서 고려시대를 거쳐 조선시대에 이르러서는 여인들의 칼춤으로 바뀌었다. 원래의 용감한 자태는 없어지고 여인의 우아한 춤으로 바뀌어 지금은 경남 진주의 중요 무형문화제 12호로 지정돼 있다.

그러나 본래의 가야의 춤에 가까운 원형은 한국보다 일본의 오까야마현에 가락동자춤唐子踊이라는 이름으로 바뀌어 매년 10월 네 번째 일요일 축제 때에 추어지고 있다. 춤의 음악 가운데 "오슌데, 가슌데"라고 하는 구령을 넣고 있는데 이는 한국말로써 "오셨는데 가셨는데"라는 뜻이다.

가락동자춤을 일본 오까야마에서는 당唐나라 아이들의 춤이라 믿고 있다. 하지만 원래 이 춤은 가라국加羅國에서 탄생된 춤이었다. 가라국의 일본식 발음인 가라(韓)라는 글자를 같은 가라(唐)라고 읽는 글자로 바꿔서 가라꼬(唐子踊)라 부르고 있다. 일본 오까야마현의 역신사疫神社에 전해 오는 춤의 기원은 조선통신사에게 가르침을 받아 전해졌던 것이다.

일본 오까야마 현의 길비지역은 가라국의 사람들이 400년경 집단으로 이주하여 살던 곳이다. 그들은 그곳을 가라군이라 했다.

광개토대왕의 남정군에 쫓긴 가야인들이 현해탄을 건너 그곳에 작은 가라국을 세우고 집단으로 거주하며 10월이면 아이들에게 가락동자 춤을 추게 하면서 조국을 그리워했던 것이다. 따라서 이 춤은 분명히 당나

일본 오까야마현에서 추는 〈가락코오도리〉라 하는 가락동
자의 춤. 조선 통신사가 전해 주었다고 한다.

라도, 일본도 아닌 한국의 춤이
며, 그 뿌리는 가야이다.

그 춤에 대하여 자세히 알아
보기 위하여 필자는 일본 오까
야마현의 담당자로부터 축제에
대한 비디오를 빌렸다. 김해시
축제 담당자와 협의하여 가야
의 춤으로 복원시키고자 하는
열망 때문이었다. 이는 잘못된
역사이니 만큼 반드시 바로 잡
아야 할 중요한 춤이라고 생각
한다.

의상이 한복 바지와 전립을 쓰고 있어 일본의 전통의상과
는 다르다.

이 춤을 춘 가야의 소년 능안
을 칭찬하면서 문무왕은 자신
의 외가가 김수로왕이라 밝힌

바 있다. 또한 김수로왕의 무덤을 중수하게 하였으며, 문무왕 20년에는
가야군(지금의 김해)을 금관소경이라 하여 신라의 도읍 가운데 하나로 격상
시켰다.

문무왕에게는 분명히 김유신을 비롯한 가야인을 위로하려는 마음과 가
야伽倻를 사랑하는 마음이 있었던 것이다.

이렇게 김수로왕의 후손 김유신을 아끼고 가야를 사랑한 문무왕이 석
탈해왕의 무덤을 파헤치고 그 뼈를 부수어 조각상을 만든 이유는 어디에
있을까?

82

석탈해 이후 가야와 신라의 관계는 어떻게 되었을까?

신라 6대 지마이사금[30] 4년(115년) 봄 2월에 가야가 남쪽 변경을 침공하였다. 그래서 그해 7월에 지마왕이 가야를 치려고 보병과 기병을 거느리고 황산하를 지날 때 가야 사람들이 수풀 속에 군사를 매복시키고 기다리고 있었다. 지마왕은 그런 줄 모르고 곧장 바로 가다가 복병이 튀어나와 여러 겹으로 둘러싸니 왕이 군사를 지휘하여 포위를 뚫고 후퇴하였다.

다시 5년(116년) 8월에는 장수를 보내 가야를 치게 하고 왕은 정병 1만 명을 거느리고 뒤에서 지원했다. 이에 가야는 성문을 굳게 닫아 걸고 방어하고 있는데 장마 비가 너무 오래 오므로 지마왕은 할 수 없이 군사를 이끌고 돌아 왔다.

《숭선전지》93쪽에 이와 같은 내용이 나온다.

"그 후 신라의 지마왕이 즉위하여 가라국을 정벌하려는데 수로왕이 황산하(낙동강)에서 이를 맞아 크게 격파하였다. 이에 가라국은 더욱 강성하게 되었다. 그 땅이 동쪽으로는 황산하에 이르고, 북쪽으로는 대량주(합천)에 이르며, 서남쪽은 바다에 닿아 있고, 서북쪽은 거타주(거창)의 백제와의 경계에 이르렀다.

지마왕 4년, 지마왕이 가야를 치기 위해 정병을 친히 이끌고 나섰으나 가야의 복병을 만나 간신히 포위망을 뚫고 달아났다.

지마왕 5년, 역시 왕이 직접 정병 1만 명을 이끌고 공격했으나 큰 비가 와서 되돌아왔다."

---

30) 지마이사금 : 지마왕의 묘가 포석정에서 200m 떨어진 거리에 있다.

신라 지마왕릉. 경주 남산 밑 포석정에서 가까운 곳에 있다. 포석정은 연회 시설이라기 보다 왕들이 제사 지내던 곳이다.

여기에서 돌아왔다는 말은 패배했다는 말이다.

수로왕은 《숭선전지》와 같이 신라의 지마왕과의 싸움에 이기고 낙동강 일대와 서쪽으로 합천과 서남해 일대를 장악하였던 것이다.

서북쪽의 거타주는 지금의 거창군으로 백제·신라·가야 삼국의 군사 전략상 요충지였다. 사방이 높은 산으로 둘러싸여 적을 방어하기에 용이한 곳이기 때문이다. 또한 거창과 합천은 연접해 있으며, 합천은 다라국多羅國이라고도 했다. 합천군 대야면과 야로면은 철광석의 산지로써 전략적으로 중요한 곳이기도 했다.

4. 수로왕과 마한의 흥망

가라국 태조릉《숭선전지》에,

"백제가 기씨(箕氏 - 마한)를 모질게 멸망시킴에 수로왕은 곧 죄를 묻는 군사를 일으켰고, 왜가 신라를 침범했을 때는 병사를 물리라는 서신을 내렸다."

라는 기록이 있다.

조선시대 실학자 안정복이 쓴《동사강목》에 의하면,

"무신년 준왕 48년, 위만이 반란을 일으켜서 왕도를 습격하자 왕이 남쪽으로 도망하여 마한을 쳐부수고 스스로 한왕韓王이 되었으니 이가 곧 무강왕이다."

라고 했다. 그러니 기자조선의 마지막 왕 준왕이 한반도 마한의 왕이 되었다.

"기자조선의 마지막 기준왕(기자의 40대 손)이 위만에게 망하자 백성을 이끌고 한반도 남단으로 내려와 마한을 쳐부수고 자신의 나라를 세웠다."

고 한다.

이 내용대로라면 위만조선이 생기기 전, 그러니까 한사군 사건이 있기 전에도 한반도에 마한이라는 나라가 있었다는 것이다. 마한은 기자조선의 마지막 왕, 기준에게 넘어갔으나 국명은 그대로 이어졌다. 이 마한과 신라 왕의 관계를 알 수 있는 기록이《삼국사기》에 있다.

신라 시조 혁거세 거서간 때였다. 신라의 호공瓠公이 마한을 방문하니 마한 왕이 꾸짖었다.

"진辰·변卞 두 나라는 우리의 속국인데, 근년에 들어 조공을 바친 일이 없으니 큰 나라를 대하는 법이 이럴 수가 있소?"

이로 미루어 마한이 진한과 변한을 속국으로 거느리며 조공을 받아 왔는데 진한을 대신해 신라가 되면서 조공을 중지하였음을 알 수 있다.

(1) 마한과 백제와의 관계

《동사강목》에 의하면 백제가 웅천熊川에 책(울타리)를 세우자 마한 왕이 온조왕에게 사람을 보내 꾸짖었다.

"백제 왕이 처음 강을 건너왔을 때 정착할 곳이 없는 것을 알고 동북쪽 일백여 리의 땅을 잘라 편히 살게 해주었으니 왕에게 후하게 대접하지 않았다고는 못할 것이오. 그렇다면 마땅히 보답할 것을 생각해야 할 터인데, 이제 나라가 편안하고 백성들이 모아져 자기를 당할 자가 없어지니 오히려 크게 성지城地를 마련하려고 우리의 강토를 침략하니 무슨 의리가 그러하오?"

온조왕은 마한 왕이 보낸 사신의 말에 부끄럽게 생각하고 성책을 허물었다. 그러나 그 후 백제의 온조왕은 마한을 침략하여 멸망시켰다.

그 과정을 《동사강목》은 이렇게 설명한다.

"온조는 장수들에게, '마한이 점점 약해져서 상하의 관계가 이탈되어 형세가 오래 가지 못할 것이다. 다른 나라가 그들과 합병한다면 우리는 입술이 없어 이빨이 추위를 타는 형국이 될 것이다.' 라고 말하며 군사를 내어 사냥간다고 거짓으로 말하고 마한을 습격했다."

또 백제가 마한을 멸망시킴에 수로왕은 백제를 견제하게 된 것을 《숭선전지》에 이렇게 기록했다.

"백제가 기씨(기자의 후손 기준왕이 세운 마한)를 모질게 멸망시키매 수로왕은 곧 죄를 묻기위하여 군사를 일으켰다. 이에 신령스러운 덕이 대양에

넘쳐 멀리 퍼지니 변한의 옛 땅과 마한의 54국이 모두 손 안에 들어오고, 삼남의 여러 소국이 다들 와서 조공을 바치면서 왕을 높여 태왕원군이라 하였다."

(2) 수로왕릉과 가야의 숲

《숭선전지》24쪽에 수로왕과 허왕후의 관계에 대해서 나온다.

"그 후 왕후는 열 명의 왕자를 낳았는데 큰 아들 거등을 후사로 삼았다. 왕후가 왕께 청하기를,

'첩은 천명을 받고 부왕의 교시를 받들어 바다를 건너 이곳까지 건너왔습니다. 그러니까 첩은 객이라고 할 수 있습니다. 때문에 첩이 죽으면 저의 성조차 전해지지 않을 것을 생각하니 슬프기 짝이 없습니다. 하오니 저의 성이라도 남겨 후세에 전해지게 해주십시오.'

라고 했다.

왕께서도 그것을 가련하게 여겨 두 아들에게 허씨 성을 내려 후세에 어머니(허왕후)의 성을 잇게 하였다. 우리나라의 허씨는 이로 하여 탄생한 것이다. 나머지 일곱 아들은 풍진 세상을 끊고자 하여 보옥선인을 따라 가야산에 들어가 도를 깨우쳐 신선이 되었다."

김수로왕의 일곱 왕자 뿐만 아니라 후일 수로왕 자신도 신선의 도를 닦게 된다. 《삼국유사》에 그 사실이 나온다.

"후한의 환제 연희 5년 임인년(162년)에 왕이 되신 지 121년, 정무에 권태로움을 느끼시고 신선을 사모하여 왕위를 거등에게 이양하고 지품천의 방장산 속에 별궁을 지어서 태후와 함께 수련을 하셨다."

이렇듯 수로왕은 노후에 신선의 도를 닦았으며, 가라국은 신선의 나라

가 되었다.

왕후가 죽자 왕은 줄곧 외로운 베개에 의지하여 오랫동안 슬퍼하다가 10년이 지난 헌제 건안 4년 기묘 3월 23일에 죽으니 수가 1백58세였다. 나라 안 사람들은 마치 부모를 잃은 것처럼 그의 죽음을 비통해했는데, 그 슬픔은 왕후가 죽었을 때보다 더했다.

백성이 대궐 동북쪽 평탄한 곳에 능을 만드니 높이가 한 길이요, 둘레가 3백 보인데, 이름하여《수릉왕묘[31]》라 했다.

그리고 그 아들 거등으로부터 9대 손 구형에 이르기까지 이 사당에 배향했다.

매년 정월 3일과 7일, 5월 5일, 8월 5일, 15일에 풍성하고 깨끗한 제물을 차려 제사지내며 대대로 끊어지지 않았다.”

《삼국유사》의 이 내용을 놓고 많은 사람들이 의문을 던진다.

과연 수로왕이 1백58세 동안 살았다는 말을 믿어야 하는가?

혹자는 가야사는 물론, 수로왕릉도 가짜라고 주장한다. 사실 이들의 주장에도 일리는 있다.

수명이 길어진 현대에도 100년을 사는 사람이 드문데 평균 수명이 30년을 보기 힘든 당시였으니 누가 쉽게 믿겠는가? 그러나 자세한 내용은 신라가 가야사를 완전히 삭제해버려 알 수가 없다. 이로 미루어 가라국의 왕 가운데는 이름과 역사를 모두 잃어버린 왕도 있을 것이다.

구지로 분묘군은 대성동 유적의 북쪽으로 연결되는 낮은 구릉에 축조되어 있다. 이 능들은 김해 대성동 유적의 북쪽 100m 지점에서 구지로의

---

31) 수릉왕묘 : 수로왕의 묘. 현재 수로왕의 무덤 옆에 수릉원이란 공원을 만들었는데 공원이름은 여기서 연유함.

확장공사를 하다가 발견되었는데 기원 전 1세기부터 기원 후 2세기까지 구야국狗邪國의 중심 집단의 묘역으로 추정된다.

김수로왕의 건국이 기원 후 42년경이므로 수로왕 이전 변진 구야국부터 당시 지배층의 무덤도 이들 가운데 있었을 것으로 보여진다. 1993년 발굴조사를 실시하여 총 57기의 무덤이 확인되었다. 이곳은 당시 성스러운 지역, 구지봉 아래에 위치하므로 지배층의 무덤일 것이다.

이 가운데 구지로 12호 목관묘에 묻힌 피장자는 키가 180cm로 당시 가야인의 평균 신장이 145~170인데 반해 매우 큰 키의 인물이었다. 머리에는 철대鐵帶가 돌려져 있었다. 변한인들이 머리에 고깔처럼 생긴 모자를 썼다고 하는데, 이 고깔처럼 생긴 모자를 지탱해 주던 철대였던 듯하다.

신라의 금관이 나오기 전 가라국에는 금동관이 있었던 듯하다. 즉 변한의 관인 청동관이 신라의 금관으로 변천된 것으로 여겨진다. 12호 목관묘에서 그 밖에도 각종의 토기와 철기류, 청동제의 팔찌, 유리옥, 뼈로 만든 귀걸이 등이 출토되었다.

이 유적의 모습으로 미루어 볼 때 추측할 수 있는 것이 있다.

첫째, 김수로왕이 9척 장신이라 했는데 당시에도 큰 키의 인물이 있었던 것 같다. 그때의 시신이 각종 토기와 함께 출토되어 수로왕 당시에 그런 인물이 생존했음을 알 수 있게 한다.

둘째, 철기와 청동기가 함께 사용되던 시대였으며, 계급사회였기 때문에 높은 사람은 청동제 팔찌나 옥 등의 귀한 물건으로 자신의 신분을 나타냈음을 알 수 있다.

셋째, 각종 토기가 발견되어 일상생활과 제사 때에 사용되었음을 알 수 있다.

구지로의 유적 가운데 42호 석곽묘에서는 청동으로 만든 마형대구馬形

帶鉤가 출토되었다. 마형대구란 시베리아나 몽고, 만주 등 북방 유목민족들이 말을 탈 때 옷자락이 바람에 날리지 않도록 사용했던 말 모양의 허리띠 장식품이다.

42호 석곽묘는 길이 210cm, 폭 100cm, 깊이 61cm 크기의 소형으로, 어린아이용의 무덤이다. 어린아이 묘에까지 기마인들이 사용했던 마형대구가 부장되어 있다는 것은 그만큼 가야가 기마민족인 북방문화를 받아들이고 있었다는 것을 말한다.

수로왕의 가라국 사람들은 기원 전·후(약 2천년 전)에 김해 일대에 나라를 이루고 살았다. 가야토기의 특징으로 볼 때 그 당시 높은 문화를 가지고 있었음이 분명하다.

대성동 3호 목곽묘의 발굴현장. 새의 깃털로 만든 부채가 발견되었다.

2004년, 수로왕릉 좌측에 있는 공설운동장을 가야의 숲으로 변경하기 위한 공사를 했다. 발굴된 유적을 통해 김수로왕릉의 원형의 모습을 추정해볼 수 있지 않을까 한다.

2003년, 김해시는 가야권 문화 정비사업을 위해 수로왕릉 좌편에 있던 김해공설운동장 부지(현 수릉원)에 대한 발굴조사를 의뢰했다.

이 조사단의 단장은 동아

문화연구원 고고역사 조사단장 신용인 씨였다.

2004년 7월 14일부터 조사했는데, 해발 6.5m의 지지에서 목관묘가 출토되었다. 또 칠기부채 2점과 청동으로 장식된 칠초철검 1점, 동경 1점 등이 나왔다.

수릉원 제3호 목관묘를 만든 시기는 기원 후 1세기~2세기경으로 김수로왕의 재위 연대와 비슷한 시기로 추정한다. 이 제3호 목관묘의 유물을 근거로 김수로왕의 존재를 알 수 있다. 묘에서 발견된 왕의 모습을 두 손에 부채를 쥐고 있었는데 1점은 얼굴을 가리고 또 다른 1점은 가슴을 가린 형태였다.

구야한국의 중심지로 추정된 창원 동읍 다호리에서도 부채 1점이 발견되었다. 지금부터 2천년 전의 묘에서 옷칠을 사용한 부채를 발견하게 되니 신기하기만 하다.

목관 외부 토광에서 발견된 유물로는 서류 보관함으로 사용된 덧칠한 원통형 칠기가 있다. 이 또한 창원 동읍 다호리 15호분의 출토품과 유사하다. 이 원통형 칠기는 서류 보관함으로 사용되었을 것으로 보인다.

그 밖에 청동제 무기인 동과[32]와 철환, 철모[33],철부[34] 등 철제 무기류도 발견되었다.

특히 청동제 동과는 형태가 특이한데 이와 같은 형태는 일본 큐슈 야요이시대

쇠뿔손잡이항아리

---

32) 동과 : 창끝에 끼워서 쓰는 칼. 청동으로 만듦.
33) 철모 : 쇠창
34) 철부 : 쇠도끼

유적인 입암유적 34호 옹관에서 출토된 철과[35]와 비슷하다. 그 밖에 조합 우각형 파수부호[36] 2점도 발견되었는데, 일본 북큐슈에서도 같은 모양의 토기가 발굴되었다. 가라국의 지배층이 일본 큐슈 북부의 지배층과도 깊은 관계가 있었던 것을 짐작케 해주는 근거가 된다. 김해 일대에서 살던 사람들이 북큐슈 일대로 옮겨간 게 아닐까?

지금으로부터 2천년 전 칠기를 사용한 고급 부채와 청동검, 청동거울 등 유물은 평민이나 마을 촌장이나 부족장이 소유할 수 있는 물품이 아니다. 여기에는 변한구야국이나 구야한국, 또는 가야국의 왕족들과 같은 지배층만이 이러한 유물을 무덤까지 가져갈 수 있었다.

가라국의 수로왕릉도 도굴되지 않았다면 왕릉의 원형이 이와 같았을 것으로 추정된다. 아무튼 가라국의 수로왕과 역대 왕들이 실재했음을 알 수 있다. 다만 그 분묘가 어느 누구의 분묘인지 알 수 없을 따름이다.

물론 수로왕릉의 봉분도 오늘날과 같이 큰 대형 봉분은 아니었을 것이다. 《삼국사기》 문무왕편이나 《숭선전지》등으로 보아 후손들이 여러번 시조왕의 무덤이라 하여 봉분을 더 크게 하였음을 알 수 있다. 제2대 거등 왕릉이나 다른 왕릉들의 봉분은 수로왕 만큼 봉분을 거창하게 만들지 않았다. 봉분을 크게 하는 대총들은 이보다 뒤에 널리 퍼졌다. 김해 구산동의 대형 봉토분으로 미루어 그러한 사실을 확인할 수 있다.

분성산의 서남쪽 기슭에 위치하는 봉토분封土墳의 무덤들도 그 형태를 볼 때 왕릉처럼 보인다. 허왕후릉 뒤편에 모두 3기가 확인되고 있는데 더 많은 무덤들이 있었을 것이나 모두 훼손되고 3기만 남아 있다.

---

35) 철과 : 쇠로 칼모양으로 만들어 창대에 끼워서 사용하는 무기
36) 파수부호 : 토기에 소뿔 모양의 손잡이를 만들어 붙인 것

유물은 금동제 장식구를 비롯하여 각종 토기와 철기가 출토되었다. 이들 유물과 유구 축조 형태로 미루어 이 고분이 축조된 시기는 6세기 말엽였던 것으로 추정된다. 김수로왕이나 거등왕 등이 살았을 때보다 후세에 대형 고분들이 만들어졌음을 알 수 있다.

현재의 김수로왕릉처럼 큰 고분이 남아 있지 않다고 해서 가라국의 왕들이 없었던 것은 아니었다. 대성동 고분에서는 가야의 왕들로 추정되는 고분들이 많이 남아 있다. 다만 가라국의 자세한 역사적 사실들을 알지 못할 뿐이다.

5. 수로왕은 어디서 왔나?

수로왕은 어디에서 왔을까? 하늘에서 왔다는 말은 신격화한 것이므로 액면 그대로 받아들일 수는 없다. 이를 밝힐 수 있는 단서라면 거북이를 들 수 있다. 거북이는 현재 김해시의 마스코트다. 구지봉이란 이름도 거북에서 온 것이다. 구지봉은 지형상 머리에 해당하고 왕비릉은 몸체에 해당한다.

일제는 우리 민족혼을 말살하기 위해 구지봉과 왕비릉 사이에 길을 내었다. 이는 거북의 머리를 자른 형국이었다. 현재는 이곳에 다리를 놓아 목을 이어붙여 놓았다.

이뿐 만이 아니라 김수로왕릉에 대한 기록으로 《숭선전지》의 서문을 보면,

"왕의 능은....(중략) 김해부의 경계에 이르러서는 라밭고개의 좁은 골짜기를 지나 동으로 계속 오르내리다가 타구봉(분산:해발 330m)으로 솟구치는

데, 이 봉우리가 김해의 주산인 분산이다. 이곳에서 한 지맥이 갈라져 나와 평탄한 지형을 이룬다. 그런데 종종 큰 암석이 있어 둥그스럼하기가 거북의 몸체와 같다. 들판에 이르러서는 평원형의 묘혈을 맺게 되니 왜 수로왕과 거북은 여러 인연으로 연결되는 것일까?

거북은 해양세력의 상징이다. 거북은 바다에서 살면서 이따금 육지로 올라오는 동물이어서 배를 상징하기도 한다. 대표적인 예가 거북선이다.

수로왕은 배를 타고 온 것으로 생각된다.

《삼국유사》가라국기 보면,

"(석)탈해는 (수로)왕께 절하여 하직하고 교외의 나루터에 중국에서 온 배를 대는 수로를 따라서 갔다."

고 했다. 그러니까 수로왕 재임 당시 중국으로 배가 오고 가는 항로가 개설되어 있었음을 알 수 있다.

또 이어서 보면,

"(수로)왕은 마음속으로 석탈해가 머물러 있어 난리를 일으킬까 두려워하여 급히 수군 5백 척을 보내서 쫓게 하니 탈해는 계림땅 안으로 달아나므로 수군은 그대로 돌아왔다."고 했다.

그 당시 수로왕은 5백 척의 수군을 보유한 대해양세력이었다. 이는 고구려나 백제, 신라 등 그 어떤 나라보다 강성한 해군력이다.

이런 막강한 해군력을 지닌 수로왕에게 예전부터 중국과의 항로가 있었다면 수로왕과 중국은 불과분의 관계였음을 미루어 알 수 있다.

《삼국유사》에 의하면 수로왕 이후 석탈해의 침입도 바다를 통해서였고, 허황옥 왕비도 바다를 통해서 중국의 많은 물자를 싣고 왔다고 했다. 그렇다면 수로왕 역시 중국에서 배로 왔다고 가정해 볼 수 있지 않을까?

허황옥 왕후나 그의 오라비 허보옥(장유화상)과 함께 왔다는 잉신[37]들의 이름도 신보, 조광, 모정, 모량 등 이름도 인도 이름이 아니라 중국식 이름이다.

수로왕의 《납릉비음기》에 의하면 왕의 성은 김金씨이다. 먼 옛날 상서에 '저절로 태어나 만백성의 시조가 되었다.' 하며, 혹은 말하기를 중국의 소호금천씨의 후예라고도 한다. 즉, 김수로왕은 하늘에서 내려왔다는 설과 소호금천 씨의 후손이라는 두 설이 있다.

그 중 하늘에서 왔다는 설은 신격화한 것으로 논의 자체가 되지 않는다. 그렇다면 소호금천의 후손설은 어떠한가?

《삼국사기》김유신 열전에 의하면 그 땅에 개국하고 이름을 가야라 했다. 그 후 금관국이라 고쳤는데 그 자손이 서로 왕위를 계승해 9대에 이르렀다. 수로왕은 구해 또는 구차휴라고도 했다. 이는 김유신의 증조부가 된다.

김유신 비문에도 김수로왕의 조상은 (황제)헌원의 후예요, 소호금천의 후예라고 적고 있다. 또한 '남가야 시조 수로와 신라(경주) 김씨는 조상이 같은 동성이다.' 라고 기록하고 있다.

김수로왕뿐만 아니라 김유신 역시 소호금천의 후예이고, 경주 김씨 역시 소호금천의 후예라고 한 것이다.

신라 태종 무열왕의 아들 문무왕과 차남 김인문의 비문이 경주박물관 내의 미술관에 있다. 그 비문에 소호와 금천이란 이름이 새겨져 있다.

어째서 경주 김씨와 김해 김씨의 조상을 중국의 3황5제라는 소호금천에 맞추고 있을까?

문무왕의 비문에는 제천지윤전칠엽祭天之胤傳七葉이란 기록이 나온다.

---

37) 잉신 : 친정에서부터 데리고 온 신하.

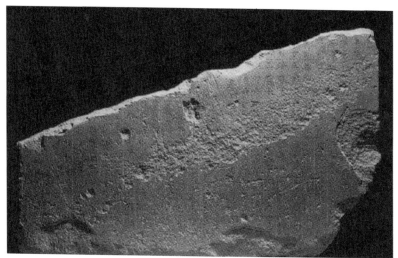
경주박물관 소장 문무왕 비문

비문이 많이 훼손 되었지만 그 비문은 다음과 같이 해석된다.

"신라 선조들의 신령스러운 영혼은 먼 곳으로부터 계승되어 온 화관지후火官之后니, 그 바탕이 융성하였다. 종宗과 지枝의 이어짐이 비로소 생겨나 투후秺侯는 하늘에 제사지낼 아들로 태어났다. 그리고 대를 이어 전하니 15대 성한왕(김알지)은 하늘에서 바탕을 내렸다.

산악으로부터 신령이 금궁전에 어림하고, 옥란간에 조상의 복이 상서러운 수풀처럼 많아 석유산을 보는 것 같다."

이 비문에 이해하지 못할 말들이 나타난다. 화관지후, 투후秺侯, 성한왕은 무엇인가? 문무왕의 조상 김알지를 성한왕이라 하는데, 성한왕은 투후의 7세 후손이라는 것이다.

화관지후란 중국 염제 신농의 후예라는 말이며, 투후는 한무제漢武帝 때에 흉노 휴도왕의 태자 김일제에게 준 제후의 칭호였다. 이것이 사실이라면 경주 김씨의 시조 김알지는 투후 김일제의 후손이 되는 것이다.

96

기원 전 122년, 한무제의 명을 받은 표기장군 곽거병이 1만 명의 기병을 거느리고 현재의 중국 감숙성의 언지산으로 출병하게 되었다. 곽거병의 군대에 계속 패배한 흉로의 이치선우(흉노의 천자)는 패전의 책임을 물어 휘하의 혼야왕과 휴도왕을 죽이려 했다. 혼야왕은 이치선우가 두려워 휴도왕과 함께 한나라에 항복하려 하였으나 휴도왕은 계속 싸우려 하였다. 그러자 혼야왕은 휴도왕을 속여 죽게 하고서 4만여 명의 부족과 함께 한나라의 곽거병에게 항복하였다.

이때 휴도왕의 아들 14세의 소년 김일제와 동생 김륜은 어머니(알씨)와 포로가 되어 한나라에 잡혀 갔다. 곽거병은 휴도왕을 파하고 휴도왕이 하늘에 제사지내는 금불상을 얻었다.

포로로 잡혀 온 김일제는 그 후 한무제의 신임을 받아 무제의 가까운 신하가 되었다. 그는 한무제를 암살하려는 자를 잡아내 신임을 받아 휴도왕의 제천금인(금불상)을 뜻하는 금金자의 성을 받게 된다. 경주 김씨나 김해 김씨가 여기서 비롯된 듯하다.

한무제는 자신이 죽기 전 곽거병의 조카 곽광과 김일제를 불렀다. 그러자 곽광이 한무제의 후사로 누구를 세워야 하느냐고 물었다.

"그대가 앞서 받은 그림의 뜻을 모른단 말인가? 나의 막내아들을 세우고 그대가 주공周公이 했던 노릇을 맡도록 하라."

이러한 분부와 함께 곽광을 대사마대장군으로, 김일제를 거기장군에 임명하고 투후라는 제후(왕)로 봉했다. 신라 문무왕 비문의 투후라는 말의 비밀이 여기서 풀려진다. 화관지후라는 말은 염제 신농을 뜻하는 말로써 김해 김씨나 경주 김씨 모두 중국의 삼황오제 중 하나인 염제 신농의 자손이라는 것이다.

한나라 무제는 곽거병의 조카 곽광과 김일제에게 어린 황제(소제-昭帝)를 보필하라는 유언을 남겼다. 김일제의 능 김일제의 능[38]은 곽거병의 능과 함께 무릉[39]의 공신릉으로 배장되어 있다.

김일제에게 상賞과 건建이라는 두 아들이 있었다. 상은 봉거도위, 건은 부마도위가 되었으며, 상이 투후의 제후자리를 이었다. 상은 후사가 없어 동생 건의 손자 당으로 투후는 계승되고, 당의 아들 성星으로 이어졌다. 김알지는 김일제 투후로부터 7세 손에 해당한다. 그래서 경주 박물관에 있는 문무왕 비문에 투후제천지윤전칠엽秅侯祭天之胤傳七葉이라 기록된 것이다. 김수로왕은 휴도왕의 차남 김륜의 후손으로서 그 조상이 중국 한나라의 권력 중심에 깊이 관여하였다.

김일제의 증손 김당의 어머니는 남대행대부인이라 했고, 그녀의 형부는 왕망(BC 45 - 23년)이었으며, 왕망은 김당의 이모부였다.

한나라 11대 성제는 자신의 모친인 10대 원제의 비 왕정군을 황태후로 모셨다. 왕정군의 둘째 남동생이 왕만이었고, 왕만의 둘째 아들이 왕망이었다. 황태후 왕정군은 왕망의 고모였다. 왕망은 한성제 때 신도후라는 제후가 되었다. 성제가 죽고 애제가 황제가 되었는데, 애제도 건강이 좋지 못해 황제가 된 지 6년 만에 죽었다.

왕망은 다른 대신들과 함께 당시 아홉 살인 한나라 13대 평제를 천자로 받들고 자기 딸을 황후로 삼았다. 평제의 나이가 어렸기 때문에 왕정군이 태황태비로서 수렴청정을 했다. 그러나 왕정군도 70세가 넘은 고령이라 실제 권력은 왕망에게 있었다.

왕망은 평제의 어머니 위휘를 중산왕후로 봉하고, 장안에 오지 말라고 했다. 그러자 한 대신이 왕망에게 진언했다.

---

38) 중국 섬서성 흥평현 남위향 도상촌에 있다.
39) 무릉-후한 한무제의 능

"황제가 아직 어린아이이니 어머니의 사랑이 필요합니다. 평제의 모친도 자녀가 평제뿐이니 위희를 모셔다 아들과 만나게 하되 정치에 간섭치 못하도록 하면 될 것입니다."

그러나 왕망은 그 대신을 파직시키고 위희의 외삼촌들과 친척들을 전부 처형해버렸다. 평제가 이를 알고 왕망이 없는 곳에서 불평을 했다. 그 보고를 받은 왕망은

"어린 것이 감히 나에게 불평을 해? 이대로 크면 무슨 짓을 할지 모르겠구나!"

하고 괘씸하게 생각했다.

왕망은 5년, 평제의 생일 날 후추를 넣은 술을 평제에게 권했다. 그러나 그것은 후추가 아니라 독이었고, 이를 마신 평제는 그로부터 며칠 후 죽었다.

왕망은 한의 9대 황제였던 선제의 현손 두 살짜리 영을 제위에 올리고 섭정을 하면서 자신은 가황제라 부르게 했다. 그러다가 8년, 결국 한나라를 멸망시키고 신新나라를 세워 자신이 황제가 되었다.

《황금제왕국[40)]》에는 다음과 같이 기술하고 있다.

김수로왕은 휴도왕의 차남 김륜으로부터 4세 손 김융融의 아들로 추정된다. 김융은 한나라의 개시중제조장대부皆侍中諸曹長大夫였다. 이는 중랑장에 해당한다. 즉, 휴도왕의 장남 김일제의 후손이 신라의 김알지이고, 차남 김륜의 후손이 가라국의 김수로왕이라는 것이다.

왕망의 새로운 나라는 이후 한나라의 후손 유씨들과 민란에 의해 23년

---

40) 황금제왕국 : 김용도, 인동 편저. 희출판사

에 망했다. 한나라는 그 후 후한 광무제가 나라를 다시 찾아 세우기까지 무정부 상태의 혼란이 계속되었다. 가라국의 개국이 42년이라면 그때는 후한의 자리가 잡히고, 협력자들은 왕망의 일족이나 왕망 정권에 모두 쫓기고 있던 때였다.

김해 회현리 패총(김수로왕의 왕궁터)에서 왕망 때 사용됐던 화천이라는 화폐가 발견되었다. 화천은 왕망(8년-23년 재위) 14년에 만들어져 10년 밖에 사용되지 않았다.

왕망과 김해와의 관계가 깊었음을 알 수 있다.

김수로왕의 가라국 건국은 시기적으로 볼 때 후한 광무제(劉秀)에게 쫓긴 왕망 일족이거나 후한 광무제와 병립할 수 없는 정치 집단이 망명했을 가능성이 크다. 왕망 일족과 가까운 수로왕의 일족은 왕망과 같이 지배층으로 있다가 각지의 한漢나라 왕족들인 유씨들의 반란에 쫓겨 새로운 땅을 찾아 이주해 왔을 수도 있다.

월남의 패전 후 보트피플이 발생했듯이 당시의 지배계층도 신천지를 찾아 떠났던 것이다. 그들이 도착한 곳은 변한 시절부터 중국과 무역으로 왕래가 있었던 변진구야국의 땅 김해였다.

2001년 KBS에 특집방송으로 《몽골리안 루트》라는 그 프로가 있었다. 6부작 중 제5편 《황금가지》라는 프로에 의하면 김알지의 김씨 왕제가 확립되면서 적석목곽분이라는 분묘제도가 있었다.

이 묘제는 기원 전 2세기부터 내려온 흉로족인 알타이족의 고유 묘제이다. 이 적석목곽묘가 가야와 신라 양쪽의 고분에서 같은 시기에 출현하는 것을 볼 때 김수로왕과 김알지는 같은 흉로족 계통였던 것으로 추정된다.

제3장 일본 출산의 장

1. 제2대 거등왕(42~199)편

(1) 거등왕의 신녀와 하ㅏ 쓰시마 다구두신사

가라국의 2대 왕은 도왕이며, 휘는 거등이다. 왕후는 신씨이고, 이름은 모정이었다. 왕후의 부친은 천부경 신보였으며, 천부경 신보 부부는 허황후가 시집올 때 따라온 가신이었다. 허황후가 수로왕에게 부탁하여 2세 거등왕비와 3세 마품왕의 비는 허황후를 따라 온 가신의 딸로 책봉했다.

거등왕은 태조대왕 121년 임인년(162년)에 나라를 대신 다스리라는 명을 받았다. 그후 기묘(199년)년에 즉위하여 궁궐의 동북쪽에 종묘를 세우니, 지금의 수로왕릉이 있는 숭선전이다.

김수로왕과 허왕후는 10명의 아들을 두었다. 그 중 장자는 거등왕이 되었고, 한 아들은 거칠군으로 김해시 진례면에 있는 진례성주였다고 한다. 거칠군은 지금의 부산 동래와 양산 일대의 낙동강 동편에 생각된다.

수로왕의 둘째 아들과 셋째 아들은 어머니 허황후의 성을 물려받아 김해 허씨가 되었다.

나머지 일곱 왕자는 허왕후의 오라비 허보옥 선사를 따라 지리산에 들

경덕사는 경주 배씨의 시조를 모신 사당이다. 혁거세의 탄생지 라정과 가까운 곳에 있다.

어가 도를 닦아 성불했다. 김해 배씨의 보첩에 의하면 수로왕의 두 딸 중 장녀 영안공주는 태사인 배문열에게 시집갔다. 수로왕의 차녀는 석탈해왕의 장자 구추의 부인이 되었다.

아동문학가이자 재야 사학자인 이종기 씨는 일본의 히미코가 수로왕의 딸이라고 주장하며, 그 출처를 김해 초선대 설화에서 구하고 있다.

김해에는 초선대招仙臺라는 유적지가 있다. 74년 2월 16일 경상남도 유형문화재 제78호로 지정된 곳이다.

가라국 2대 거등왕은 칠점산七点山의 담시선인旵始仙人을 초대하여 거문고와 바둑을 즐겼다고 한다. 때문에 이곳의 지명이 초선대가 된 것이다.

《김해 김씨 선원대동보》에 이런 내용이 있다.

"선견先見이라는 이름의 왕자가 신녀神女와 더불어 구름을 타고 떠나자 거등왕이 강가 돌섬의 바위에 올라 왕자를 그리워하는 그림을 새겼다. 이 바위가 초선대다."

이종기 씨는 이선견이라는 왕자와 신녀가 구름을 타고 떠났다는 말은 실제로 구름을 타고 떠난 것이 아니라 배를 타고 일본으로 건너간 것을 뜻하는 것이라고 주장한다. 또 선견이라는 왕자와 신녀는 김수로왕의 아들과 딸이라고 한다. 그런데 일본의 고대국가 사마대국邪馬台國의 여왕 히미코(卑彌呼)의 다른 이름이 묘견공주였다.

일본에는 지금도 묘견보살을 믿는 신앙이 전해지고 있다. 묘겐상이라는 이름으로도 불려지고 북진보살이라고도 하는데, 북극성과 북두칠성의 신앙과 함께 여러 곳에서 신앙화되고 있다.

히미코는 이름이 아니다. 히는 해의 다른 말로 태양을 상징하고, 미코는 여자란 말이다. 태양의 여자, 바로 수로왕의 딸이라는 것이다.

그런데 필자가 본《김해 김씨 대동보》의 기록은 조금 다르다.

"거등왕 기묘(199년)년에 왕자인 선견이 속세를 떠나 신녀와 함께 구름을 타고 떠나 갔다. 왕이 탄식하며 도읍의 강에 있는 석도암에 올라 신선을 초대하여 영정을 새기니 후대 사람들이 초선대라 하였다. 또한 초현,

김해 불암동의 초선대와 신어산에서 내려오는 하천이 만난다.

초칠점산이라 한다."

이 기록에 의하면 선견이란 왕자는 수로왕의 아들이 아니라 거등왕의 왕자라 해야 할 것이다. 어쨌든 선견과 함께 구름을 타고 떠났다는 신녀, 이종기 씨는 그녀를 사마대국의 히미코라 했다. 과연 이 말이 사실일까?

김해 초선대에서 배를 타고 일본을 향해 가노라면 제일 먼저 쓰시마에 닿게 된다.

쓰시마는 옛날에는 진도津島라고 했다. 진津이란 배를 대는 나루터를 말한다. 그러니까 진도는 배를 대는 섬이라는 말이다. 쓰시마의 쓰는 나룻터 진津을, 시마는 섬 혹은 서마가 변형된 것으로 한국어에서 비롯된 것으로 생각된다.

쓰시마는 부산에서 49.5㎞ 떨어져 있으며 맑은 날이면 김해에서 육안으로도 보인다. 쓰시마에는 상도와 하도가 있는데, 상도에서 한국을 향한 바닷가 마을에 우나쓰라(女連)라는 곳이 있다.

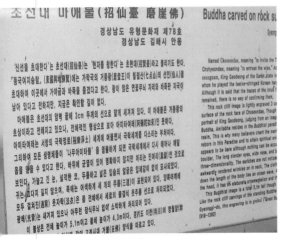

초선대 안내 표지

에이도메 히사에(永留久惠)가 지은 《해신과 천신-대마의 풍토와 신들》에 의하면 쓰시마는 상부의 섬과 하부의 섬으로 크게 나뉜다. 그 상부의 섬 서해안에 여연女連이라는 마을이 있다. 이 지명의 유래는 분명하지는 않지만 고대의 호족豪族이 조선의 왕녀를 데려온 데서 유래했다는 전설이 있다. 그러면 그 조선의 왕녀는 누구일까?

이 왕녀가 닿은 여연포의 북쪽에 좌내풍佐奈豊이란 사람이 살지 않는 해변이 있다. 그 해변에 〈우쯔로〉란 배가 흘러서 도착했다고 하는 전설이 전해 온다. 또 항아리를 타고 왔다고도 하는데, 항아리는 현지 언어로 핫게(표주박의 쓰시마 방언), 또는 가라쯔보(空虛)라고도 한다. 가라쯔보란 속이 빈 항아리라는 말이다. 그러니까 가야의 왕녀가 타고 왔다는 배는 가라국의 항아리라는 것이다.

가라국의 가라加羅라는 말을 일본에서는 같은 발음인 공空이란 글자로 바꾸어 읽었다는 의미이다.

〈우쯔로〉라는 배는《대일본어 사전》에 의하면 〈후쯔로후네〉라 한다. 이 말은 공선空船 즉, 빈배란 말이다.[41] 공空은 가라加羅라는 말에서 음만 따 가라로 읽는 한문 공(空 - 가라)이란 글자로 바꿔 쓴 것이다. 그러기에 〈우쯔로〉라는 배를 타고 왔다는 말은 가라국의 배를 타고 왔다는 말이며, 가라국의 배를 타고 온 왕녀란 가라국의 왕녀이란 말이 된다.

가라국의 왕녀라면 초선대에서 구름을 타고 사라진 선견왕자와 신녀와는 어떤 관련이 있는 것일까?

이 여연의 북쪽 5km 떨어진 곳에 지다류志多留라는 마을이 있다. 그 마을에는 일본의 승문후기(신석기 후기)에서부터 야요이(청동기)시대까지 이어지는 조개무덤이 있다. 이곳에서 후한의 〈기봉경〉이란 청동거울과 가야(伽倻,加羅)의 토기가 출토되었다. 이로써 그곳에 가라국의 왕녀가 도착했다는 사실을 입증되는 셈이다.

---

41) 에이도메 히사에(永留久惠) 著《해신과 천신-대마의 풍통와 신들》65쪽

지다류志多留에는 대장군산大將軍山이 있다.

그 산에는 상자 모양의 석관묘가 있는데 쓰시마에서 가장 오래된 고분으로 추측된다. 출토된 유물은 옛날식 토기(土師器)와 김해식 도질토기, 철화살촉, 중국 거울, 옥玉 등이 있는데 이는 4세기 후반의 유물로 보여진다.[42]

이렇듯 쓰시마에서는 많은 토기들이 발견된다. 토기 종류도 다양하여 크고 작은 항아리와 제사에 사용하는 고배高杯와 기대器台등이다. 이 유물들은 처음 중국 한나라에서 왔다고 했으나 지금은 가라국에서 왔다는 것이 정설로 인정되고 있다.[43]

지다류志多留에는 중요한 제사 유적과 전승되는 민속도 많다. 그 하나로 신좌단神座壇이라 부르는 신산神山이 있다.[44] 이 신좌단에 얽힌 전설을 살펴보기로 한다.

옛날, 지다류의 해변에 항아리하나가 흘러 들어왔다. 사람들이 다가가자 그 항아리가 말했다.

"나는 가라加羅라는 나라에서 왔다. 그러니 가라국을 잘 볼 수 있는 곳에 놓아 달라."

어부는 그 말대로 바닷가에 놓아두었다. 그러자 자연히 조수가 밀려오면 항아리에 물이 가득 차고, 물이 빠지면 항아리의 물도 비어졌다.

이 전설에서 말하는 항아리란 무슨 의미일까?

---

42) 에이도메 히사에(永留久惠) 著《해신과 천신-대마의 풍토와 신들》24쪽
43) 에이도메 히사에(永留久惠) 著《해신과 천신-대마의 풍토와 신들》26쪽
44) 에이도메 히사에(永留久惠) 著《해신과 천신-대마의 풍토와 신들》54쪽

고대에는 항아리를 신성한 그릇으로 생각했다. 또 항아리는 신에게 술을 올리는 무웅추라는 신의 이름으로도 불렀다. 이는 옹관(독무덤)에서 유래되었다고 보지만 혼령이 머무르는 그릇으로 인식되고 있던 것으로 해석된다.[45] 이 항아리는 단순한 전설이 아니라 가라국에서 전해진 신앙의 상징이었던 것이다.

김해 대성동에서는 최초의 왕릉이라 할 수 있는 제 29호와 47호의 고분에서 청동항아리가 발굴되었다. 이 항아리는 동복(銅鍑:청동솥)이라고도 하는데 죽을 때 묘에 까지 가지고 들어간 걸로 보아 평소 왕이 얼마나 아끼는 물건인지 알만하다. 그렇다면 왜 이 동복을 그토록 아꼈을까?

29호 목곽묘는 3세기 후엽의 고분으로 도굴의 흔적이 있지만 금동관의 조각이 발견된 것으로 보아 왕릉이라는 점이 확실하다. 이 같은 여러 정황으로 볼 때 가라국의 2대 거등왕이거나 3대 마품왕의 능이 아닐까 생각된다.

29호 고분에서는 철촉과 철검, 그리고 많은 토기들이 함께 출토되었다. 입 양쪽에 고리가 달려 있는 동복銅鍑은 북방 초원지대(내·외 몽골, 길림성 집안시, 길림성 모아산)에 사는 유목민이 고기를 삶아먹는 데 사용하던 그릇이다. 그러나 단순한 취사 그릇이 아니라 유목 기마민족들이 말을 타고 이동하면서 신神에게 제사지낼 때 제물을 삶는 일종의 제기이기도 하다.[46]

동복은 맹세를 할 때 피와 술을 섞어 나눠마시던 맹세의 도구이기도 하며, 연회 등의 잔치에서도 쓰였다. 쓰시마의 항아리 신앙에서 말하는 항아리도 가야의 제기이며, 동북아시아의 기마민족과 그 뿌리가 이어지는

---

45) 에이도메 히사에(永留久惠) 著《해신과 천신-대마의 풍통와 신들》 54쪽
46) 《일본은 한국이더라》 김향수 저 246-247쪽

대성동 29호, 39호 고분의 복원 모습

것으로 추측된다.

대성동 29호 고분의 연대와 가라국의 왕녀인 신녀의 생존 연대는 비슷한 3세기로 추정되고 있다. 가라국에서 쓰시마로 간 조선의 왕녀는 바로 거등왕의 딸, 신녀가 아니였을까? 전설을 분석해 보면 더욱 자명해진다.

첫째, 항아리는 신이 타고 다니는 것으로 우쯔로(표주박) 배와 통한다. 대마도에는 항아리를 신神의 몸체라고 말하는 신사神祀가 있다.

둘째, 이 항아리는 가라국을 볼 수 있는 곳에 천좌단을 설치하고, 또 그곳에 배를 대도록 가르쳤다. 가라국에서 온 왕녀, 그녀가 신녀神女가 아니라면 이런 전설이 나올 수 없는 것이다.

셋째, 단壇이라고 하는 곳은 흙을 쌓아 올려 그 위에 제사하는 장소를 가르킨다. 우리나라에서는 제사하는 곳을 당(堂-산신당, 서낭당, 壇-사직단)이라 하는데 단과 당은 같은 뜻이다.[47]

쓰시마에는 가라국에서 온 왕녀의 천좌단이 있다. 즉 가라국 초선대를 떠나온 왕녀는 일본 큐슈로 건너가기 전 쓰시마에 수로왕의 신선사상에

---

47) 에이도메 히사에(永留久惠) 著《해신과 천신 - 대마의 풍통와 신들》55쪽

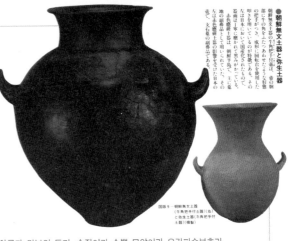

의한 천신당을 자리 잡게 했
던 것이다.

쓰시마의 북쪽에서 80km 떨
어진 남쪽에는 스쓰라는 곳이
있다. 이곳에 고어혼신사(高御
魂神社 - 다카미무스비 신사)가
있다는 창업주 김향수 씨의

한국과 일본의 토기. 손잡이가 소뿔 모양이라 우각파수부호라
한다. (우 : 가라국 토기, 좌 : 일본 토기)

책을 읽고서 무턱대고 찾아나섰다.

쓰시마의 큰 길가에서 일행이던 김해의 문화유적 탐사자들과 헤어져
30분 후 다시 만나기로 하고 산길을 뛰었다. 다른 일행의 일정에 차질을
주지 않고 다시 만나기로 약속한 30분이 고어혼신사(高御魂神社-다카미무스비
신사)를 찾도록 내게 주어진 시간의 전부였다.

평소의 운동부족 탓인지 2킬로도 못 뛰어 숨이 가빴다.

버스 운전수가 일러준 대로 찾아 가니 그곳엔 천신다구두 신사天神多久
頭神社라는 깃발과 안내문만 보였다. 도무지 고어혼신사高御魂神社는 보이
지 않았다. 게다가 쓰시마는 인구가 적어(섬 전체 4만 명) 길을 물어 볼 사람
도 별로 없었다.

그때 한 노인이 천천히 걸어왔다. 다급한 마음에 책자를 보여주며 고어
혼신사高御魂神社에 대해 물어보았다. 잘 모른다고 했다. 고갯길을 왔다갔
다 하다 다시 한 노인에게 물으니 바닷가 쪽 숲을 가리킨다.

바닷가는 도로보다 10여 미터 가파른 언덕 아래 있었는데, 그곳으로 가
자면 언덕을 빙 돌아가게 되어 있었다. 동료들과 약속한 시간을 맞추기
위해서는 돌아갈 시간이 없었다. 가시덤불을 헤치고 언덕 아래로 내려갔

다. 겨울인데도 숨이 턱에 차고 온 몸에 땀이 솟았다. 그곳은 원래 건축회
사가 관리하는 곳이어서 일반인의 출입이 금지된 곳이지만 막무가내로
신사로 갔다.

바닷가에는 풍어와 안전을 비는 작은 신사들이 줄지어 있었다. 그곳은
한반도와 일본 이끼섬과 큐슈로 가는 통로이기도 하여 더욱 신사가 많은
것 같았다. 그러나 이곳 바닷가에도 내가 찾는 고어혼신사는 보이지 않았
다. 다시 큰 길로 올라가야 하는데 내려올 때와 마찬가지로 언덕길을 기
어올랐다.

겨울이라 코트를 입고 있었고, 손에는 김향수 씨의 《일본은 한국이더
라.》라는 책자와 물병을 쥐고 있어 가파른 절벽을 기어오르려니 너무 힘
이 들었다. 땀이 나니 안경은 흐려져 보이지 않고, 마땅히 잡을 만한 나무
도 없어 썩은 나뭇가지를 붙잡으니 금방 부러지고 구두가 벗겨지며 절벽
아래로 미끌어졌다. 약속 시간은 임박해지는데 신사를 아직 찾지도 못했

사마대국의 여왕 히미코의 다른 이름이 묘견공주인데 묘견이란 지명이 아래쪽에 보인다.
쓰시마 가라츠(당주)에서 앞으로 나가면 한반도이다.

으니 마음만 다급했다.

온갖 힘을 다해 언덕에 올라서니 몰골이 말이 아니었다. 다시 지나가는 노인에게 책을 보여주며 고어혼신사의 위치를 물었으나 알지 못했다. 하여 길에서 왔다갔다 하며 많은 시간을 보낼 수밖에 없었다. 결국 일행과 만나는 것을 포기하고 어떻게 하든 신사만 찾기로 했다.

그러나 막막하기 만했다. 낯선 이국에서 지나가는 사람도 별로 없는데, 더구나 현지인들도 잘 모르는 신사를 과연 찾을 수 있을까?

기다리다 못해 마을로 사람을 찾아나섰더니 한 젊은 사람이 간편한 차림으로 나왔다. 기대를 걸고 길을 물으니 다행히 그는 알고 있다고 하며 자기가 트럭으로 데려다 주겠다고 했다. 너무나 고마웠다. 차를 타고서 고어혼신사를 향해 갔다. 감사한 마음으로 과자 봉지 하나를 주었다. 그 작은 걸로 보답이야 될까마는 마음을 조금이라도 전하고 싶었다.

111

고어혼 신사가 있는 스쓰에서 한반도를 향해있는 바닷가 신사들.

그런데 차는 마을 입구에 있는 천신다구두 신사로 가는 것이었다. 신사 입구에 가보니 천신다구두신사天神多久頭神社와 고어혼신사高御魂神社는 입구가 붙어 있었다. 그런 줄 알았다면 바로 찾을 수 있었을 텐데 그걸 몰라 그토록 헤매고 다녔던 것이 속상했다. 출입문이 같은 걸로 미루어 지금은 두개의 신사지만 원래는 하나의 신사였을 것으로 생각되었다.

천신다구두 신사와 고어혼 신사의 안내 표지.
두 건물이 한 곳에 같이 붙어 있다.

고어혼 신사의 동종

고어혼신사의 입구로 안내한 40대의 젊은이는 신사 앞에 서서 손뼉을 두 번 치고 난 후 합장을 했다.

고어혼신사의 주신은 고황산령존이라 했다.

《일본서기》에 의하면 고황산령존은 일본 최초의 천황인 신무천황의 할아버지를 일본 땅에 내려보내 나라를 개척하도록 한 존재라고 한다. 천조대신(아마테라스)이 자신의 아들로 천황을 만들려 했으나 고황산령존이 내려보낸 천손에 의해 일본을 다스리게 했다

천신다구두 신사의 돌탑은 우리나라 성황당의 돌탑을 많이 닮아 있다.

는 것이다. 그러므로 고황산령존은 하늘나라에 있는 최고의 조상신이다. 그 하늘나라가 바로 가라국이라고 생각되었다.

고어혼신사와 함께 있는 천신다구두신사天神多久頭神社는 쓰시마의 북쪽에도 있는데, 그곳에서는 우리나라의 서낭당처럼 돌탑을 쌓아 제사를 지낸다고 했다. 그 신사에서 믿는 것은 지금도 천도天道라고 했다.

쓰시마에는 천도라는 신앙이 많이 퍼져 있다. 그러면 그들의 천도란 무엇일까?

쓰시마의 최남단에 있는 천신다구두신사天神多久頭神社의 남쪽에는 신의 몸체가 목각상으로 만들어져있는데 현재는 신령한 보물로 지정되어 있다. 목각상의 높이는 25.5㎝인데 이목구비가 그림으로 그려져 있다. 배 부

고어혼신사의 주신전(사진 상 · 하)

분에는 해무리를 그려 놓았는데, 여체를 형상화하고 있다. 신상의 대좌 뒷면에는 천도여신궁지天道女身宮之라 쓰여 있다. 바로 이 여신상이 쓰시마에 두루 퍼져 있는 천도라는 신앙체의 본신상인 것이다. 이 여신의 자태는 하늘 동자를 임신한 모습으로, 해의 빛을 받은 아기를 임신한 여인의 모습을 나타낸 것이라 한다.

이 여신은 먼 바다에서 우쯔로(空虛)라는 배를 타고 왔다고 한다.

우쯔로라는 말은 쓰시마 북쪽의 항아리 신앙과 연결되어 있는 가라의 항아리라 설명한 바 있다. 이 말은 배를 타고 왔다고 하는 것이며, 이 여신은 가라국의 신녀라는 것을 확인해 주고 있다.

또한 필자가 찾아간 고어혼신사의 보타산普陀山이라는 편액에도 유념할 필요가 있다.

보타산이란 이름은 어디서 나왔을까?

쓰시마 섬에는 석관묘가 많이 보인다. 강의 입구나 작은 돌섬, 바닷가 튀어나온 곳 등에 석관묘가 있다.

이 석관묘 중에는 배 모양의 석관이 있는데 그 석관묘는 바다 건너편을

114

神御魂神社の旧神体と像底銘

고어혼 신사의 신체상.
신공왕후의 모습과 닮아 있다.

향하고 있다. 그들의 생각에는 바다 건너편에 영혼의 조국이 있고, 그곳에서 영혼이 영원히 살 땅이라는 생각을 가진 것으로 보여진다.[48]

　쓰시마의 바다 건너 언덕에는 어떤 나라가 있는 것일까?
　고향을 떠난 사람은 죽을 때 본능적으로 고향 쪽으로 머리를 두고 싶어한다. 그만큼 조상들이 살아온 곳, 즉 뿌리를 중요시하기 때문이다. 그러니 가라국에서 쓰시마로 건너가 살다가 그곳에서 마지막 숨을 거둔 유민들도 후손들에게 유언으로 남겼을 게다.
　"고국인 가라국이 보이는 곳에 나를 묻어 달라. 어머니 아버지의 나라, 조상들에게 돌아가고 싶다."라고.
　이러한 경향은 중세로 내려오며 불교의 서방정토 사상과 합해져 보타락도해補陀落渡海라는 관음사상이 되고, 그 마음 바닥에는 꿈에도 그리워하는 조국이 있었을 것이다.[49]

---

48) 에이도메 히사에(永留久惠) 著《해신과 천신-대마의 풍토와 신들》85쪽
49) 에이도메 히사에(永留久惠) 著《해신과 천신-대마의 풍토와 신들》85쪽

하쓰시마의 고어혼 신사

고어혼신사의 본존에 있는 편액에는 보타산이란 이름이 써 있다. 바다 건너 땅 조국을 그리워하는 마음이 보타락도 해라는 관음사상으로 발전되었다고 했는데, 이때 보타락補陀落의 보補는 편액에 쓰인 보타산의 보普자와는 다르다. 왜 다를까? 보타산이란 이름은 수로왕이 보주普州 황태왕이라 한 것과 관련이 있을 것 같다.

《숭선전 신도비문》에 의하면,

"이에 왕을 높여서 태왕원군이라 하였으니, 아 장하도다! 후한 환제 연희 연간의 임인년(162년)에 왕의 춘추는 121세였다. 스스로 정무를 살핌에 늙고 고되다고 여기서서 홀연히 신선이 되어 하늘로 올라가며 왕위를 태자인 거등에게 물려주고 지품천知品川의 방장산에 별궁을 지어서 그곳으로 태후와 더불어 거처를 옮기고 수련하시었다. 왕은 스스로 보주 황태왕이라 부르고, 황후는 보주 황태후라 불렀다. 이때 산을 태왕산, 궁을 태왕궁이라고 했다. 그 후 38년이 지난 기묘년(199년) 3월 23일 승하하시었으니, 이때가 헌제 건안 4년이었다."

이에 의하면 수로왕은 신선사상에 깊이 심취해 있었던 것으로 보인다.

그러므로 쓰시마 스쓰에 있는 고어혼신사 본전 편액에는 수로왕의 보주에서 보普자를 따고 허황후의 조국 아유타국에서 타陀의 이름을 딴 것으로 보인다.

가야국에서 일본 큐슈로 가기에 위해서는 쓰시마를 거쳐 가는 것이 안전하다. 그리고 쓰시마에서 다시 큐슈로 가려면 이끼섬을 거쳐가는 게 안전할 것이다. 그래서 가야인들은 이곳에 그들의 개국시조 김수로왕의 석상을 모셔 놓고 항해의 안전을 기원했을 것이다.

고어혼신사와 천신다구두신사天神多久頭神社의 뒤편에는 쓰시마에서 제일 큰 논이 있다. 그런데 다른 곳은 다 흉년이 들어도 이곳은 괜찮다고 한다. 이곳에서는 옛날부터 흑미(적미)를 생산하여 천신에게 제사지내는 축제가 열린다. 흑미는 일본의 큐슈, 일부와 쓰시마, 그리고 한국에서 생산된다. 이곳은 한국과 깊은 관련이 있음을 느끼게 한다. 또 거북점을 쳐서 일년 농사의 흉작과 풍작, 풍어, 개인의 운수를 알아낸다. 거북과 가라국은 밀접한 관계가 있음은 이미 말한바 있다.

쓰시마는 95%가 산으로 이뤄진 수십 개의 섬들로 이뤄졌기 때문에 좋은 논밭이 적다. 역사적으로 하下쓰시마가 천조대신(해의 여신) 히미코의 나라라면 상上쓰시마는 스사노오의 땅이었다.

다시 《일본서기》를 본다.

"천조대신(해의 신·묘견공주)은 하늘나라에 좁고 긴 밭 3개를 가지고 있었다. 이 밭들은 다 좋은 밭이라 가뭄이 들어도 피해를 입지 않았다.

스사노오존에게도 3개의 밭이 있었다. 그러나 이 밭들은 벼농사에 적합하지 않아 비가 오면 밭들이 떠내려 가버리고, 가뭄이 되면 곡식이 다 타버려 수확이 적었다.

스사노오는 심통이 나서 누이의 농사를 방해했다.

봄이 되면 씨를 두 번 뿌린다든지 밭 둑을 파괴해버리고, 가을에는 하늘의 얼룩망아지를 밭 가운데 방목하여 수확을 방해하였던 것이다. 또, 천조대신이 제사를 올리려고 준비해둔 햇곡식에는 몰래 분뇨를 뿌리기도 했다.

천조대신이 신에게 제사지낼 의복을 만들 때였다. 스사노오는 하늘의 얼룩망아지 가죽을 벗겨 궁전 지붕에 구멍을 뚫고 던져 넣었다. 깜짝 놀란 천조대신이 지붕을 쳐다보다가 베틀의 북에 찔려 부상을 입었다. 천조대신은 화가 치밀어 천석굴에 들어가 숨어 버렸다.

해의 신이 굴속으로 들어가버리자 천지는 암흑에 휩싸였다. 팔십만 신들은 하늘 강가 언덕에 모여 긴 회의 끝에 해의 신, 천조대신을 설득하여 모셔왔다.

그리고 스사노오에게 죄를 물어 그의 수염을 깎고, 손톱과 발톱을 뽑아버렸다. 또 머리카락도 뽑아버린 후 고천원에서 추방하였다.”

이상의 《일본서기》내용을 보면 하쓰시마 스쓰에 있는 천신다구두신사 뒷편에 있는 가물어도 생산할 수 있는 최고로 좋은 논이야말로 해의 여신 아마데라스의 논이라 할 것이다. 이에 비해 상쓰시마에는 좋은 논이 없다. 이 상쓰시마와 관련된 신화를 다시 찾아본다.

2. 상上 쓰시마와 선견왕자 스사노오

쓰시마에는 스사노오와 관련된 전설이 많이 전해 온다.

대마도의 북쪽 끝에 풍(豊-도요)이라고 하는 촌락이 있다. 파도가 잔잔한 강 입구에 야요이시대(기원 전후)의 유적이 있는데, 옛날에는 북쓰시마의 중심지 가운데 하나였다.

이곳에는 추근도椎根島라는 작은 무인도가 있는데 썰물 때에는 육지와 연결되어 통행이 가능했지만 바다 가운데 길로 가면 안 되었다. 그것은 신神의 섬인 까닭이었다.

섬머리(島頭)라는 호칭도 있는데 성지聖地라고 불리는 곳이 많은 쓰시마의 전형적 예에 속한다.

추근도에는 반좌磐座라는 곳이 있는데 절이나 신사는 없다. 현재는 섬 대국혼신사島大國魂神社라 칭한다. 제사 지내는 신은 《일본서기》에 나오는 스사노오素戔嗚鳴와 대국주명大國主命이다.

섬의 반좌磐座라는 곳에는 연못이 있고, 그곳에는 흰 뱀이 살고 있다고 한다. 그런데 그 뱀을 봤다고 발설하면 바로 죽게 된다는 전설이 내려온다고 한다.

스사노오를 신으로 모시는 신사가 있는 곳, 상쓰시마의 반좌라는 곳은 흰 뱀과 연관이 있다. 《일본서기》에 의하면 스사노오는 팔지대사라는 큰 뱀을 죽였다고 하는 대목이 있어 일치함을 보인다.

그 내용을 자세히 살펴 보자.

스사노오는 고천원에서 출운국의 냇가로 내려왔다. 그때 웬 울음소리가 들려 그곳을 향해 가니 외딴 집에 노부부가 한 소녀의 몸을 주무르고 있었다.

스사노오가 물었다.

"그대들은 누구이며, 왜 그렇게 울고 있오?"

노부부가 대답했다.

"우리들은 이곳의 나라신(國神)이오. 나는 각마유라 하고, 처의 이름은 수마유라 하오. 이 아이는 기도전희라는 우리 딸이오. 원래 우리에겐 여덟 명의 딸이 있었소. 그런데 머리가 여덟 달린 뱀(八枝大巳)이 매년 한 사람씩 잡아먹어 버렸소. 올해 또 남은 딸을 마저 잡아먹으러 오게 되어 울고 있는 것이오."

스사노오가 쓰러져 있는 소녀를 보니 아름다웠다.

"내가 딸을 구해 주면 그 딸을 나에게 주시겠소이까?"

노부부가 스사노오를 보니 믿음직한 젊은이였다.

"좋소, 그리하겠소."

스사노오는 단검을 상투 속에 감추었다. 그리고 노부부에게 여덟 번 걸러서 만든 신령한 술을 빚게 했다. 또 임시로 침상을 여덟 칸으로 만들었다. 그리고 그 칸마다에 술이 가득 채워진 술통을 놓고 뱀을 기다렸다.

때가 되자 마침내 뱀이 나타났다. 뱀은 술통을 보더니 각 술통마다에 머리를 하나씩 처박고 술을 마시기 시작했다. 향긋했지만 독한 술에 취한 뱀이 마침내 쓰러졌다.

스사노오는 상투 속에 감춰 두었던 칼을 꺼내 뱀을 토막내어 죽였다. 그리고 나서 약속대로 소녀를 데리고 출운(出雲-시마네현 이즈모)이라는 곳으로 가서 결혼을 한후, 그곳에 궁을 세우고 대기귀신大己貴神이란 아들을 낳았다. 스사노오는 '내 아들의 궁 우두머리는 각마유와 수마유로 삼는다.'고 했다. 스사노오는 마침내 근국(根國-시마네현 출운시)으로 갔다.

지금도 일본 시마네현 이즈모시(출운시)에는 이즈모대사라는 큰 신사가 있다. 그곳은 중요한 날에는 천황이 찾아와 제례를 올리는 곳이며, 왕궁 터와 고분들이 남아 있다.

그 이즈모대사에는 스사노오가 그의 누이이자 해의 신인 천조대신에게 무릎 꿇고 잘못을 비는 모습을 동상으로 만들어 놓았다.

이렇게 상쓰시마의 신화 속 흰 뱀과 출운(이즈모)의 뱀은 스사노오와 깊은 관련이 있다.

상 쓰시마에는 히다카츠(比田勝)란 항구가 있다. 부산에서 상쓰시마로 가는 배는 이 항구에 머물게 된다. 히다카츠에서 풍이라는 포구로 가는 도중에 샘(泉-이스미)이라는 마을이 있다.

이 촌락을 《해동제국기》에는 지고리포志古里浦라 기록하고 있다.[50]

그런데 지금의 일본인들은 현재 지고리志古里를 〈시고리〉라고 읽는다. 필자가 보기에는 〈시골〉이라는 우리말에서 나온 것이 아닌가 여겨진다.

쓰시마에서는 지고리志古里나 지하리志賀里도 '시고(しこ)'라고 하는 신神을 가르키는 의미로 사용된다. 이 말에는 '강한, 힘 센, 추한 남자'라는 뜻이 담겨 있고, '추한 남자'란 강한 남자가 자기를 겸손하게 부르는 말이라고 한다. 이 말을 보면 〈지고리志古里〉라는 말이 우리말의 〈시골〉에서 나온 것으로 더욱 확신된다.

우리는 흔히 자신을 촌놈이라고 지칭하기도 한다. 이때 촌놈이라는 말에는 어떤 뜻이 포함된 것일까? 또 시골사람이라면 어떤 이미지가 떠오르는가? 세련되지 못한 용모를 가지고 있지만 힘이 센 남자가 연상되지 않는가?

일본 사람들은 지고리志古里라는 말의 어원을 어렵게 해석하지만 '시골'로 읽으면 우린 금방 그 말의 의미가 들어온다. 이 말이 가라 말이고, 이 말을 사용한 사람들이 스사노오와 관련된《일본서기》에 나오는 주인공들이라면 스사노오와 관련된 천황가의 뿌리가 가라국이 아닐까? 쓰시마

---

50) 에이도메 히사에(永留久惠) 著《해신과 천신 - 대마의 풍퉁와 신들》33쪽

쓰시마에서 제일 큰 8번궁의 주신인 스사노오 신전

의 많은 말들이 현재의 한국말과 같다. 실제로 총각, 지게 등의 말은 대마도와 한국에서 같은 말로 쓰인다. 이는 그 뿌리가 하나임을 증거해주는 것일 수 있다.

상쓰시마의 히다카츠(比田勝) 포구의 입구에 서박(西泊-니시또마리)이라는 촌이 있다. 가라국은 쓰시마의 서쪽에 있어 그곳에 정박한다는 뜻으로 서박 마을이 된 듯싶다.

이 마을의 미우다 해변에는 화궁어전花宮御前이라는 제사지내는 곳이 있다. 이곳에도 우쯔로(표주박)라는 배를 타고온 공주 이야기가 전해지고 있다. 그런데 현지에는 많은 보물을 싣고 왔으나 그곳 쓰시마 토착민들에게 모두 빼앗기고 살해당해서 땅에 묻혔다는 전설이 전해진다.

그곳 전기(殿崎)라는 곳에 화강암으로 만든 관음상이 있다. 그 관음상을 만든 화강암은 쓰시마에서 나는 돌이 아니라고 한다. 즉 이 돌은 한국에서 나는 돌로 보인다는 것이다.[51] 한국에서 나는 돌로 관음상을 만들었다면 그 관음상을 모시는 신앙이 한국에서부터 왔다는 것 또한 자연스러운 해석이 될 것이다.

상쓰시마의 스사노오와 하쓰시마의 천조대신 히미코는 그 후 어떻게
되었을까?

3. 시마네현 출운국으로 간 스사노오

하쓰시마의 아마테라스와 상쓰시마의 스사노오의 나라, 그 나라는 서
로 가는 길을 달리했다.

《일본서기》를 본다.

스사노오는 "나는 지금 가르침을 받들어, 근국(根國 - 시마네 島根)에 가고
자 합니다. 그래서 잠시 고천원에 들러 누이의 나라 천조대신(아마테라스)을
뵙고 하직인사를 하고 영원히 물러가겠습니다."
라고 말했다. 그러자 스사노오의 아버지 이자나기존은 고개를 끄덕이며
허락을 내렸다.

천조대신은 스사노오가 오는 것을 알고 깜짝 놀랐다. 그리고 속으로 중
얼거렸다.

"동생이 천상에 오는 것은 좋은 뜻이 아닐 것이다. 아마 내 나라를 뺏으
러 오는 것일게야. 이미 부모님께서 나라를 분할해 영토를 결정했는데 어
째서 자기 나라로 가지 않고 이 나라를 엿보러 오는 것일까?'

이렇게 생각한 천조대신은 싸울준비를 단단히 했다. 머리를 올려서 상
투로 매고, 치마를 걷어올려 바지로 고쳤다. 등에는 화살통을 메고 팔뚝

---

51) 에이도메 히사에(永留久惠)著 《해신과 천신 - 대마의 풍토와 신들》35쪽

에는 활팔찌를 찼다. 그리고 활을 세우고, 칼자루를 움켜쥐었다.

그런데 스사노오의 말은 전연 뜻밖이었다.

"나는 사심이 없어요. 다만 부모의 명을 받고 영원히 뿌리의 나라로 가려 해요. 그런데 누이를 보지 않고 갈 수 없어 일부러 먼 길을 찾아 온 거요. 그런데 누이는 반가워하기는 고사하고 이렇게 나올 줄 몰랐군요."

천조대신은 스사노오의 말에 반신반의하며

"너의 그 말이 사실이라면 무엇으로 증명하겠느냐?"

고 되물었다. 스사노오는 눈물을 흘리며 말했다.

"누이가 하라는 대로 하겠어요."

"그럼, 너의 장검인 십악검을 나에게 다오."

스사노오로서는 검을 주면 완전 무장해제를 당하는 것이다. 그러나 스사노오는 자신의 자랑인 십악검을 누이에게 내밀었을 뿐 아니라 투구를 벗고 누이 앞에서 눈을 감았다. 의심이 나면 목을 쳐도 좋다는 뜻이었다.

천조대신은 스사노오의 칼을 들고 세 번 허공을 갈랐다. 그러나 스사노오는 꿈쩍도 하지 않았다. 천조대신은 그 칼로 스사노오의 옆에 있는 바위를 내려쳤다. 칼은 세 토막이 나며 부러져 버렸다. 그래도 스사노오는 꿈쩍도 하지 않았다.(이 부분은 필자의 해석이다.)

스사노오의 결백은 증명된 셈이었다.

"그래, 미안하다. 내가 죄 없는 너를 의심했구나!"

천조대신은 스사노오에게 명을 내렸다.

"그대의 십악검 대신 내가 세 시녀를 너에게 주겠다. 하나는 전심회라 하고, 다음은 서진희, 다른 한 명은 이치키시마라 한다."

그리고는 세 시녀에게 말했다.

"너희들 세 기둥의 신은 바다 길 가운데 내려가서 천신(스사노오)을 받들

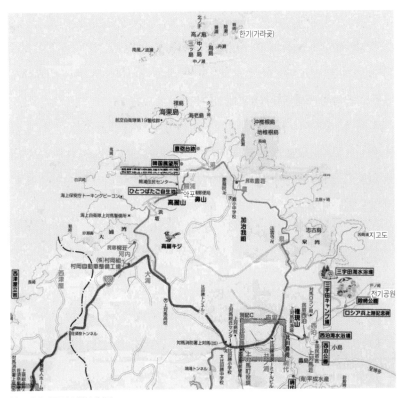

북쓰시마 지도의 북쪽 부분도

어 모시고 제사를 받들도록 해라."

　그러자 세 명의 시녀는 여신이 되었다.

　이 세 여신은 축자(筑紫·큐슈)의 무나가타시(宗像市)에서 모시는 신이다.

　바닷길이란 무엇일까?

　김해에서 일본으로 가는 길을 보면 대마도의 상단에 있는 섬들을 지나
게 되는데, 그곳을 가라노 미사키(韓岬)라 한다. 〈가라국의 곶〉이라는 뜻이
다. 김해와 대마도 가라곶(韓岬)의 연장 선상에 오키노시마, 오시마, 다시
마라는 섬이 있다. 그 섬들을 지나면 후쿠오카현 무나가따시(宗像市)에 닿

게 된다. 현재 김해시와 무나가따시는 자매결연을 맺고 있다.

오키노시마와 오시마, 다시마는 가야에서 북큐슈로 가는 징검다리가 되는 셈이다. 천조대신이 스사노오를 돕게 한 세 여신은 바로 김해에서 일본으로 가는 도중 만나는 섬의 신들이다.

그 세 섬 중에서 가장 큰 오키노시마에서 1954년 청동경과 곡옥, 철검 등 무기류와 약 12만 점의 가야계 유물이 대량으로 발굴되었다. 이에 대해 일본은 공개를 하지 않고 있다. 일본 천황가의 뿌리가 가야임을 밝히지 않으려는 이유다.

상쓰시마의 해변에 풍(豊-도요)이라는 포구가 있다. 그 지명은 해신 풍옥원(豊玉媛)과 관계가 있다.

해신 풍옥원의 딸 풍옥희는 천손(신무천황의 조상)과 결혼했다. 그 풍이라는 해변에서는 가라국의 시대에 해당하는 야요이시대와 고분시대의 유

쓰시마 민속박물관의 야요이토기와 와질토기는 가야토기와 관계가 깊다.

적이 출토됐는데, 한국에서 온 토기들도 발견되었다.

이 석관묘에 묻힌 사람은 멀리까지 항해했던 부족이다. 쓰시마의 북쪽도 풍이라고 하지만 일본 본토의 서쪽 끝 야마구치현에도 풍포豊浦와 풍북豊北이라는 곳이 있다. 쓰시마의 풍이란 곳과 야마구치현의 풍포에 살던 사람들은 같은 조상신을 섬기는 부족으로 생각된다.[52]

앞에서 김해와 대마도의 가라곳(韓岬)의 연장 선상에 오키노시마라는 섬과 오시마라는 섬과 다시마라는 세 섬이 있다고 했다. 그 섬들을 지나면 야마구치현 풍포를 지나 스사노오가 세웠다는 일본 본토의 이즈모에 이른다.
따라서 스사노오의 처음 출발점이 가라국임을 부인하기 어렵다.

《일본서기》에 의하면 스사노오존은 아들 오십맹존五十猛尊을 데리고 신라국으로 가서 소시모리라는 곳에 있었다.

그러나 '나는 이곳에 있고 싶지 않다.' 하고 흙으로 배를 지어 타고 동쪽으로 항해하여 출운국(出雲國 - 시마네현 이즈모)의 냇가에 있는 새의 봉우리(鳥上峯)에 도착했다.

일년 신수를 보는 거북점이 천신다구두신사의 제례와 함께 이뤄진다.

---

52) 에이도메 히사에(永留久惠)著《해신과 천신-대마의 풍토와 신들》30-31쪽

바다에서 본 북쓰시마의 북쪽 모습

스사노오존은

"한향(韓鄉 : 가라국)에는 금, 은이 많이 있다. 그러나 나의 아들이 다스리는 나라에서 그 나라로 건너가려 해도 배가 없으면 건너갈 수가 없다."
고 했다.

그가 얼굴의 수염을 뽑아 뿌리니 삼나무가 되었다. 그러자 그는

"삼杉과 여장, 이 두 나무는 부보(浮寶 ; 배)로 하고, 전나무는 서궁瑞宮을 지을 재료로 하라. 또 과실수를 많이 심어라."
하고 말했다.

《일본서기》에는 분명 스사노오는 신라가 있는 땅에서 배를 타고 지금 일본의 시마네현 출운시가 있는 곳으로 갔다고 기록되어 있다. 또 한지韓地라고 했는데, 한韓은 가라라고 읽는다. 그러나 가라국에 가려면 배가 있어야 하며, 배를 만들 수 있는 삼나무(스기목)를 많이 심어야 한다고 했다. 스기목은 일본의 쓰시마 지방에 가장 많고, 큐슈에도 많이 심어져 있다.

128

그러므로 스사노오가 가라국에서 일본으로 건너가 나라를 세웠다는 점을 부인하기 어렵다.

쓰시마의 번주가 있는 곳은 하대마도의 이즈하라라는 곳이다.

고려시대에 큐슈 후구오카 쪽에 살던 종宗씨들이 쓰시마에 대대로 이어오던 토착인들을 모두 정벌하고 쓰시마의 주인이 되었다가 현재의 이즈하라라는 곳으로 옮겨 정착했다. 지금은 이즈하라시가 대마도의 행정 중심지이다.

이곳은 조선통신사들이 수없이 다녀간 곳으로 많은 역사 유물들이 남아 있다. 그 중에서 대마도에서 가장 큰 신사인 팔번궁이 있다. 그 신사의 주신은 스사노오이고, 그 좌측에는 신공황후와 숭신천황 등을 모신 제단이 있다.

신공황후는 분명히 팔번궁의 주인이 아니다. 비록 스사노오 신사보다 신공황후의 신사가 더 크고 훌륭해 보이지만 분명한 것은 스사노오의 신사가 정면에 높이 있으며, 신공황후의 신사는 후대에 지어져 좌측으로 비켜져 있다는 점이다.

왜 스사노오 신사가 이렇게 쓰시마에서 중요하게 모셔져 오고 있을까?

이는 가라국과 쓰시마와 일본 큐슈는 김수로왕의 신선사상과 거등왕의 딸 신녀神女, 그리고 일본 사마대국의 여왕 히미코가 무녀(巫女, 神女)로 연결되어 있기 때문이다.

4. 큐슈로 건너간 묘견공주 히미코

아동문학가 이종기 씨는 1975년 11월, 일본 큐슈의 구마모또현(웅본현)

야쯔시로시(八代市)의 묘견궁妙見宮을 방문했다. 그리고나서 그곳 묘견궁의 주인이 묘견공주로서《김해 김씨 왕세계》에서 말한 선견왕자와 함께 구름을 타고 사라진 신녀라고 추론했다. 그 이후 아남전자의 창립자 김향수 씨 또한 그곳을 방문하고 나서《일본은 한국이더라》는 책을 쓴 바 있다. 그리고 그 후 많은 사람들이 다녀왔다.

묘견공주와 가라국의 선견왕자는 이름에서부터 많이 닮아 있다.

이 묘견공주를 일본에서는 히미코라 부른다는 것은 앞에서 이미 밝혔다. 이 히미코를《삼국지 왜인전》에서는 비미호卑彌乎라고 했다.《삼국사기》에서도 신라 8대 아달라이사금 20년 정월에 왜국의 여왕女王 비미호가 사신을 보내어 내빙하였다고 기술하고 있다.

히미코(비미호)는 일본 큐슈 일대를 통합한 사마대국의 여왕으로서 실재

천신다구두신사 뒤편에 있는 신의 밭에서 적미를 농사지어 제사 때 사용한다.

한 인물임이 분명한데, 일본 학자들은 일본의 천조대신 아마데라스 오미가미의 실체라고도 한다. 즉, 가라국의 신녀는 쓰시마의 묘견공주요, 히미코로서 사마대국의 여왕이요, 일본 천조대신 아마데라스 오미가미가 된다.

히미코는 148년에 출생해서 247년까지 99년을 살았다고 한다. 그는 처음 어디에선가 배를 타고 야쯔시로(八大市)에 왔다고 한다. 그런데 도착한 곳은 아마쿠사 제도의 묘견포妙見浦라고 기록하고 있다.

야쯔시로 시민들은 지금도 이 묘견공주 히미코를 존경하여 매년 11월 22일부터 23일까지 묘견제라는 축제를 연다.

큐슈 3대 축제의 하나라 할 만큼 큰 이 행사에는 우리나라의 줄다리기

천신다구두 신사 뒤편에 있는 신의 밭에서 적미를 농사지어 제사 때 사용한다는 안내 표지판.

일본 신녀의 방울

큐슈의 민속놀이. 한국의 고싸움과 닮은꼴이다.

와 같이 매년 민속행사로 벌어진다. 또 구사龜蛇라고 하는 대형 거북이를 닮은 탈을 쓰고 시가 행진을 한다. 그 까닭은 묘견공주 히미코가 거북이를 타고 바다를 건너왔다는 전설에 의한 것이다.

야쯔시로에는 구마천球磨川이라는 하천이 있고, 그 하천의 전천교前川橋에는 하동도래비河童到來碑라는 비석이 서 있다. 이 비는 2세기경 히미코가 3천 명의 가야인을 데리고 처음 이곳 야쯔시로에 도착한 것을 기념하기 위해 세운 것이라 한다.

비문에는, '지금으로부터 약 천수백 년 전 3천 명의 하동河童이 이곳에 와서 바위가 없어질 때까지 축제를 베풀었다.' 라고 적혀 있다. 묘견공주 히미코를 따라 머나먼 가야에서 이곳 큐슈 야쯔시로까지 온 가야의 아이들은 여름이면 구마천(熊川-곰내)에 모여 놀았다.

이들이 축제 때 외치던 소리는 '오레오레데 라이타.' 였다. 이 말의 의미는 일본 현지인들도 알 수 없다고 한다.

그러나 세세히 분석해보면 이 말은 가라국에서 이곳 큐슈 야쯔시로에 온 지 오래오래 되었다고 하는 의미가 담겨 있다. 하동들의 모습을 모형으로 만들어 놓은 현지인들은 이들을 '가랏파加羅輩'라 하는데, 이는 가야에서 온 무리라는 뜻이다.

결국 일본의 사마대국은 가라국 거등왕의 신녀가 가라국(변진 미오야마국)에서 3천 명의 젊은이들을 이끌고 와서 세운 나라인 것이다. 김향수 저, 일본은 한국이더라.

《삼국지[53]》에는 변한의 24개국의 이름이 나온다. 그 중 변진 미오야마대국耶馬臺國은 그 국명이 같은 것이라 생각된다. 사(야)마대국耶馬臺國이 변한에 있을 때는 변진 사(야)마대국耶馬臺國이었지만 일본으로 건너가서는 그냥 사(야)마대국耶馬臺國이 된 것이다.

윤석효(한성대 사학과) 교수의 《가야사伽耶史》를 보자.

"결국 《삼국지 위지 왜인전》에 의하면 한국의 남해안에서 일본 열도로 가는 해로海路의 이정里程은 구야한국(김해)에서 쓰시마 →이끼 → 이도국이다. 이 해로를 선주민들이 가장 많이 이용하였을 것이다.(중략)

유적 주위의 지명이 불암동(김해) 또는 선암부락(김해)이란 것도 남해안 고속도로 공사 중 파손되긴 했지만 선암부락 뒷편의 화강암 벽에 마애불이 위치한 연유에서 이름 붙은 것이다. 강이나 해상교통의 무사함을 기원하는 의미에서 그 시발지 혹은 종착지가 되는 곳에 마애불을 조성한 것이라 믿어진다. 인접한 초선대에도 마찬가지로 마애불이 새겨져 있다.(중략)

여기서 현해탄을 건너 대마도를 중간 거점으로 하고 이끼섬(壹岐)을 거쳐 큐슈(九州)와 동북측인 구마모또현(熊本縣) 남부 소평야지대로 진출한 것이다."

---

53) 삼국지 : 중국 동진에 진수가 지은 역사서.

구마모또현 남부 소평야지대 그곳이 가라국의 신녀이며 왕녀인 히미코가 처음 진출한 현재의 구마모또현 야쯔시로시(八代市)가 된 것이다.

묘견궁에서 서쪽 문 입구 뒤쪽으로 5백m쯤 떨어진 곳에 있는 묘견궁의 말사이기도 한 영부신사靈符神社가 있다. 이 신사에는 태상신선진택영부존상太上神仙鎭宅靈符尊像이라는 신체神體 조각상이 있다. 태상비법진택영부太上秘法鎭宅靈符라는 부적을 찍을 수 있는 목판본이 보관되어 있기 때문에 영부신사라도 한다.

부적의 맨 위에는 태상비법진택영부라는 글짜가 오른쪽에서 왼쪽으로 뒤집힌 모양으로 적혀 있다. 이는 목판을 찍어 부적으로 만들었기 때문이다.

그러면 태상太上이란 무엇을 가르킬까? 태상왕은 왕위를 물려준 전 임금을 가르키는 말이다.

《숭선전 신도 비문》에 의하면 가라국의 김수로왕은 만년에 태자 거등에게 왕위를 물려주고 방장산에 별궁을 지어 허왕후와 함께 살았다. 그리고 이 별궁을 태왕궁이라 하고, 스스로는 태상왕이 되었다. 비문에는 태왕원군太王元君이라고 표기되어 있다.

거등왕의 딸로 추정되는 묘견공주의 궁에서 받들고 있는 영부신사에 김수로왕을 뜻하는 태상太上이라는 이름의 부적이 보존되어 있음을 우연의 일치로만 볼 수는 없다. 그 부적에는 우리나라 태극기를 연상케 하는 그림이 있는데, 태극의 원에 해당하는 부분에 북두칠성이 음과 양을 가르고 있다. 또 그 원을 둘러싸고 태극기의 사괘를 대신해 팔괘가 원을 둥글게 에워싸고 있다.

팔괘의 상단에는 삼태성이 그려져 있다. 가운데 원은 태극을 대신한 북극이며, 북두칠성과 삼태성이 모두 그려져 있는 것이다.

북두칠성은 큰곰자리로서 환웅을 나타낸 것이다. 거등왕의 공주를 신녀라고 한 것은 환인과 환웅, 단군으로 이어지는 삼신사상 즉 삼태성 사상을 가지고 있었기 때문이다.

신선서적인《운급칠참》중편에는 칠성주서라는 그림이 그려져 있다. 그 그림과 태상진택영부는 많이 닮아 있다.

칠성주서의 사각형 가운데에는 북두칠성이 있다. 사각형에 팔괘와 이십사절기가 쓰여 있고, 또 하나의 사각형이 둘러싸고 있다. 그 바깥에는 사십 팔괘가 그려져 있다. 이는 중심의 북극성과 북두칠성에서 사괘와 팔괘의 변화로 춘하추동의 계절과 이십사 절기의 변화가 나오며, 모든 만물의 변화가 이뤄짐을 그림 한 장에 의해 알게 하는 것이다.

《삼국지 왜인전》을 보면,

"그 나라는 본래 남자가 왕(북큐슈의 노국)이었다. 남자가 왕이 된 지 칠, 팔십 년 동안 왜국(100여 개국)에 전쟁이 일어나서 서로 공격하고 정벌하며 지내다가 함께 여자를 왕으로 세웠다.

그 여왕은 일명 히미코(卑彌呼)이며 귀신을 부리고 능히 백성을 미혹케

히미코의 사당인 모견사의 말사인 영부신사에 보존된 태상진택영부. 태극 속에 북두칠성이 음양을 가르고 있어 이체롭다.

135

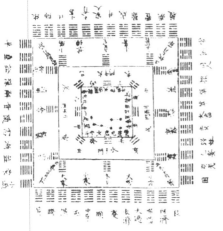

七星朱書

朱雀者南方丙丁火朱砂也剖液成龍結氣
成鳥其氣騰而爲天其質降而爲地所以爲
大丹之本也見火卽飛故得朱雀之稱也

중앙에 북두칠성이 있고 태극기와 같이 팔괘가 12 괘로, 12괘가 다시 48괘효로 변한다. 이것은 춘·하·추·동의 변화와 24절기의 변화를 뜻하며, 농사와 어업 등 만물에 미치는 변화를 나타내기도 한다.

현무는 북방을 나타낸다. 물은 북방, 불은 남방이며 물은 흑색, 불은 적색이다. 구지봉은 일본의 북방으로 현무이며, 현해탄은 검은 바다이다. 큐슈의 화산은 남방의 불이며, 남방은 주작이다. 스사노오가 이즈모의 조상봉에 내려왔다는 것도 이에 따른 이치이다.

했다. 그녀는 성인인데도 남편이 없었다. 남자 동생이 있어서 나라의 다스림을 도왔다. 여왕을 보았다는 사람이 매우 적었다. 여자 종 수천이 시중을 드는데도 오직 남자 한 명이 음식을 가지고, 들어다니며 말을 전하기 때문이었다. 거처하는 궁실과 누각과 성책은 엄중하게 설치했다. 그 성책에는 항상 병사가 지키고 있었다."

라고 기술되어 있다.

당시 왜국은 백여 개의 나라로 갈라져 있었는데, 비미호는 공동의 여왕이 되었다. 어떻게 남자 왕들을 제치고 백여 개 국의 왕 중 왕이 되었을까?

《삼국지 왜인전》은 비미호가 귀신을 잘 섬기고 무리들을 현혹했다고 하는데, 이것은 비미호가 북진사상(북극성과 북두칠성)을 가지고 그들이 동족임을 일깨워 화합을 이끌어 냈기 때문에 가능한 것이었다.

태상비법진택영부太上秘法鎭宅靈符 한가운데에는 신비한 인물이 그려져

136

하下쓰시마의 다구두 신사

있다. 누구일까?

　김해의 초선대 암각화에서 한 인물을 만난다. 또 쓰시마 최고 남쪽(스쓰)의 고어혼신사高御魂神社에서 신의 몸체라는 신상을 만난다. 세 번째로 히미코의 묘견궁이 있는 영부신사에서 신체상을 만난다.

　김해에서 쓰시마로, 쓰시마에서 큐슈 야쯔시로의 묘견궁으로 이어지는 하나의 일관된 신체상, 그는 태상왕으로 비유된 수로왕임을 알 수 있다.

5. 연오랑은 일본 출운국의 스사노오존

《삼국유사》를 보면 연오랑과 세오녀 부부의 이야기가 나온다.

　신라 제8대 아달라왕 즉위 4년, 정유(157년)년에 동해 바닷가에 살던 부부가 바위를 타고 일본으로 건너가 왕과 귀비가 되었다고 한다. 그 후 신라는 해와 달이 빛을 잃어 버렸다고 했다.

연오랑과 세오녀는 누구일까? 오烏는 까마귀를 말한다

이들의 이름에서 오烏라는 이름과 신라의 해와 달이 빛을 잃어버렸다는 말은 무슨 비밀을 간직하고 있는 게 틀림없다.

신선서적인 《운급칠참》에 의하면 달 속에 토끼가 방아를 찧는 그림이 있고, 해 속에는 까마귀가 그려져 있다. 까마귀의 발이 세 개라서 일명 삼족오라 한다.

연오랑과 세오녀의 오烏는 해 속의 세 발 까마귀를 의미하는 것으로, 곧 태양의 자손임을 상징한다. 그렇다면 이 태양의 자손이라는 연오랑과 세오녀가 일본으로 가서 왕과 왕비가 되었다고 하는데, 그들은 일본 역사에서 누구일까?

신라 제8대 아달라왕 20년, 왜국의 여왕 히미코(비미호)가 사신을 보내고 내빙하였다고 했다. 그런데 아달라왕 20년은 연오랑과 세오녀가 신라를 떠났다는 아달라왕 4년으로부터 16년 후가 된다.

히미꼬는 해의 여신이며 왜국倭國의 여왕이다. 또한 가라국 거등왕의 신녀였으며 묘견공주였다고 이미 밝혔다. 히미코는 아달라왕 20년에 사신을 보내고 예물로 비단을 보내니 그 비단을 임금이 창고에 간수하여 국보로 삼았다. 그 창고를 삼국유사에서는 〈귀비고貴妃庫〉라 했다고 하는 말과 일치하고 있다.

그러니까 연오랑과 세오녀는 가라국의 선견왕자와 묘견공주로서 일본의 히미코와 남동생 스사노오존인 것이다.

이 묘견공주 히미꼬가 아마데라스라면 그의 남동생인 스사노오는 도대체 누구일까?

《일본서기》에 의하면 태초에 이자나기(이장낙존)와 이자나미(이장염존)라는 부부신神이 있었다. 그들이 하늘다리 천부교 위에서 의논했다.

"이 하계의 제일 낮은 곳에 나라가 있을 수 없다. 나는 이미 대팔주국과 산천초목을 낳았다. 이번에는 천하의 주인이 될 자(주재신)를 낳지 않으면 안 되겠다."

그 후 그들은 해의 신(히미코)을 낳았다. 이를 대일영귀(천조대일영존)라 이름 붙였다.

다음은 스사노오(素戔嗚尊)을 낳았다. 이 신은 용감하나 잔인한 성격을 가지고 있었다. 또 항상 우는 것이 일이었다. 그래서 양친의 신은 스사노오에게

"너는 심히 무도하다. 그러므로 천하를 주재하여서는 안 된다. 반드시 먼 뿌리나라(땅끝 나라)로 가라"
고 명하여 추방했다.

해의 신이 천조대신(아마테라스 오미가미)이며 히미코라면 그녀의 부모인 이자나기와 이자나미는 누구란 말인가?

《동국여지승람》권29, 고령군 건치연혁조편을 본다.

본래는 대가라국이다. 시조는 이진아시왕이며 내진주지라고도 한다.

최치원의 《석이정전》을 보면 이렇다.

가야산신 정견모주(正見母主)는 천신 이비가지에 감응한 바 되어 대가야왕 뇌질주일과 금관국왕 뇌질청예 두 사람을 낳았다. 뇌질주일은 이진아시왕의 별칭이고, 청예는 수로왕의 별칭이다.

---

54) 《신비왕국 가야》 고준환 저 85 쪽

이 대가라왕 이진아시를 가리켜 이종항 교수는 대가야왕 이진아시와 《일본서기》의 이자나기는 같은 인물이라 했다.[54]

이자나기가 대가야왕이며 천조대신 히미코가 거등왕의 신녀라면 스사노오는 거등왕의 선견왕자가 분명하다.

그들이 낳은 딸이 이른바 거등왕의 왕녀요, 묘견공주이며 신녀이다. 그녀가 일본의 천조대신 아메테라스 오미가미요, 해의 여신 히미꼬(비미호)이며 사마대국 여왕이다. 또는 세오녀로 연결되기도 한다. 한편 그 부부신이 낳은 아들이 거등왕의 왕자요, 비미궁호이며 선견왕자이다. 그가 일본의 출운국 왕으로 스사노오요, 연오랑으로 연결되어지고 있다.

가야산신 정견모주에서 선견왕자와 묘견공주로 이어지는 가야산 도맥.

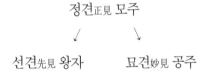

정견正見 모주

선견先見 왕자 묘견妙見 공주

6. 포상팔국의 난

《김해 김씨 대동보》에 의하면 가라국은 거등왕 3년, 신사년(301년)에 신라와 더불어 화친했다 한다. 11년(209년)에는 포상팔국이 연합하여 침입해 오자 왕자를 신라에 보내 구원을 요청했다.

《삼국사기》에는 신라 제10대 왕인 내해이사금(재위 195~230년) 14년에 이런 기록이 보인다.

"14년 7월에 포상浦上의 팔국이 모의하여 가라를 침략하려고 꾀하니, 가라의 왕자가 와서 구원을 청하였다. 왕이 태자 우로와 이벌찬 이음에게 명하여 6부의 병을 이끌고 가서 구원케 했다. 그리하여 팔국의 장군을 죽이고, 그들이 노략한 6천 명을 빼앗아 돌려보내 주었다."

또 《삼국사기》의 물계자勿稽子편을 보면, 물계자는 내해이사금 때 사람으로 당시 포상팔국이 공모하여 아라국(阿羅國 - 현재의 함안)을 치니, 아라阿羅에서 사신을 보내어 구원을 청하였다. 이사금이 왕의 손자 나음을 시켜 부근 고을과 6부 군사를 거느리고 가서 그를 원조하여 8국 병을 쳐부수었다.

그 뒤 골포(骨浦 - 현재의 마산, 창원), 칠포(漆浦 - 현재의 함안 칠서), 고사포(高史浦 - 현재의 고성) 등 3국 인이 다시 갈화성에 와서 침공하므로 왕이 군사를 거느리고 가서 3국 군사를 크게 깨뜨렸다. 그때 물계자가 수십 명을 잡아서 죽였으나 논공행상에서 아무런 상도 받지 못했다. 그러면 왜 신라에서는 큰 공을 세운 물계자를 포상하지 않았을까?

포상팔국과 가라왕의 전쟁에서 8국 장군을 물리치기 위해 6부 군사를 동원한 신라도 큰 희생이 따랐을 것이다. 그런데 정작 전쟁 후에 얻은 소득이 아무 것도 없었다.

이는 신라가 주도해서 전쟁을 한 것이 아니라 금관가야 혹은 아라가야가 신라의 용병을 요청해 전쟁에서 승리했기 때문이다. 전후의 모든 이득이 금관가야나 아라가야에게 있지 신라에게 있지 않음을 알게 된 것이다.

금관가야국은 수로왕 때에 막강한 국력을 자랑했다. 그런데 거등왕 때에 와서 일시적으로 국력이 약해진 듯 보인다. 그 원인은 금관가야국에서 많은 국력이 일본을 개척하는데 소요된 것이 아닌가 한다.

거등왕 14년(212년)에 왕자를 신라에 보내 화친했다고 한다. 포상팔국과의 전쟁이 모두 마무리되고 신라와 관계를 재정립하려고 했던 듯하다.

제4장 부모님의 나라 임라가라

1. 제3대 마품왕麻品王(259~291)편

(1) 히미코와 묘견공주

가라국의 3대 왕은 성왕이며, 휘는 마품이라 했다. 계유년에 즉위했다.

왕후의 조부는 수로왕 때 종정감을 지낸 조광이다. 조광의 처는 허황후를 모시던 모량이라는 여성이었다.

마품왕이 조광의 손녀딸과 결혼한 까닭은 허황후가 수로왕에게 아들 거등왕과 3세 마품왕까지 자신이 데려온 신하의 딸과 혼인토록 요청했기 때문이었다. 마품왕 때는 신라 첨해왕 연대였다.

일본 큐슈에 야쓰시로(八代)라는 도시가 있다. 이 시에서는 매년 11월 22 일에서 23일까지 양일간 큐슈 3대 축제 중 하나인 묘견제가 열린다. 묘견妙見공주가 거북이를 타고 이곳에 와서 나라를 세운 것을 기념하는 행사다. 이 묘견공주가 히미코(비미호)이며, 사마대국을 세운 여왕이다.

《위지 왜인전魏誌 倭人傳》에 의하면 노국奴國이란 나라가 북큐슈 일대에 있었다. 후한 광무제 때 사신을 보내 한위노국왕漢委奴國王이란 인장을 받

---

55) 일본 후쿠오카 박물관 발간 책자 참조

았다. 그로부터 182년이 지난 239년, 사마대국의 여왕 히미코 역시 중국 위나라에 사신을 보내 인장을 받았다.[55]

노국이 후한 광무제에게서 금인을 받은 때로부터 사마대국의 히미코가 위나라에서 인장을 받은 기간까지 182년간은 노국과 사마대국이 치열하게 전쟁한 시기였다. 가라국도 거등왕 때부터 그 세력이 분산되어 일부가 일본으로 옮겨감에 따라 힘이 소진되고 있었다.

그러나 히미코는 이러한 어려움을 모두 극복하고 30여 개국으로 분립된 왜국을 통합했다. 그리고 신라에 사신을 보내 자신이 왜국을 평정했음을 알렸다.

《삼국사기》아달라왕(재위 154~184) 20년(174년) 정월에 왜국의 여왕 비미호卑彌呼가 사신을 보내어 내빙하였다는 기록이 나온다. 중서부 큐슈에 있는 야쯔시로시(八市)의 히미코 여왕이 북큐슈의 강국 노국奴國과의 전쟁을 마치고 신라에게 자신의 건재함을 보이고 있다.

《일본의 야명》이란 책을 보면 낙동강 연안에 있었던 가야제국은 왜의 식민지가 아니라 바로 왜의 본국이었다고 확인해 주고 있다. 일본 고대 국가의 모태는 바로 가야제국이었고, 그 중심은 김해의 금관가야였던 것이다.

수로왕 이후부터 히미코가 노국을 누르고 위나라의 인장을 받기까지 가야제국의 분국인 왜가 전쟁을 치루고 있었으니, 본국인 가야제국 또한 조용할 수 없었다.

이때 마품왕(재위 259~291)은 히미코의 사마대국이 노국을 제압하는데 크게 도왔을 것으로 보인다. 여기서 노국이란 왜노국을 말한다.

마품왕의 재위기인 3세기를 기점으로 일본의 야요이시대가 끝났다. 또한 3세기에 여왕 히미코[卑彌呼]가 다스리는 야마타이국[邪馬台國]을 중심으로 형성되어 있던 30여 개의 연합국 시대를 맞게 된다.

4세기 초에는 긴키내[近畿內]의 야마토를 중심으로 통일국가가 형성되는데, 이 통일국가를 지배한 정권이 야마토정권이다.

히미코의 큐슈 통일에서부터 4세기 초에 긴키내의 야마토로 옮겨 가기까지는 히미코의 사마대국과 히미코 남동생으로 표현된 구노국狗奴國과 내부적 갈등이 심했다.

《일본국의 야명》에 의하면 여왕국의 남쪽 구노국에는 남자가 왕으로 있었다. 그러나 그 나라는 여왕국에 속했다. 구노국의 남자 왕 비미궁호와의 사이는 겉으로는 평화로웠다. 그러나 낙랑군 등에 사신으로 보낼 때 서로 공격하는 모양의 글이 있었다.《삼국지 위지 동이전》에 히미코와 비미궁호卑彌弓呼 사이의 갈등에 대한 자세한 기록이 보인다.

히미코의 여왕국과 비미궁호의 구노국은 국경이 서로 붙어 있었다. 여왕국에 속해 있기도 한 구노국은 곰을 나타내는 구마모또와 구마모또현 기꾸치시를 중심으로 있었던 나라였다.

히미코가 처음 정착한 구마모또가 구노국이 되어 혼란을 보이고 있다. 그 까닭은 히미코가 큐슈 북부로 진출하면서 처음 진출한 지역을 남동생 선견왕자(비미궁호)에게 물려 주었기 때문이 아닐까?

《삼국지 위지 동이전 왜편》에 의하면 경초景初 2년 유월, 왜국의 여왕이 대부 난승미難升米 등을 중국에 보냈다. 그들이 중국의 대방帶方군에 이르러 천자에게 조헌朝獻하기를 구하자 대방태수 유하劉夏가 도읍(京)에 사신을 보냈다.

그해 십이월, 조서를 내려 왜의 여왕 히미코에게 말했다.

"대방태수 유하劉夏가 그대의 대부 난승미(大夫 難升米)와 차사 도시우리次使 都市牛利에게 남자종 네 명과 여자종 여섯 명, 포 두 필 두 장(二匹 二丈)

을 보내왔다. 그대가 멀리 떨어져 있음에도 공물을 보내주니 그대의 충효가 갸륵하여 내가 슬프기까지 하다. 이제 그대를 친위왜왕으로 삼는다. 그리고 금으로 만든 인장과 붉은빛끈(金印紫綬)을 봉해서 대방태수에게 보낸다. 그대는 백성을 잘 위로하고 다스릴 것이며, 힘껏 효순孝順하도록 하라.

또 그대가 보낸 사신 난승미와 도시우리都市牛利는 길이 먼데 수고가 많았노라. 이제 난승미를 솔선중랑장率善中郞將을 삼고, 도시우리를 솔선교위率善校尉로 삼아 은으로 만든 인장과 끈을 주어 위로한 다음 돌려보내는 바이다.

그리고 강絳 땅의 비단 교룡금交龍錦 다섯 필과 밤(粟) 열 장, 청강 오십 필과 감청 오십 필을 주어 그대가 바친 공물에 답하노라. 또 특별히 그대에게 감紺 땅의 구문금句文錦 세 필과 세반화細班華 다섯 장, 백견白絹 오십 필, 황금 여덟 량, 오척도五尺刀 두 자루, 동경銅鏡 일백 매, 진주와 연단 각 오십 근씩을 모두 포장하여 난승미에게 주어 돌려보내는 바이다. 그대들은 이를 그대 나라 사람들에게 널리 나누어 주어 우리 나라가 그대 나라를 아끼는 뜻을 알게 하도록 하라."

이에 중국에서는 사신 장정張政 등을 보내서 조서와 황당黃幢을 내려 난승미에게 벼슬을 주고 화친하도록 타일렀다.

히미코가 죽자 무덤을 직경이 백여 보나 되게 만든 다음 노비 백여 명도 순장시켰다.

그 후 남왕을 세웠으나 온 나라 사람들이 복종하지 않고 저희끼리 서로 죽이고 싸웠다. 이때 죽은 사람이 천여 명이나 되었다.

(2) 일본 천황가의 뿌리는 가라국

쓰시마의 중부지방에는 《일본서기》에 나오는 천손의 아들 언화화출견
존이라는 인물과 풍옥희라는 공주에게 제사하는 일명《신화의 마을》이란
곳이 있다.

그곳을 찾아 가는 산 고갯길에는 빨간 도리이(신사의 산문)가 아름다워 보
였다. 그 고갯길을 넘어 바닷가에 언화화출견존과 풍옥희라는 공주를 제
사하는 와타쯔미신사和多都美神社가 있었다.

《와타쯔미》의 〈와타〉란 한국의 〈바다〉에서 나온 말이다.[56] 바닷속에서
부터 도리이가 줄지어 육지까지 연결되어 있는 모습이 마치 용궁에서 육

와타쯔미신사, 일본의 건국 주인공들의 무대이다. 쓰시마가 일본 건국의 무대라는 것은 일본 천황가가 한국에
서 출발했음을 반증한다.

---

56) 에이도메 히사에(永留久惠) 著《해신과 천신 - 대마의 풍토와 신들》

바다에서부터 길게 이어진 도리이, 그 앞은 가라국을 향하고 있다.

지로 연결된 신사처럼 보인다.

　도리이가 가르키는 방향은 한반도 남쪽 가라국이었다. 한반도 방향에는 당주唐州라는 반도가 앞을 가리고 있고 그 반도에는 여기저기 많은 곳에 당주, 당포唐浦, 당기唐崎 등 중국 당나라와 인연이 있는 것 같은 지명이 지금도 곳곳에 남아 있다.[57]

　문제는 일본인들이 아직도 당唐이란 글자를 〈가라〉라고 읽고 있다는 사실이다. 이 당(唐 - 가라)은 한(韓 - 가라)이라는 글자를 같은 발음의 글자로 바꾼 것에 불과하다.

　당주唐州라는 반도의 한가운데에는 묘견妙見이란 지명이 남아 있다. 가라국 거등왕의 아들 선견왕자와 함께 떠난 신녀의 이름이 묘견妙見이라 밝힌 바 있다. 묘견이란 이름이 가라국을 바라보는 바닷가에 있는 이유가 무엇일까?

　또 묘견포가 있는 곳의 와다쓰미신사 뒤편에 있는 무덤의 주인 풍옥희

---

57) 쓰시마 관광지도 참조

신화마을

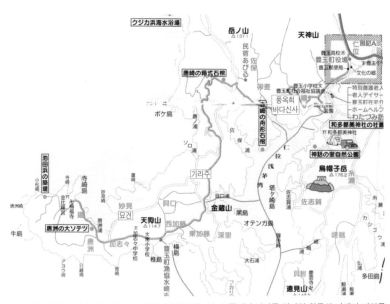

가라를 당(唐)이라고 바꿔 써 놓았지만 가라(加羅)라고 읽는다. 그쪽에서 바다를 건너면 한국의 남해안 가라국
에 닿게 된다.

공주는 누구일까?

《일본서기》에 의하면 천황가의 최고 신인 고황산령존의 딸 고번천천희
와 천조대신의 아들 천인수이존이 결혼하여 천진언언화경경저존天津彦彦

148

오타쯔미 신사에 보관된 배. 이런 배로 한국과 교역했을 것으로 보인다.

火瓊瓊杵尊이란 아들을 낳았다. 고황산령존은 천진언언화경경저존을 사랑하여 일본의 새벌판 중국(葦原中國)을 다스리게 하고 싶었다.(위원葦原 : 갈대벌판을 말하지만 새로운 나라라 함.)

그러나 그 땅에는 반딧불과 같은 신과 파리떼 같은 사악한 신들이 있었다. 고황산령존은 80제신을 소집하여 물었다.

"아시하라 중국(葦原中國)에 있는 사악한 신들을 평정하려 하는데 누구를 보냈으면 좋을지 의견들을 말해 보라."

"신들은 천수일명을 추천코자 합니다. 천수일명은 뛰어난 인물이라 일시에 평정해 버릴 것입니다."

"그래, 그렇다면 천수일명은 가서 새벌 중국을 평정토록 하라!'

"예, 폐하."

고황산령존의 명을 받은 천수일명은 새벌 중국을 정벌하러 떠났다. 그런데 출운국을 다스리는 스사노오의 아들 대기귀신大己貴神과 한통속이 되어 3년이 지나도록 복명하지 않았다.

그래서 다시 천수일명의 아들 대배반 삼웅지대인大背飯 三熊之大人을 파견했다. 그러나 그도 아버지 천수일명처럼 고황산령존의 명령에 복종하지 않았다. 그러자 이번에는 천국옥신의 아들 천치언에게 하늘나라 활과 화살을 하사하며 새벌 중국에 보냈다. 그런데 천치언도 역시 충성심이 모자라 지상의 대국주신의 딸 하조희와 결혼해 안주해 버렸다. 그는 '나도 아시하라 중국(葦原中國)을 지원하려 한다.' 고 하며 변절해 버렸다.

고황산령존은 다시 신들을 불러 의논했다. 그들의 추천으로 경진주신과 무옹추신을 땅으로 내려보냈다. 이 신들은 출운국에 내려와 십악검을

와타쓰미 신사(和多都美神社) 뒤편에는 풍옥희(豊玉姫 - 도오타마) 공주의 분묘가 있다. 큰 돌에 새끼줄로 금줄을 묶어 놓은 모습이 우리 나라 성황당을 연상시킨다.

거꾸로 꽂아 놓고 대기귀신을
불렀다.

오타쓰미 신사 앞바다. 정면으로 계속 나가면 한반도 방향
이 된다.

"지금 고황산령존은 황손을
내려보내 새벌판 중국(葦原中國)
을 다스리려 한다. 그대는 나라
를 바치겠는가? 아니면 거역하
고 그에 상당한 보복을 받겠는
가?'

대기귀신은 아들에게 물어보
고 답하겠다고 했다.

대기귀신의 아들 사대주신은

"부친이시여, 천신의 명에 따라 이 나라를 헌상하십시오. 나도 그렇게
따르겠습니다."
라고 했다. 대기귀신은 경진주신과 무옹추신에게 말했다.

"내가 믿고 있던 사대주신까지 나라를 바치자고 하고 하니 나도 나라를
바치겠습니다. 아울러 내가 이 나라를 평정할 때 사용한 광모(청동칼창)도
바치겠습니다. 천손이 이 창을 가진다면 모두 복종할 것입니다."

경진주신과 무옹추신이 이시하라 중국을 평정했다고 고황산령존에게
보고하자 이에 고황산령존은 대기귀신에게 명을 내렸다.

"네가 지금 다스리고 있는 일 중에서 현재 지상의 일은 나의 자손이 다
스릴 것이다. 너는 신사, 즉 제사에 관한 일만을 담당해라." 58)

고황산령존은 천손을 진상추금眞床追衾이란 신성한 이불로 싸서 일본

58)《일본서기》 성은구 역(정음사) 66 - 77쪽

땅을 다스리도록 내려보냈다.

김수로왕이 구지봉에서 탄생할 때 붉은 보자기에 싸인 상자에서 나왔다고 하듯, 일본의 황손 역시 신성한 이불에 싸여 땅으로 내려왔다는 것이다.

천손 천진언언화경경저존天津彦彦火瓊瓊杵尊이란 이름을 보면 여러 가지 해석이 가능하다.

첫째, 천진天津이란 하늘나라의 나루터란 말이다.

일본의 하늘은 어디일까? 하늘 나라는 대개 북쪽을 가르킨다. 북쪽은 역학으로 볼 때 검은 색이다. 일본의 머리 위에는 검은 바다 현해탄이 흐르고 있다. 그 현해탄 건너 가라국의 나루터, 그곳은 금관가야국이다.

둘째, 언언화彦彦火란 무슨 말일까? 언彦은 일본말로 〈히고〉라고 한다. 일본의 천조대신은 히미코이고, 히미코란 해의 여신이라 한다. 그렇다면 언언화彦彦火는 크고 큰 불로서,곧 해의 아들을 가르키는 말이다. 〈히〉라는 말은 순 우리말인 해에서 나온 말임을 볼 때, 천진언언화경경저존天津彦彦火瓊瓊杵尊은 가라국의 후손인 것을 알 수 있다.

경경저존은 구슬로 장식된 나무 방망이로서 노를 뜻한다. 하늘나라 나루터에서 구슬로 장식된 노를 저어 온 사람, 그가 가라국에서 내려온 천황가의 조상 천진언언화경경저존天津彦彦火瓊瓊杵尊이다.

셋째,《고사기》에 의하면 천진일자天津日子는 하늘 나루터, 해의 아들이다. 경경저존瓊瓊杵尊이라는 신이 천반좌, 즉 하늘나라의 자리를 떠나 여덟 겹의 구름을 헤치고 축자(筑紫 - 큐슈)의 해를 향한 곳(日向) 고천수봉(高天穂奉-다카치호미네)에 내려왔다.

고천수봉에서 천손강림 의식을 마친 경경저존瓊瓊杵尊은 바로 앞에 바라보이는 한국악韓國岳에 올라 이렇게 얘기했다고 한다.

"이 땅은 가라쿠니(駕洛國)을 향하고 있기 때문에 좋은 곳이다."

지금도 일본 큐슈에는 한국악이란 산이 있고, 그 산을 가라쿠니 후루다케, 즉 가라국의 산이라 부르고 있다.

천진언언화경경저존天津彦彦火瓊瓊杵尊은 언화화출견존彦火化出見尊을 낳았다고 한다. 경경저존의 아들 역시 그 이름에 언彦이 제일 먼저 나온다. 이 역시 해의 아들이란 말이 되며, 경경저존이나 아들 출견존이나 그 이름에 불[火]이 들어간다. 불은 어둠 속에서 밝음을 상징한다. 한민족은 밝음을 사랑한다. 이들의 뿌리가 한민족임을 이름만으로도 알 수 있다.

천손인 언화화출견존彦火化出見尊은 자신이 잃어버린 형의 낚시바늘을 찾기 위해 바닷가를 헤메고 다녔다. 그러나 넓은 바다 어디에서 낚시바늘을 찾을 수 있을지 막막하고 초조하여 한숨만 쉬고 있었다. 이때 한 노인이 나타났다.

"그대는 누구인데 이곳에서 한숨을 쉬고 있는가?"

언화화출견존은 자초지종을 말했다.

노인은 염토노옹이라 했다. 염토노옹은 자신이 가지고 있던 검은색 빗을 땅에 던졌다. 빗은 금방 대나무 울이 되었다. 염토노옹은 언화화출견존을 그 울에 넣어 바다 속으로 내려보냈다.

바다 밑에는 작은 시냇물이 흘러 출견존이 그 냇가를 따라 걷다보니 해신 풍옥언의 궁전에 닿았다.

궁전의 성문은 우뚝하게 솟아 있어 위압적일 뿐만 아니라 매우 화려했다. 아름다운 누대와 맑은 우물도 있었다.

출견존이 계수나무 그늘에서 쉬고 있었다. 이때 아름다운 여인이 시녀들과 함께 나타나 우물에서 옥항아리로 물을 길으려다 깜짝 놀랐다. 젊은 남자가 자기를 쳐다보고 있었기 때문이었다.

여인은 궁으로 돌아가 아버지 신에게 말했다.

"문 밖 우물가 계수나무 아래 손님이 왔습니다. 모습을 보니 보통 사람 같지 않습니다. 혹시 그 분이 하늘 가라 해(空盧彦)[59]의 아들이 아닐까요?"

아름다운 여인은 풍옥희라 하는 공주였고, 그녀의 아버지는 풍옥언豊玉彦이라 했다. 풍옥언은 사람을 보내 물어보았다.

"그대는 어디서 온 누구신가요?"

"나는 천신의 아들 출견존입니다."

풍옥언은 출견존을 맞아드리고 풍옥희와 결혼시켰다. 출견존은 그곳에 3년 간 머물게 되었고, 이들 사이에 아들이 태어났다. 이 아들의 이름을 언파불합이라 했다.

출견존은 풍옥희의 도움으로 구지메(口女)라는 물고기의 입에서 잃어버렸던 형의 낚시바늘을 찾았다. 출견존은 악어를 타고 돌아와서 형에게 낚시바늘을 돌려주었다.

이렇듯 쓰시마는 일본 천황가 신화의 고향인 동시에 가라국과 일본 천황가를 이어주는 가교가 된다.

출견존이 용궁의 나라에서 타고 돌아왔다는 〈악어〉는 일본 어디에도 없다. 단, 상쓰시마에는 악포라는 항구가 있다. 풍랑이 심해 조선통신사 108명이 탄 배가 풍랑에 뒤집혀 한 명도 살아나지 못했다는 곳이다. 그곳

---

59) 하늘 나라 해(空盧彦) : 공空을 일본어로 소라라고 읽는데, 이것은 하늘이라는 뜻이다. 허盧는 가라라고 읽는데, 이것은 가라국의 가라에서 음을 취해 음이 비슷한 허盧자로 대신한 것이다.

에는 조선통신사 위령비가 한국 전망대와 함께 악포 뒤편 언덕 위에 서 있다.

상쓰시마의 악포는 악어의 신화와 연결되어 있는 지명이다. 쓰시마에 있는 신화마을과 와다쓰미신사는 바로 이러한 신화를 안고 있다.

쓰시마에 있는 바다신사와 천신의 아들 출견과 가라국 거등왕의 선견왕자는 공통적으로 견見이란 글자가 들어간다. 또 풍옥희의 묘가 있는 바다 신사에 보관된 보물들은 바로 가라국 시대의 청동기와 토기들이다. 그 북쪽 가라국이 보이는 배를 대는 나룻터를 묘견포라 한다. 이들을 종합하여 보면 일본 천황가의 천손이 가라국에서 온 인물들임을 알 수 있는 것이다.

이 신화에서 언화화출견존彥火化出見尊은 용궁에서 해신의 아름다운 공주 풍옥희를 만나게 되어 3년을 머무른다.

풍옥희와 결혼하여 낳은 아들이 히고 나기사다케우가야후기아에즈노미코도(彥波瀲武鸕鶿草葺不合尊)이다. 이 또한 해의 아들인데, 줄여서 언파불합이라 한다. 언파불합존의 아들이 일본 최초의 천황인 신무천황神武天皇이라 한다.

신무천황神武天皇의 본명은 언화화출견존彥火火出見尊이다. 천진언언화경경저존天津彥彥火瓊瓊杵尊의 언화화출견존彥火化出見尊과 언파불합존의 아들 언화화출견존彥火火出見尊의 이름이 너무 비슷하여 혼란스럽다.

《일본서기》의 이 내용을 별다른 근거가 없이 비판하기 어려우나 일본서기 편찬자가 동일 인물의 행적을 두 사람으로 중복 기록하고 있지 않은지 의문이 간다. 즉, 천진언언화경경저존과 언파불합이 동일인이며, 언화화출견존彦火出見尊과 신무천황神武天皇인 언화화출견존彦火火出見尊이 동일 인물일 가능성이 크다.

《일본서기》에 의하면 고황산령존이 이불로 황손인 천진언언화경경저존을 덮어 강림하게 했다. 황손이 천반좌(하늘의 반석자리)를 떠나 겹겹으로 에워싼 구름을 헤치고 휴가소의 다카치호미네(高天穗峯)에 내려 왔다.

황손은 쿠시히의 하늘에 뜬 사다리로 평지에 내려서서 공국(空國 - 가라국)과 언덕이 이어지는 곳을 지나 좋은 나라를 찾으러 가서 오전국吾田國의 큰 집이 있는 축자(큐슈)의 해변에 도착했다.

그때 사승국승장협이란 사람을 만나 물었다.

"여기에 나라가 있는가?"

"예, 있습니다. 부디 마음대로 하십시오."

황손은 기기에 머물렀다.

이와 같은 내용이 《고사기》에도 기록되어 있다.

"천신은 천진일자天津日子 번능이이예명에게 명을 내려 천지석위(하늘의 천신이 앉는 곳)을 떠나 구름을 헤치고 천부교(하늘에 떠 있는 다리)를 지나 우지토마리라는 곳에서 축자(큐슈) 일향 다카치호(高千穗)의 쿠지후루다케(久土布流多氣)로 내려왔다.(중략)

이때 이이예명이 말하기를, '이곳은 가라국을 바라보고 있고 가사사(가고시마현)와도 바로 통하는 곳이다. 아침해와 저녁해가 비치는 여기는 정말 좋은 곳' 이라고 했다.

천신은 그곳 땅 깊숙이 기둥을 세워 궁궐을 짓고, 고천원을 향해 긴 나무를 올리고 그곳에서 살았다."

이 《일본서기》와 《고사기》의 내용을 다나베 히로시 씨가 쓴 《일본국의 야명》에 의해 재해석해 본다.

이 책에서는 천신이 하늘나라(조선반도)의 근거지를 출발하여 여덟 겹의 거친 파도를 타고넘어 이토(伊都)에 도착했는데 여기서부터 땅을 나누어 나갔다. 부교(천부교)는 냇물을 건너고 섬을 도는 것이며, 거기에 서서 큐슈 일향국의 불을 뿜는 높은 아소산의 성스러운 봉우리에 오른다. 이 성스러운 봉우리 구지후루다케는 지금의 부산과 김해에 있던 가라국의 건국 설화에서 구지봉에 개조 김수로가 하늘에서 내려왔다고 하는 신화를 차용한 것으로 보인다.

이상의 내용들을 종합하여 보자.

1) 일본 천황가의 조상의 하늘나라는 가라국이었다. 《일본서기》에서는 공국空國이라 했고 《고사기》에서는 한국韓國이라 했지만 공국空國이나 한국이나 모두 가라국으로 읽는다. 그러니 일본 천황가의 출발지가 가라국임이 분명한 것이다.

2) 천반좌 또는 천석위天石位는 초선대의 바위를 가르키는 것으로 이해된다.

3) 여덟 겹의 구름은 현해탄의 파도를,

4) 천부교는 쓰시마와 이끼섬을 의미한다.

5) 이토국(伊都國)은 큐슈 북부에 있던 소국 중의 하나였다. 이토의 고개와 이토반도는 한국을 향하여 바다를 접하고 있다. 큐슈의 이토반도에서 가장 높은 산의 이름은 가야산(可也山 - 365m)이다.

6) 고천수봉은 대륙에서 큐슈로 이어지는 높은 아소화산과 무도화산대로 본다. 큐슈 남단의 기리시마 고천수봉에는 해발1,700m의 한국악韓國岳이 있다. 즉, 가라국의 산이다.

7) 구지후루다케, 즉 구지봉에 천손이 강림했다고 하는 말 역시 구지봉
   의 신화를 빌려 씀이다. 그러니 일본의 천황가가 김해의 금관가라국
   에서 출발했음을 알 수 있는 것이다.

이토국에서 가장 높은 가야산이란 이름은 김해 금관가야국에서 출발한
다.

허황옥 왕후의 오라비 장유화상이 수로왕의 일곱 왕자를 데리고 들어
간 산이 오늘날 해인사가 있는 가야산伽倻山이다. 높이 1,430m의 이 가야
산은 우리 나라 12대 명산 중의 하나로, 소의 머리와 비슷하다고 해서 우
두산牛頭山이라고도 불린다. 이 가야산에서 도를 닦은 수로왕의 일곱 왕자
는 승운이거, 즉 구름을 타고 하늘로 올라갔다고 한다.

구름을 타고 올라갔다던 일곱 왕자는 구름을 타고 사라진 것이 아니라
사실은 일본 땅에 내려와 새나라를 만든 것이다. 그들은 신천지를 개척하
였지만 고국 가라국이 항상 그리웠다. 그래서 이토반도의 산에 자신들이
수련했던 가야산이란 이름을 옮겨 붙였다. 실제 큐슈 남쪽의 기리시마현
에는 니니기미코도의 일곱 왕자가 많은 유적을 남겼는데, 곰과 관련되어
있다.

《숭선전지》에 의하면 가라국의 거등왕자도 곰과 관련되어 있다. 허왕
비는 곰의 꿈을 꾸고 난 후 거등왕을 낳았다고 한다. 이 또한 경경저존(니
니기 미코도)과 거등왕이 같은 곰으로서 일치를 보인다.

일본 큐슈 남단의 일곱 왕자로 여겨지는 수로왕의 일곱 왕자는 어떻게
일본으로 건너가게 되었을까?

초선대는 김해시 안동에서 흘러내리는 신어천神魚川이 낙동강으로 흘러
들어 남해 바다로 연결된다. 그러므로 가야시대는 일본으로 가는 뱃길의
출발지로도 활용될 수 있었을 것이다.

김해에서 배를 타고 나가면 쓰시마에 닿을 수 있다. 이 쓰시마에서 60여 km를 가면 이끼(일기)섬에 도달하게 된다. 다시 50~60km를 가면 일본 큐슈의 후쿠오카나 사가현 가라츠 해변에 닿게 된다.

멀리 가라츠 성이 보인다.

가라츠 해변에는 임진왜란 때 도요토미 히도요시가 일본 전국의 영주들을 모아 성을 쌓고, 한국 침략의 전진 기지로 삼았던 성터가 지금도 남아 있다. 일본에서 한국과의 거리가 가장 가까운 까닭이다.

그곳의 지명이 어째서 가라츠일까?

가라츠는 당진唐津이라는 지명으로 불리는 항구도시다. 그러나 원래 이름은 한진韓津이었다. 한韓을 일본에서는 가라라고 읽는다. 그러므로 이 가라츠는 가라진駕羅津이었다. 왜인들이 한반도를 오가는 항구였던 것이다.

(3) 신무천황의 동정과 가야분국 길비국

신무천황은 언파불합의 넷째 아들이며, 그의 어머니는 쓰시마 신화의 마을에 있는 해신의 딸 풍옥희의 자매 옥의희玉衣姬이다. 그러기에 신무천황이 쓰시마에서 큐슈로 이주했던 것을 알 수 있다.

신무천황은 15세에 황태자가 되어 큐슈 일향국日向國의 오평진원吾平津媛과 결혼했다. 신무천황이 45세가 되던 해, 형과 아들들과 의논했다.

"옛적, 우리 천신의 고황산령존과 대일영존(천조대신)은 이 풍위원서수국豊葦原瑞穗國을 모두 우리 천조의 언화화경경저존에게 수여하였다. 오랜 세월이 흘러 염토노옹에게 들은 바에 의하면 동방에 아름다운 나라가 있다고 한다. 거기에 가서 도읍을 정하고 경영하려고 하는데 어떻겠는가?"

"예! 좋습니다. 그렇게 합시다."

신무천황의 말에 아들들이 모두 찬성했다.

천황은 그해 10월, 모든 왕자들과 수군을 이끌고 동방 정벌의 길에 올랐다. 먼저 풍모해협을 지날 때 어부 한 사람이 작은 배를 몰고 다가왔다.

천황이 물었다.

"그대는 누구인가?"

"저는 이 땅에서 주인 노릇하는 진언이라 합니다. 곡포에서 고기잡이를 하고 있는데, 천신의 아들께서 오신다는 소식을 듣고 맞으러 왔습니다."

"그대가 길잡이를 할 수 있겠는가?"

"네, 기꺼이 길잡이를 하겠습니다."

신무천황은 어부를 길잡이로 하여 동정을 살폈다.

11월 9일, 천황은 축자국(큐슈)의 강수문에 도착했고 12월 27일에는 안예국에 이르렀다.

이듬해, 3월 6일에는 길비국으로 옮겨 행관을 짓고 그곳에서 3년을 머물며 배를 준비하고 병기와 식량을 준비했다.

이것은 길비국이 신무천황의 최대 협조국이란 의미이다.

오까야마현에 있던 길비국은 어떤 곳이었을까?

그 후 4세기, 이곳에는 가야국조加夜國造와 아나국조阿那國造라는 인물들이 길비지역의 지배자였다. 이들 오가야마 길비국 지배자의 이름에서 그들이 가라국과 아라가라국의 출신임을 말하고 있다. 그곳은 아직도 가야군이라 불린다.

그곳에 있는 많은 고분들
과 유물들이 가라국과 일치
하고 있다.(60)

길비국은 신무천황이 동
정東征할 때 가라국 사람들
이 집단적으로 이주해 온,
가라국의 분국과 같은 곳이
다. 그러기에 길비국 사람
들은 신무천황이 동정해 가
는 것을 환영하여 안내하고
협력하여 전쟁을 도운 것이
다.

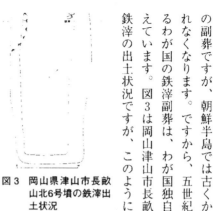

鉄滓の出土状況ですが、このように
えています。図3は岡山津山市長畝
るわが国の鉄滓副葬は、わが国独自
れなくなります。ですから、五世紀
の副葬ですが、朝鮮半島では古くから

図3　岡山県津山市長畝
山北6号墳の鉄滓出
土状況

《왜인의 나라에서 일본으로》 학생사 간. (71쪽)
이 책에는 조선반도는 옛날부터 철이 생산되었다고 전제하고,
그런데 일본 오까야마현의 고분에서 철 생산 찌꺼기가 출토되
었다고 기록하고 있다.

오가야마현의 중심지에는 신무천황이 3년 간 머물렀다는 길비吉備가 있
다.

이 길비지역을 발판으로 오사카(난파)까지 신무천황은 쉽게 진군했다.
그러나 나라분지에서 저항을 받고 전열을 정비하여 다시 나라분지의 가
시하라 궁으로 진군한다. 일본 천황가의 뿌리는 모두 가라국의 혈통인 것
을 의심할 나위가 없는 것이다.

그로부터 9세 손으로 숭신천황(270~290)이 나온다. 이 숭신천황을 학자
들은 실존인물로 본다.(61) 그런데 숭신천황의 초반 기록을 신무천황의 역
사로 소급하여 일본의 역사를 약 300년 고대로 올려 잡고 있다고 한다.

---

60)《살아 있는 가야사 이야기》박창희 저. 311-312쪽
61)《일본서기》성은구 역, (정음사) 130쪽

숭신천황 때 임라가국과 일본 천황가는 관계가 있음이 《일본서기》에서 드러난다.

"숭신천황 65년, 임라국이 소나갈질지蘇那曷叱知를 파견하여 조공해 왔다. 임라는 축자(큐슈)의 2천 리 떨어진 북쪽 바다를 경계로 계림(신라)의 서남쪽에 있다."

이것이 임라가라가 《일본서기》에 나오는 최초의 기록이다.

계속해서 《일본서기》의 기록을 간추려 보자.

"숭신천황 다음 수인천황 2년에 소나갈질지가 '나라에 돌아갑니다.' 라고 했다.

수인천황은 숭신천황 때부터 5년쯤 체류하다가 나라로 귀국하는 소나갈질지에게 후한 선물을 주었다.

숭신천황 때에 이마에 뿔 난 사람(변한 사람의 상투를 지칭하는 듯)이 배를 타고 왔다. 그래서 어느 나라에서 온 사람이냐고 물었다.

'가라국의 왕자로서 이름은 도노아라사등都怒我阿羅斯等이다. 또 다른 이름은 우사기아리질지간기于斯岐阿利叱智干岐다. 전하여 듣기로 일본국에 성황(숭신천황)이 있다기에 찾아왔다. 그런데 내가 혈문에 도착했더니 이도도비고라는 사람이, '내가 이 나라의 왕이다. 다른 곳에는 왕이 없다.' 고 했다. 그러나 그 사람의 생김새를 자세히 보니 왕이 아닌 것 같아 그곳에서 나와 북해와 출운국을 지나 이곳으로 왔다.' 고 했다.

그 사이 숭신천황이 죽고, 수인천황이 권좌에 오른 지 3년이 경과됐다. 수인천황이 '너희 나라로 돌아가고 싶지 않느냐?고 물으니, 도노아라사등은 '돌아 가고 싶다.' 고 했다.

'조금만 일찍 왔다면 숭신천황을 만나 모실 수 있었는데 아쉽다. 그러니 숭신천황의 이름 미마끼를 따서 너희 나라 이름을 미마나(임라)라 하라.' 고 했다.

그리고 도노아라사등에게 붉은 비단을 주어 돌려보냈더니 신라가 그 비단을 뺏았다가 버렸다고 한다."

이 붉은 비단 이야기는 신라의 〈연오랑과 세오녀〉이야기에도 나온다. 이는 가라국과 일본 숭신천황의 관계가 가까웠음을 알게 한다.

〈임라〉라는 말이 숭신천황의 이름에서 나왔다고 했지만 숭신천황의 이름이 오히려 '임의 나라' 가라국에서 따온 것이 아닌가 한다.

임任은 일본어로 님으로 읽는다. 그러니 임나라가 임나로 발음되어진 것이다. 더욱이 숭신천왕이 신무천황과 동일인이라면 조국을 그리워하는 것은 당연하기 때문이다.

(4) 신공황후와 석우로 장군

비미호(히미코)가 사마대국을 다스리다가 비미궁호를 중심으로 한 구노국의 반발로 여왕의 시대에서 남자 왕들이 다스리는 시대로 변했다. 《삼국지 위지 왜인전》에 의하면 천여 명이 죽는 전쟁이 거듭되었다.

《일본서기》을 보면 신무천황에서 중애천황까지 남

신공황후의 모습

자 천황이 나라를 다스리다 신공황후 때 다시 여자가 다스렸다고 한다.

《삼국지 위지 왜인전》에는 비미호의 종실이 되는 대여壹與를 전면에 세웠다고 기술되어 있다. 이때 대여의 나이는 겨우 십삼 세였는데, 비로소 나라 안의 인심이 바로 되어졌다고 한다.

중국 사신 장정 등이 대여를 타이르는 글을 보냈더니, 대여는 대부 솔선중랑장, 액사구 등 삼십 명을 장정에게 보내 포로 삼십 명과 흰구슬 오십 덩이, 청대구주 두 장, 이문잡금 이십 필을 바쳤다.

비미호의 종실이라는 대여는 역사상 누구인가?

《일본서기》에 의하면 이에 해당하는 사람은 신공황후밖에 없다.《일본서기-신공황후》편을 보면 신공황후는 가공 인물이다. 그러나 사마대국의 여왕 비미호와 동일 인물이라고 생각하는 학자들이 많다. 하지만 비미호와 신공황후는 연대가 맞지 않아 오히려 비미호의 종실인 대여라면 그 시기가 맞지 않을까 싶다.

일본 14대 주아이(仲哀)천황은 군신들과 큐슈에 있는 구마소(熊襲)를 칠 것을 협의했다. 이때 신공황후는 신의 계시를 받았노라고 다음과 같이 말했다.

"천황은 어찌하여 구마소(熊襲)가 복종하지 않는 것을 걱정하는가? 그곳은 황폐한 불모의 땅이다. 병사를 이끌고 가서 토벌할 가치가 있을까? 이 구마소(熊襲)보다 더 많은 보물이 있는 나라, 일본의 항구를 향하고 있는 나라가 바다 저쪽에 있다. 금·은·채색이 화려한 황금의 나라이다. 그 나라를 신라라 부른다. 만약 제를 잘 올린다면 칼날에 피를 묻히지 않고 복종케 할 수 있을 것이다. 그렇게 되면 구마소(熊襲)도 복종하게 될 것이다."[62]

신사 안내 표지 : 《일본서기》에 나오는 중애천황(신공황후의 남편)의 아버지 일본무존 등의 이름이 제신으로 나온다.

　이렇게 신의 계시를 받은 황후는 천황의 구마소(熊襲) 정벌을 반대하며 신라 정벌을 권했다. 천황은 황후의 말을 믿지 못하여 높은 산에 올라가 바다를 바라보며 황후에게 빙의한 신에게 말했다.

　"나는 멀리 바라보았지만 바다만 보이지 나라 같은 것은 보이지 않았다. 헛되이 나를 유인하는 자는 누구인가?"

　이에 황후에게 붙은 신이 말했다.

　"물에 비친 그림자처럼 선명하게 내려다보이는 나라가 있는데 어찌해서 없다 하는가? 천황이 믿지 못하면 그 나라를 얻지 못하리라. 지금 황후가 처음으로 회임하였다. 그 아들이 그 나라를 얻으리라."

　천황은 이렇게 황후에게 빙의한 신의 계시를 믿지 못하고 구마소(熊襲)

---

62) 《일본서기》 성은구 역(정음사) 198쪽

정벌에 나섰으나 결국 승리를 얻지 못하고 귀국했다.[63]

천황은 다음날 갑자기 병이 들어서 죽었다.[64] 황후와 대신들은 천황이 신의 말을 듣지 않아 빨리(52세) 죽었다 하여 천하에 알리지 않았다. 만일 천황이 죽은 것을 백성들이 안다면 게으름이 생길 것이라고 하며 천황의 시체를 몰래 해로로 옮겼다. 그리고 비밀을 지키기 위해 불도 밝히지 않고 관에 넣어 안치했다. 그 해는 신라를 공격하기 위한 일로 천황을 장사 지내지 못했다. 황후는 신의 계시에 따라 황금의 나라 신라국을 치기로 결심했다.

이러한 《일본서기》의 내용에서 먼저 큐슈에 있는 구마소(큐슈) 정벌의 처음 시작은 주아이천황 때부터가 아닌 12대 경행천황 때부터였음을 확인할 수 있다. 또 경행천황의 아들이며 주아이천황의 아버지인 일본무존 (日本武尊-야마도다게루노미고도)도 구마소를 정벌했다. 일본무존은 구마소 정벌 도중 산신의 화신인 흰 사슴을 쏘았고, 그로 하여 병이 들어 죽었다.

이 말은 산신의 저주를 받았다는 뜻이다. 이 소식을 들은 일본무존의 아버지 경행천황은 주야로 통곡했다.[65]

"나의 아들은 일찍이 구마소가 반란을 일으켰을 때 아직 머리를 얹을 나이도 되기 전인데도 고생을 하였다. 그리고 늘 내 곁에 있으면서 내가 미치지 못하는 곳을 보좌했다. 동이가 소동을 일으킴에 토벌할 사람이 없

---

(63) 《일본서기》 성은구 역 (정음사) 198쪽
(64) 혹설은 구마소를 정벌하다 화살에 맞아 죽었다 한다.
(65) 《일본서기》 성은구 역, (정음사) 198쪽

신공황후를 모신 쓰시마의 팔번궁(하찌만궁)

어 아끼는 마음을 억제하고 적의 경계에 보냈다. 그리고 나서 하루도 아들을 생각하지 않는 일 없이 조석으로 기다렸는데, 나의 아들이 죽었다. 앞으로 누구와 더불어 국사를 의논할까?'[66]

이렇게 주아이천황의 구마소 정벌은 조부에서부터 시작된 한풀이였다. 그런데 신공황후는 신의 계시라며 반대했다. 나라 안의 반란을 내버려 두고 그 대신 바다 밖의 신라를 쳐야 한다고 말한 황후는 주아이천황의 길과 너무 달랐다. 이는 생각의 차이라기 보다 더 큰 비밀이 숨어 있는 듯하다.

주아이천황의 조부 경행천황의 본명은 오타라시히코 오시로와케(大帶日

---

66) 《일본서기》 성은구 역, (정음사)

子斯盧別克)였다.[67]

　사로(斯盧)란 《삼국유사》에 의하면 신라의 옛 국명이 아닐까 추측된다. 개인의 이름에 신라의 국명이 들어 있다면 그는 신라와의 인연이 보통이 아닐 것이다. 또 별극別克은 영주의 의미이다. 그렇다면 경행천황, 그는 바로 신라계통의 천황인 것이다. 이렇게 신라계통의 주아이천황에게 신공황후가 신라를 공격하자고 한들 들을 리 있겠는가.

　주아이천황의 사인으로 독살의 혐의가 짙다. 그런데 주아이천황의 독살을 숨기고 신라정벌을 서두른 신공황후의 비밀은 무엇이었을까?

　신공황후는 제국에 영을 내려 선박을 모으고 전쟁 준비에 들어갔다. 그녀는 가락인으로 추정되는 길비신吉備臣의 조상 압별을 파견하여 웅습국熊襲國을 정벌하니 협진(浹辰 : 12일)도 못 되어 웅습국이 항복해 왔다.

　이게 무슨 말일까?

　신공황후는 중애천황(주아이천왕)이 신라 정벌을 하지 않고 웅습(구마소)을 정벌하여 신의 벌을 받았다고 했다. 중애천황의 웅습국 정벌을 그토록 반대했던 신공황후가 중애천황이 죽자 자신은 웅습국을 정벌했다는 말에 모순이 있다.

　성무천황, 일본무존, 중애천황이 정벌하려다 모두 실패한 웅습 정벌을 신공황후는 신하 한 사람을 파견한 지 12일도 못 지나서 웅습국 스스로가 항복해 왔다고 한다.

　이것은 정벌이 아니라 협상의 결과로 볼 수밖에 없다. 신공황후는 신라와의 긴박한 큰 전쟁을 앞두고 웅습국을 달래 협상한 것을 정복했다고 한

67) 《역사를 버린 나라 일본》 양혜승, (혜안출판사) 233쪽 참조

것이다.

신공황후는 전쟁이 시작되자 부월(도끼)을 들고 3군에 영을 내렸다. 그런데 황후는 산월이 가까워지자 돌을 들어 배에 대고 기원했다.

"일을 끝내고 이곳에 돌아와 생산할 수 있도록 도와주소서."

신공황후는 직접 남장을 하고 배를 타고 나갔다.[68] 이 말은 또 무슨 의미일까?

신공황후가 신라 원정 후에 낳은 응신천황이 중애천황의 아들이라 한 것은 일본 천황이 만세일가로 이어지는 것을 강조하기 위한 것이다. 그러나 의문은 신공황후가 신라 정벌 후 돌아와 응신천황을 낳았다는 대목이다. 산월이 가까운 황후가 남장을 하고 바다 건너 외국을 치기 위해 배를 탔다는 것은 믿기 어려운 말이다.

결론은 응신천황은 신라계인 중애천황과는 다른, 가라국의 혈통을 이었을 가능성이 크다. 최인호의 소설《제4제국》에서는 김해 대성동의 13호 고분을 응신천황의 능으로 보고 있지만, 필자는 오히려 대성동 고분의 주인공 중 하나가 응신천황의 부친으로 본다.

문제는《일본서기》의 엉뚱함이다.

"신공황후의 대군을 만난 신라의 왕은 두려움에 떨며 신하들에게 말했다.

'신라는 나라를 세운 이래 해수의 나라에 능멸당한 일이 한번도 없었다. 천운이 다해 신라가 이제 바다의 나라가 되려는가? 동방에 신의 나라 일본이 있다고 들었다. 어찌 군사로 대적할 수 있겠는가?

---

[68]《일본서기》성은구 역, (정음사) 206쪽

대성리 13호 고분 터. 13호 고분에서는 대형 파형동기 6점이 출토되었다.

신라는 백기를 들고 스스로 항복했다. 항복의 표시로 흰 끈을 목에 걸고, 토지의 도면과 백성의 호적을 봉인하여 황후의 배 앞에 놓았다.

황후는 가지고 간 창을 신라의 왕궁 앞에 세웠다. 다시는 신라가 저항하지 못하도록 깨우치기 위해서였다. 신라의 왕 파사매금(波沙寐錦-파사이사금 80-111)은 즉시 미질기지 파진간기微叱己知 波珍干岐를 인질로 하여 금, 은, 채색비단 등을 80척의 배에 싣고 군대에 따랐다.

고구려와 백제는 신라가 항복했다는 말을 듣고 일본군의 군세를 보고 이길 수 없어 같이 항복했다.[69]"

《일본서기》에서 말하는 신라의 왕 파사매금은 80-111년에 재위했던 인물이다. 그러니까 신공황후(289-388)가 세상에 살았던 때보다 200년 앞선 시대였다. 파사왕은 매금이 아니다. 당시 왕호는 이사금이었다. 매금이란 칭호는 파사이사금보다 200년 후인 실성마립간 때부터 사용되었다. 그러므로 신공황후 때의 신라왕은 파사이사금이 아니었다.

파사이사금은 신라 3대 유리왕의 아들로써 석탈해에 이어 왕이 된 5대

왕이었다.

파사이사금은 재위 15년에서부터 18년까지 가라국의 수로왕과 크게 싸운 적이 있었다. 그 후 수로왕을 초청하여 음집벌국과 실직곡국과의 국경 분쟁을 해결하는 데 도움을 받기도 했음을 석탈해편에서 설명한 바 있다.

《일본서기》의 〈신공황후편〉기록을 보면, 수로왕과 신공황후는 각각 적국인 신라에 대해 깊은 증오심을 가지고 있었다.

신공황후는 연대로 보아 수로왕의 딸 히미코의 종실녀 대여로 추측된다.

파사이사금의 후손인 신라 8대 아달라왕(재위 154~184) 20년 조에 보면 174년 정월에 왜국의 여왕 비미호(卑彌好 히미코)가 사신을 보내어 내빙하였다고 하니 이때의 일본은 사마대국 시대로써 비미호가 다스리던 때였다. 비미호는 239년 중국의 위에 사신을 보내 관인을 받았다. 그러니 최소한 174년~239년은 비미호가 사마대국을 다스렸던 것으로 보인다.

또한 신공황후가 신라를 공격했을 때 신라왕이 겁이 나서 미사흔을 볼모로 보냈다고 했다. 그때는 실성이사금(신라 18대 402-407) 때로서 신공황후가 재위했던 시기가 또한 아니었다.

그럼 이 때는 어느 때였을까?

다시 《일본서기》로 돌아가 보자.

"황후는 남자 복장을 하고 신라를 정복했다. 신라의 왕인 우루소호리치가(宇流助富利智干)가 출영하여 꿇어앉아 황후의 배를 붙잡고 머리를 조아리며 말했다.

'나는 지금 이후부터 일본국에 있는 신의 아들(신공황후의 아들 숭신천황?)에

게 내관가(직할령)로써 조공을 끊지 않고 바치겠다.'

이처럼 엉뚱한 이야기가 계속 기록되고 있다.

또, '신라의 왕을 포로로 하여 해변으로 데려가서 왕의 무릎 뼈를 빼고 자갈 위로 기어가게 했다. 잠시 후 왕을 죽여 모래밭에 묻었다. 그리고 포로 한 명을 신라의 재상으로 임명했다. 신라왕의 처는 왕의 시체를 묻은 땅을 알지 못해 재상을 유혹했다.[70]'

'그대가 왕의 시체가 묻힌 곳을 가르쳐 주면 크게 사례하고 그대의 처가 되겠다.' 그러자 재상이 가르쳐 주었다. 왕의 처는 신라인들과 짜고 재상을 죽였다. 그리고 왕의 시체를 파내어 다른 곳에 장사를 지냈다.

이 때 재상의 시체를 가져다 왕의 관 아래에 함께 묻었다. 왕의 처는 '존엄한 신라왕의 관을 위에 두고 그 아래 일본 재상의 시체를 두는 것이야 말로 존비의 질서에 맞는 일이다.[71])고 했다.'

이것은 거짓일 수밖에 없다.

다만 《일본서기》에서 진실을 찾는다면 신라의 왕이라 한 우루소후리치가에서 소후리는 신라의 도읍(서울)을 가르키는 말이다. 그러나 치가智干는 왕이 아니라 제후였다.

《삼국사기》 첨해이사금(신라 제12대 왕, 재위 247~261)편을 보면 그 내용을 확인할 수 있다.

"3년 4월에 왜인이 서불감舒弗邯 우로于老를 죽였다."

서불감舒弗邯은 신라의 도읍(서울-소후리) 경주를 다스리는 직책이며, 《일본서기》에서 말한 우루宇流가 《삼국사기》의 우로于老가 아닐까 한다. 즉,

---

70) 《일본서기》 성은구 역, (정음사)
71) 《일본서기》 성은구 역, (정음사)

우루소후리치가는 우로于老 서불감舒弗邯을 가리키는 것일 게다.

그렇다면 우로는 도대체 누구일까?

제12대 첨해이사금 때의 서불감 우로는 제10대 왕 내해이사금의 태자였다. 그의 부인은 조분이사금의 딸이며, 명원부인이라 했다.

석씨의 왕위가 계승되기 시작한 것은 석탈해의 손자이며 신라 9대 벌휴이사금(184-196년) 때였다.

벌휴이사금에게는 태자 골정과 이매, 두 아들이 있었다. 그러나 두 사람이 모두 일찍 죽었다. 그러나 태자 골정에게는 조분, 이매에게는 내해라는 아들이 있었다. 왕위 승계 순서로 보면 태자 골정의 아들 조분이 먼저 왕이 되어야 했다. 그러나 조분의 나이가 너무 어려 내해가 먼저 왕이 되었고, 조분의 누이가 왕비가 되었다.

10대 내해이사금 14년(209년) 7월에 포상의 팔국이 모의하여 가라국을 침략하려니 가라의 왕자가 신라에 와서 구원을 요청했다. 내해왕이 태자 석우로와 왕자 이벌찬 석이음(석우로의 형)에게 6부의 병을 이끌고 가서 가라를 구원케 하라고 명하였다. 그러자 두 사람은 팔국의 장군을 죽이고, 그들이 붙잡은 포로 6천 명을 가라국에 돌려보내 주었다.

이를 《포상팔국의 난》이라 했다. 이는 김해 금관가야가 낙동강을 중심하여 무역권을 독점하자 이에 반발한 변한 때부터 왜소국과 교역하던 남해안의 소국들이 금관가야에 반발한 전쟁이었다.

이때 태자 석우로와 왕자 이벌찬은 큰 공을 세웠으나 왕위는 내해이사금의 유지에 따라 조분왕에게 승계되었다. 내해 이사금의 딸이 조분이사금의 왕비였기 때문에 사위에게 왕위를 물려준 격이었다. 또 태자 석우로의 부인은 조분이사금의 딸이어서 태자 석우로는 조분왕의 사위이기도 했다. 그런 연유로 태자 석우로와 왕자 이음은 조분왕께 충성했다.

신라 조분이사금(제11대 왕, 재위 230~247) 2년 7월이었다. 이찬 우로于老를 대장군으로 삼아 감문국(가라국의 하나로서 지금의 김천)을 쳐서 그 땅을 군으로 삼았다.

감문국은 가라국에 속해 있었으나 포상팔국의 난 때 신라에 속하게 되었다.

내해이사금의 사망으로 인한 혼란을 틈타 독립하려 하다가 조분왕의 명을 받은 석우로의 정벌에 의해 230년 7월 신라로 편입되었던 것이다. 그로부터 9개월 후 왜인들이 신라를 침략했다. 침략의 원인을 기록에서는 볼 수 없으나 가라국의 연맹인 감문국을 신라가 뺏아간 것이 원인이었던 듯하다.

231년 4월, 왜인이 갑자기 닥쳐와 금성을 에워싸므로 왕이 친히 나가 싸우니 적이 물러났다. 왕이 빠른 기병을 동원해 추격하여 적 1천 명을 죽였다.

1년 후인 232년 5월, 왜병이 다시 동쪽 해변을 침략했다. 그 전쟁은 2개

상주 함창의 고령가야 태조왕릉

고령가야 왕비릉

월 동안 치열하게 전개되었는데
(232년) 7월에 이찬 우로于老가 사
도(경북 영덕)에서 바람을 이용하여
불을 놓아 적의 배를 모두 태워버
렸다 그러자 적병들이 물에 뛰어
들어 모두 빠져 죽었다.

상주의 사벌왕릉. 이곳은 6가야 중 고령가야의 땅이었
다가 석우로에 의해 신라로 합병되어 사벌국이 되었다.

　이것이 일본과 신라만의 전쟁
이었을까?

　가라국은 예하국인 감문국을 신라에 빼앗기게 되자 연맹국인 일본과
협력하여 신라를 지속적으로 공격했던 것으로 보인다. 그러나 석우로는
매우 유능한 신라의 장군이었다.

　석우로의 화공에 패배한 왜병은 그 후 오랫동안 신라를 침략하지 못했
다. 대신 신라는 날로 힘을 뻗쳐 나갔다. 7년(235년) 2월에 골벌국(지금의 경북
영천) 왕 이음부가 무리를 이끌고 항복하므로 골벌국을 흡수하여 군으로
삼았다. 13년(241년)에는 풍년이 들어 고타군(안동)에서는 왕에게 가화(수확
물에 대한 세금)를 바쳤다.

　15년(243년) 정월에 이찬 우로를 서불감舒弗邯으로 삼고 겸하여 병마사兵
馬使를 맡게 했다. 그는 신라의 도읍과 병권까지 장악한 실권자라 할 수 있
었다.

　245년 5월, 조분왕이 죽고, 조분이사금의 동생 첨해이사금이 즉위했다.

　이때 일본은 사마대국의 비미호가 30여 국으로 갈라진 부속국가를 통
일하고, 239년에 중국 위나라에 사신을 보내 왜왕으로서의 관인을 받았
다.

　첨해이사금(신라 제12대 왕, 재위 247~261년) 원년에 석우로는 사량벌국(경북

상주)을 토벌했다. 그러나 첨해이사금의 외교정책은 조분이사금이나 석우로의 정책과 달랐다. 지금까지 적이었던 고구려와 왜국과 모두 화친을 맺었다. 석우로는 이 정책에 대해 매우 불만이 많았던 것으로 보인다.

첨해왕 2년 정월에 이찬 장훤으로 서불감을 삼아 국정에 참여케 했다.

첨해왕은 석우로의 서불감 자리를 빼앗아 다른 사람에게 주었음을 알게 된다.

첨해왕 7년(253년, 일설에는 첨해왕 3년)에 석우로는 왜국의 사신에게 술 취한 척하며 독설을 퍼부었다.

《석우로 열전》에 의하면 석우로는 그 자리에서 자신이 주인인 척 행동했다고 한다. 즉, 자신이 왜국 사신들의 접대 책임자가 아닌데 책임자인 척하며 왜국 사신 갈나고와 수행원들에게 농담을 했다.

"조만간 너희 나라를 침공해서 왕을 붙잡아다 소금 굽는 노비로 만들고, 왕비를 붙잡아다 궁중의 취사부로 만들겠다."

이 말로 인하여 신라와 왜국과의 협상은 결렬되었고, 화가 난 왜국의 사신들은 그냥 돌아가버렸다. 《삼국사기》는 이 부분을 술 취한 석우로의 실언으로 기록하고 있지만 이것은 농담이 아니라 신라와 왜국과의 협상이 못 마땅했던 석우로의 본심이었던 것이다.

왜국 왕은 우도주군이란 장군에게 대군을 주어 신라를 치게 하였다. 그러자 신라의 첨해왕도 직접 대군을 이끌고 우유촌(울진)으로 싸우러 나갔다. 이때 석우로가 첨해왕에게,

"전에 한 말은 술에 취해서 농담으로 한 말인데, 이렇게까지 될 줄 알았겠습니까? 이 일은 소신이 말을 조심하지 않아 생긴 일이니 제가 직접 대

적하겠나이다."

하고 왜군 진영으로 가서 사과했다. 그러나 왜장 우도주군은 준비해 놓은 장작더미에 석우로를 묶어 불태워 죽이고 돌아갔다.

이 내용을 보면 첨해이사금과 왜국은 석우로를 제거하기로 서로 밀계가 되어 있었던 듯하다. 그러기에 이후 신라와 왜국은 미추이사금 때까지 전쟁을 하지 않았다.

첨해이사금이 병으로 갑자기 죽자 석우로와 같이 조분왕의 사위였던 미추이사금이 즉위하게 되었다. 이때 왜국의 사신이 왔다. 석우로의 아내 명원부인은 미추이사금을 찾아가 접대를 자청했다. 그리고는 왜국 사신을 자신의 집으로 초청하여 접대하는 자리에서 술을 권했다. 왜국 사신이 취하여 정신을 차리지 못하자 명원부인은 종들을 불러 묶게 하고 남편의 원수를 갚겠다며 불태워 죽여버렸다. 그로인하여 왜국과 신라의 관계는 멀어졌으나 전쟁에 이르지는 않았다.

신라는 미추왕 재위 23년 동안 백제와는 전쟁을 했지만 왜국과는 한 번도 전쟁을 하지 않았다. 왜 그랬을까? 왜국과 미추왕은 외교 관계가 좋았던 것이다.

미추왕은 석우로 장군의 처조카 달솔 장군을 불렀다.

"달솔 장군, 고모 명원부인께서는 어찌 지내시는가?"

"예, 고모부의 묘에서 매일 울고 계시옵니다."

"석우로 장군께서는 신라 제일의 장군이셨네. 왜군의 대군을 몇 차례나 맞아 그때마다 물리친 훌륭한 장군이셨지."

"네, 폐하! 그 점은 저희 집안의 일이라 잘 알고 있사옵니다."

"오늘같이 나라가 어려울 때면 우로 장군 같은 용장이 그리워지는군.

그대 고모님께 안부를 전하게"

"네, 폐하! 황공하옵니다."

그러면 석우로의 후손은 어떻게 되었을까?

석우로는 살아 있을 당시 제후들 앞에서 자기 아들 석흘해를 가리키며 우리 집안을 일으킬 아들이라고 자랑했었다. 물론 석흘해는 용모가 준수하고 두뇌가 명석했다. 석우로의 아들 흘해는 훗날 신라의 왕이 되었다.

《일본서기》에 신공황후가 죽였다는 신라의 왕, 우루소후리치가와 첨해 이사금(신라 제12대 왕 ,재위 247~261) 때의 서불감 석우로 이야기는 매우 비슷하다. 그러나 양쪽의 그 전쟁의 경위는 매우 다르다.

신공황후가 신라의 서불감 우로를 죽였다고 했지만 우로는 당시 신라

의 왕도, 서불감도 아니었다. 전쟁에 패해서도 아니었고 단지 정쟁에 의해 일본에 내어 준 희생자였을 뿐이다.

《삼국사기》에서는 미추왕(味鄒王, 재위 262-284)의 왕릉을 대릉大陵이라 한다.

대릉大陵은 신라의 건국시조 박혁거세의 사릉보다 그 품격을 위에 둔다. 신라의 김씨 왕들은 미추왕을 시조왕이라고도 했다.

(아래는 안내판) 경주 대릉원 안에 있는 미추왕릉.

이 미추왕릉은 적석목곽묘였다. 목곽묘는 북방 유목민족의 묘제였다. 3세기경 가라국은 2세

기까지 내려오던 변한의 목관묘에서 목곽묘로 묘제가 바뀌었는데 신라는 경주 김씨 최초의 왕 미추왕의 묘가 적석목곽묘로 바뀌고 있다.

북방식 청동솥(대성동 29호 분)

김해 대성동 고분에서는 모두 21개의 목곽묘가 발견되었다. 그 중 가장 정상부에 있는 제1호와 제2호 고분은 목곽묘였다.

대성동 제1호 고분에서는 다섯 구의 유체가 발굴되었다. 한 가운데 왕권을 상징하는 환두대도를 손에 쥔 피장자를 두고 네 명의 부하가 사방에서 호위하듯 누워 있다. 순장임이 명백하다.

대성동 1-4호 고분 표지판

대성동 3호 고분묘(4세기 후반)에서도 피장자의 발 아래 3명이, 8호 고분에서도 5명의 순장자가 있었다. 순장은 북방 유목민의 유습이다.

대성동 1호 고분(5세기 초반)에서는 무려 8개의 통형동기가 발견되었고, 2호 고분에서는 2개가 발견되었다. 이 도구는 일본에서 온 왜계 유물로 알려져 있다. 창끝에 꽂아 꾸미는 장식품인데 자루를 흔들면 방울소리가 나도록 되어 있다.

이 통형동기는 왕이나 제사장들이 제사를 지낼 때 쓰는 제사 도구였다. 지금까지 일본의 대형 고분에서 많이 발견되어 일본제 물품으로 생각되어 왔었다. 그러나 일본 고분에서는 대성동 1호 고분에서 만큼 많은 통형

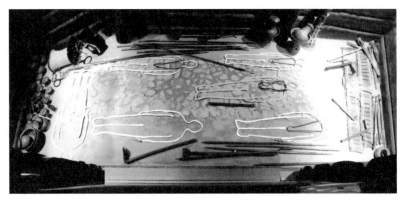
대성동 1호 목곽묘의 복원모습

동기가 나온 예가 없다. 때문에 금관가야에서 제작된 지배층의 상징물이 아닌가 여겨진다.

대성동 1호 고분에서는 철제 마갑(철제 말 얼굴가리개)과 금동으로 장식된 안장, 발걸이, 말띠 드리개(행엽) 등이 발견되어 고분의 주인공이 생시에 말을 탔던 인물임을 알 수 있다.

이 보다 앞선 시기로 보이는 대성동 2호 고분에서도 말재갈과 말띠 꾸미개, 철제 판갑옷 등이 발견되었다. 철제는 인체의 곡면에 따라 정교하게 만들어져 있었다.

대성동 3호 고분에서는 철제 비늘 갑옷이 출토되어 가라국의 기마 무사는 철기로 완전 무장했었음을 확인케 한다.

그 당시 가라국은 철기의 수출국으로서 막대한 부력을 자랑하는 강국이었다. 철기 수출로 벌어들인 막강한 재력으로 강력한 기마군과 첨단 무기 체제를 갖추고 있었던 것이다.

대성동 29호(3세기 후반)에서는 금동관 파편이 발견되었는데 신라의 금관도 가야의 금동관에서 나온 것이 아닌가 한다. 또 대성동 13호 고분은 일

본에서도 볼 수 있는 기존의 파형
동기의 2배 크기의 파형동기가 한
꺼번에 6점이 나왔는데 최인호 씨
의 《제 4제국》에서는 대성동 13호
고분의 주인공을 일본 천황의 조상
으로 해석하고 있다.

김해 고분 박물관의 철갑옷과 철제 마갑.

대성동 2호 분의 출토를 다룬 기사

일본의 신공황후는 신라 원정을
마치고 대마도를 거쳐서 돌아갔다.
대마도에는 도주가 대대로 이어
오며 대마도를 다스렸던 중심도시
이즈하라(嚴原)시가 있다. 그곳에는
대마도에서 가장 큰 신사인 팔번궁
이란 곳이 있다. 그 신사의 주신은
스사노오이고, 그 좌측에는 신공황
후와 숭신천황 등을 모신 제단이
있다.
신공황후의 신사에는 말을 마신
馬神이라 하여 숭배하는 동상이 세
워져 있다. 지금도 참배객들은 그
앞에서 합장을 한다. 말을 탈 곳조
차 없는 쓰시마에 왜 말이 신으로

노출전시관의 대성동 29호와 39호

신공황후의 신전 앞에 세워져 있을까?
일본의 고분시대(4세기경)에 만들어진 〈다케하라〉고분이 있다. 그 고분

일본에서만 출토되어 왔던 통형동기가 금관가야에서 대량 출토되었다.

대성동 29호분에서 유목민의 제사도구인 동복(청동 솥)이 출토되었음을 알리는 당시의 신문기사.

에는 그 고분의 주인공이 누구인지 알 수 있게 해주는 배에 실린 말의 벽화가 있다. 배 아래에 파도가 그려져 있어 바다 건너에서 말을 수입했음을 짐작케 한다. 일본에는 호랑이나 소, 말, 까치 등이 원래 없었다 한다.

일본에서 토종마는 4세기에 도입된 말로서 〈키소마〉라 한다. 이 말은 일종의 몽고말로서 제주도의 조랑말처럼 다리가 짧고 목이 굵다. 이 말은 유럽이나 아랍의 말과 달리 속쾌법이란 보법으로 걷는다. 오른쪽 앞뒤 다리와 왼쪽 앞뒤 다리가 각각같이 움직인다. 말 위에서 활을 쏘고 무기를 사용하기에 안정감이 있어 이런 말을 몽고인들은 좋아한다.

말은 북방 유목민에게서 전래됐으며 가라국은 수로왕 때부터 말을 타고 싸웠다.

김해박물관에는 마갑이 있다. 마갑이란 말의 얼굴에 씌우는 철로 된 마스크인데, 가야에서만 13개가 발견되었다.

182

가라국 기마무사상. 기마무사뿐만 아니라 말까지 비늘갑옷(찰갑)으로 무장되어 있다. 당시에는 선진형의 기마 무장구였다.

이와 똑같이 닮은 마갑이 중국 동북지방에서 발견되었다. 그곳 심양고고학연구소에 의하면 4세기초, 최초의 마갑이 발견되었는 데 몽골의 투르크계 유물이었다. 몽골 투르크는 당시 오환선비라 불렸으며, 흉로족이었다.

김해 대동면 예안리에서는 기마 인물형 토기가 발견되었는데 기마무사뿐만 아니라 말의 몸통도 찰갑이라는 갑옷으로 보호하

복제되어 야외에 전시된 기마무사상

신공황후 신전 앞 제신 안내판

게 되어 있다. 함안에서는 김해 기마인물형 토기와 같이 말의 몸통 전체를 씌우는 비늘 모양의 찰갑이 발견되었다. 가야의 기마문화가 당시 매우 발달해 있었음을 알게 한다.

일본의 신공황후 때 한반도의 전쟁터에서는 기마부대가 큰 위력을 발휘할 만큼 확산되고 있

신공황후의 신전 앞 마신상

184

었다. 신공황후는 가라국과 신라와의 전쟁에서 말의 중요성을 확인하고 가라국에서 말을 처음 도입해 간 것으로 보인다.

그러기에 말을 신성시하여 동상으로 만들어 마신이라 하여 지금까지 받들고 있는 것이 아니겠는가. 그러므로 가라국에 비해 기마전술 자체가 뒤처져 있었기 때문에 전쟁에서 이길 수는 없었을 것이다.

《일본서기》에 가라국의 기록은 없지만 전쟁의 주역은 가라국이었다. 신공황후는 가라국을 도와 신라를 공격했고, 그 결과 김해 김씨와 뿌리를 같이한 미추왕이 신라의 왕으로 즉위하게 되었다.

2. 제4대 거질미왕居叱彌王(291~346)편

쓰시마 최대의 하찌만 신사

가라국의 4대 왕은 덕왕으로 이름은 거질미, 또는 금물이라고도 했으며 영평 신해(291)년에 즉위하였다. 신라에서는 유례왕 때였다. 그는 56년간 재임하다가 영화 2년 병오(346) 7월 8일에 죽었다. 왕비는 아궁 아간의 손녀 아지요와 이시품을 낳았다.

가라국의 거질미왕 때 신라는 다시 왜병의 침략에 시달렸다. 미추왕 때는 단 한번도 침략을 받지 않았는데 왜 다시 왜병의 침입에 시달리게 되었을까? 왜는 신라와 싸우면서도 백제와는 화친을 맺는다.

왜의 신공황후는 주아이천황 46년, 사마숙녜(斯摩宿禰-시마노스구네)를 탁순국(경북 대구)에 파견했다. 그때 탁순국의 왕 말금한기未錦旱岐가 사마숙녜에게 말했다.

갑자년 7월 중순에 백제인 셋이 우리 나라(탁순국)에 와서 말하기를,

"백제 왕은 동방에 일본이라는 귀한 나라가 있다는 것을 듣고 우리들을 파견해 조공을 바쳤다. 이제 그 길을 찾으려 왔으니 길을 잘 알려 준다면 귀 국왕에게 큰 보답을 하겠다.[72]고 했다. 탁순국도 물론 동방에 귀한 나라가 있음을 듣고 있다. 그러나 멀리 바다를 건너야 하므로 풍랑이 심해 큰 배를 타고 가야 한다고 설명했더니 백제인은 '만약 그 나라에서 사신이 온다면 알려 달라.'고 했다."

탁순국 왕이 사마숙이에게 당시 주변의 정황을 설명해 주자 그는 아래 사람인 니하야(爾波移)와 두 명의 탁순국인을 백제로 보냈다.

백제의 초고왕(백제의 제13대 근초고왕 재위 346~375)은 대단히 기뻐하며 후히 대접했다. 그리고 오색의 비단 각 한 필, 각궁전角弓箭 철덩어리(鐵鋌) 40매를 니하야(爾波移)에게 주었다.

---

72) 《일본서기》 성은구 역, (정음사)

"우리 나라에는 귀한 보물들이 많다. 그래서 나라에 바치려고 하는데 길을 모른다."

이처럼 백제왕은 사자에게 부탁하고 계속해서 조공하겠다고 했다. 니하야는 이 일을 사마숙네에게 보고했고, 사마숙네는 탁순에서 돌아왔다.

주아이천황 47년, 백제의 왕은 구저(久氐) 등을 보내 조공했다.[73]

이 내용에 의하면 백제와 왜의 교류가 근초고왕 때(346~375) 시작되었음을 알게 된다. 이 근초고왕은 371년 고구려의 평양을 함락시키고, 고국원왕을 전사케 했다. 근초고왕은 지금의 한강 일대와 강원, 황해도의 일부를 차지하는 강력한 고대국가의 기반을 마련한 왕이다. 그는 중국 동진과 교류하였으며, 왜와의 교류를 통해 나라를 성장시킨 왕이기도 하다.

신공황후는 주아이천황 49년에 군대를 보내 바다를 건너 신라를 치려했다. 그러나 군대가 모자라 백제에 원병을 청했다. 이에 백제의 목라근자(木羅斤資) 장군을 비롯한 탁순국 장병들이 신라를 격파했다.

이로써 비자발(창녕), 남가라(김해), 탁국(경산), 안라(함안), 다라(합천), 탁순(대구), 가라 등 7국을 평정했다. 이로부터 병을 이동하여 남만의 탐라(제주도)를 정벌하여 백제에게 하사했다.[74] 이를 감사하게 여긴 근초고왕과 왕자 근구수(백제 제14대 왕, 재위 375~384)가 군을 이끌고 왔다.

이 내용을 보면 가야제국뿐만 아니라 백제와 탁순국까지 왜국에 평정된듯 해석하고 있지만 그 해석은 대단히 잘못되어 있다.

당시 전쟁의 실체는 가라국과 신라였다. 가라국과 신라의 전쟁에 왜의 요청에 따라 백제가 협력하여 신라의 침략을 방지하게 하여 7국이 안정

---

73) 《일본서기》 성은구 역, (정음사)
74) 《일본서기》 성은구 역, (정음사)

을 찾게 됐던 것이다.

주아이천황 51년, 백제의 왕은 또 태자 구저久氐를 보내 조공했다. 황태후(신공황후)는 태자(응신천황)와 무내숙녜武內宿禰에게 말했다.

"내가 친교하는 백제국은 하늘이 내려 준 것이다. 일본에는 아직 없는 보물들을(玩好珍物) 세시에 끊지 않고 조공하고 있다. 내가 살아 있을 때뿐만 아니라 이후에도 후히 대하라."

주아이천황 52년, 백제의 구저久氐가 칠지도七枝刀 한 자루, 칠자경七子鏡 하나와 그밖에 여러 가지 귀중품을 헌상했다고 한다.

백제 근초고왕의 왕세자 구저가 왜국 왕에게 칠지도를 바쳤다고 했다. 즉, 369년에 왜가 정복한 가야의 일부를 백제에게 주었고, 백제는 그에 대한 감사의 표시로 이 칠지도를 바쳤다는 것이다.

칠지도는 현재 일본 나라현(奈良縣) 천리시天理市에 있는 이소노카미신궁(石上神宮)에 보관되어 있다. 칼 양면 날 부분에 각각 3개씩 가지가 나와 있어 모두 7개의 칼날을 이루고 있으므로 칠지도라는 이름이 붙여졌다.

칠지도의 명문을 보면 이러하다.

'(전면)태□(泰□) 4년 □월 16일 병오일 정오에 무쇠를 백 번이나 두들겨서 칠지도를 만든다. 이 칼은 백병(재앙)을 피할 수 있다. 마땅히 후왕(왜왕 지닙를 가리킴)에게 줄 만하다.

칠지도七枝刀

(뒷면)선세(先世) 이래 아무도 이런 칼을 가진 일이 없는데, 백자왕百慈王께서는 이에 좋은 말씀으

로 왜왕 지늅를 위하여 만드노니 후세에 길이 전할 것이다.'

1993. 6월, 소진철蘇鎭轍의 해석이다.

해석대로라면 앞뒷면 어디에도 백제가 왜국에 바친다는 내용이 없다. 오히려 상국에서 이렇게 좋은 물건을 내려주니 앞으로 대대로 물려 주라는 말로 표현되어 있다.

칠지도는 백제 황실의 상징물로써 일본뿐만 아니라 중국 산둥 해안지방이나 전남 나주, 웅진, 사비, 태안지방에서도 발견되고 있다.

칠지도는 실전에 쓸 수 있는 칼이 아니라 백제 황실에서 의례용이나 하사품으로 황실의 권위를 상징하였던 물품이다. 그러므로 백제가 왜국에 칠지도를 준 것은 백제 황실에 충성케 하려는데 목적이 있었다.

이런 형식은 사마대국의 히미코가 중국 북위에서 금인을 받았던 경우와 흡사하다.

백제는 당시 동북아의 강국 고구려를 쳐서 이기고 평양을 함락했다. 또한 중국 남조와 교류하여 중국의 문물을 수입하여 당시 문물이 뒤떨어진 왜국에 전했던 근초고왕이었다. 근초고왕은 369년경 마한馬韓과 대방帶方을 병합했으며, 371년 고구려 군사를 대동강에서 무찌르고 평양성을 점령하여 고국원왕故國原王을 전사시켰다.

이로써 백제는 지금의 경기·충청·전라도 전부와 강원·황해도의 일부를 차지하는 강력한 고대국가의 기반을 마련하게 되었다. 이러한 강력한 힘을 가지고 신라까지 쳐서 신라의 위협을 받고 있던 가라 7국을 구해 준 것은 근초고왕이었다.

그러니까 백제국에게 군사를 동원해 달라고 부탁한 나라는 왜국이었다. 그 부탁을 들어준 백제가 왜국에게 감사하고 그 밑에 조공할 리 만무하다. 더욱이 백제가 백제 왕자의 이름으로 왜국 왕에게 칼을 하사한 것은 왜국에게 백제의 명에 따르라는 의미이기도 하다.

《일본서기》의 내용은 주객이 전도되어 있다.

백제는 당시 왜국에 칠지도만 하사한 것이 아니라 아직기와 왕인박사 등을 보내 학문을 깨우치게 하기도 했다. 아직기는 왜국에 좋은 말 두 마리를 주었을 뿐 아니라 왜의 응신천황의 태자에게 승마술을 가르치기도 했다. 이렇듯 모든 면에서 백제는 일본의 스승격이었는데, 제자격인 왜국에게 칼을 바쳤다는 것은 말이 될 수 없는 것이다.

《일본서기》에서는 백제 근초고왕은 손자 침류에게 '내가 통교하고 있는 바다 동방의 귀국(일본)은 하늘이 열어 준 나라이다.' 라고 말했다고 한다. 그러나 이것은 《일본서기》의 말이다.

백제 근초고왕은 바다 건너 일본의 도움이 그다지 필요하지 않았다. 고구려를 정벌하고 중국과 교역했던 백제국이 섬나라 일본에 대해 그렇게 중요하게 생각할 까닭이 없었던 것이다. 당시 신라는 가라제국과 왜국의 침략에 시달리고 있었기 때문에 백제에게는 위협이 되지 못했다. 오히려 반대로 백제가 때때로 신라를 공격했던 적은있으나 신라가 백제를 공격했던 적은 없었다.

3. 제5대 이시품왕伊尸品王(346~407)편

그의 성은 김씨이며 영화 2년에 즉위하여 62년간 다스리다가 의희3년 정미(407년) 4월 10일에 죽었다. 왕비는 사농경司農卿 극충克忠의 딸 정신貞信이며, 좌지왕을 낳았다.

신라 17대 내물이사금(奈勿尼師今 : 356~402년) 38년 5월에는 왜인이 신라의 금성(金城 : 왕성)을 에워싸고 5일 동안 포위를 풀지 않았다.

이렇게 왜의 침입에 시달린 신라는 이보다 1년 전인 393년, 이찬 대서지의 아들 실성實聖을 고구려에 불모로 보냈다. 그로부터 9년 후인 402년, 실성은 돌아와 왕이 되었다.

광개토대왕의 비문을 근거로 당시의 정황을 보면 강성한 고구려였음을 알 수 있다.

백제와 신라는 옛날 고구려에 부속되어 조공을 바치던 나라였다. 고구려는 백제, 신라, 가라제국을 정벌하여 부속국으로 삼을 계획이었다.

이러한 계획에 따라 임진년(392년) 7월에 광개토대왕은 친히 4만 대군을 이끌고 백제의 북부 석현성(개풍군)을 공격해 10여 성을 함락시켰다. 396년(광개토왕 6년 : 백제 아신왕)에는 수군을 거느리고 백제를 정벌하여 58성을 차지하였으며, 한성 30리 밖에까지 진군했다. 그러자 백제의 아신왕은 힘이 부족함을 느끼고 광개토대왕에게 항복했다.

광개토대왕의 고구려군과 전투하는 가야군을 그린 상상도(고분박물관)

"앞으로 대왕께 신하로서 충성을 다할 것을 맹세합니다. 그 맹세의 표시로 남녀 1천 명과 베 1천 필을 예물로 바치겠습니다. 그리고 이후로 영원히 고구려를 상국으로 모시고 신하의 나라가 되겠습니다."

광개토대왕은 한강 이북의 백제 땅만을 확보한 채 왕제王弟와 대신 10인을 볼모로 삼아 거느리고 개선하였다.

광개토대왕은 이렇게 해서 할아버지인 고국원왕(371년,백제 근초고왕에게 전사)을 전사케 한 백제를 상대로 한을 풀었다. 그런데 백제의 아신왕은 와신상담, 어떻게 하든 고구려를 치고 잃어버린 백제 땅을 찾고자 했다.

397년, 아신왕은 자신의 아들 전지를 일본에 볼모로 보내 원병을 청하고 금관가라국과 힘을 합쳐 신라를 공격하기로 했다. 백제가 왜의 도움을 얻기 위해 먼저 가라국의 적인 신라를 공격함으로써 왜국의 신임을 얻을 필요가 있었던 까닭이다. 백제는 신라와의 전쟁에 가라국과 왜국과의 연합세력으로 신라를 치고, 여세를 몰아 고구려까지 치려했던 것이다.

백제와 가라국과 왜국의 연합세력에 의해 신라는 완전히 고립되었다. 다급해진 신라 내물왕은 고구려에 원병을 청했고, 고구려는 신라의 요청으로 5만 명의 원군을 파병했다.

광개토대왕의 비문에는 이렇게 새겨져 있다.

"광개토대왕 10년, 경자년에 5만의 보병과 기병을 보내 신라를 구했다. 남거성에서 신라성까지 가득한 왜군을 관군(고구려군)이 물리치고 두 성을 즉시 항복시켰다. 신라인에게 수비병을 시키니 신라성 주위에 가득했던 왜군은 궤멸하자 신라인 수비병들만 가득했다."

고구려군은 신라에서 왜를 물리치고 뒤를 추격해 임라가라(김해의 금관가야)까지 멸망시켰다. 그리하여 금관가라국은 가라국의 종주국으로서의 위상을 잃고 명맥만 유지하는 소국이 되었다.

일본이 신라를 공격하기 위해 전략적으로 선택한 기지가 가야였다.

당시 부산은 금관가야의 땅이었다. 그러나 고구려군의 남정 이후 신라에 복속되었다. 부산 복천동 고분에서 5세기 이후의 신라계 토기가 출토됨을 볼 때, 이 지역이 신라 세력권으로 바뀌었던 것을 알 수 있다.

고구려는 신라를 식민화했다. 그리고 신라왕을 매금寐錦이라 호칭했다. 매금은 신라의 마립간을 줄인 말로 군대의

재일교포 김형익 씨는 유물을 한국으로 보내기를 원하는데 김해 국립박물관에서 구입했으면 하고 소망한다.

가라국 초기의 청동관. (재일교포 김형익 씨 소장.)

우두머리에 대한 존칭어라고 해석된다. 신라는 내물이사금까지 16대 동안 사용하던 연호로서의 이사금을 버리고 실성왕 때부터는 마립간이라는 용어로 사용했다. 그 까닭은 고구려를 상국으로 모신 제후였기 때문일 것이다. 실성왕부터 눌지, 소지, 지증왕까지 마립간이라 했다. 그런데 마립간이라고 불리는 왕들의 무덤에서만 금관이 출토되고, 황금의 장식품이 많이 부장되어 있다.

살아서 왕노릇 제대로 못했기에 사후에 장례를 더욱 엄숙하게 했던 것

신라 양산 출토 왕비금동관.
높이 3.8㎝. 6세기 제작 추정.

방패꾸미개(파형동기)

파형동기는 방패에 달아 왕의 생명을
보호해 주는 상징물로 쓰였다.

일까? 아직 밝혀지지 않은 신라사의 비밀이 숨겨져 있는 것만 같다. 아니면 부산대 신경철 교수의 말대로 그때에 부여계가 남하했는지도 알 수 없다.

이때 가야국의 왕은 누구였을까?

김해에는 일명 〈애구지〉라고 하는 대성동 고분이 있다. 〈애기 구지봉〉이라 불릴 정도로 신성한 지역이다. 이곳 대성동에서 발견된 대규모 고분들 가운데 가장 중요한 고분이 하나 있다. 이 고분은 고분군의 상층부 가장 중심이 되는 곳에 위치하며, 마치 여러 고분들의 호위를 받는 듯하다. 일명13호 고분이다.

13호 고분 내부에는 3명의 순장된 인물도 보인다. 이곳에서는 일본계 유물인 통형동기뿐만 아니라 무려 6개의 파형동기가 발견되었다. 일본에서도 중요한 왕묘에서만 출토되는 것으로 알려진 파형동기가 이렇게 대량으로 발견된 예는 없다고 한다. 이 파형동기는 왕의 생명을 지켜주는 방패의 장식품으로서 수호신물의 역할인 듯하다.

그러기에 13호 고분의 주인공은 한·일 연합 왕국의 제왕으로 여겨진다. 이 가야국 최후의 제왕급 고분은 420~430년에 만들어졌다. 그렇다면 가야의 국력이 최고에 달했던 제5대 이시품왕(伊尸品王 346~407년)이나, 제6대 좌지왕(407~421년) 무덤일 가능성이 크다.

그 당시 일본은 응신천황이 다스리던 때였다. 그 응신천왕을 알아볼 필요가 있다.

《일본서기》에 의하면 응신천황은 중애천황의 넷째 아들이라 한다. 어머니인 신공황후가 신라를 정벌하고 돌아오면서 축자(큐슈)에서 낳았다고 한다.

386년은 중국에서는 진나라 무제 초기로써 왜국의 여왕이 와서 조공했다고 한다.

응신천황은 신공황후가 섭정한 지 3년에 황태자가 되고, 섭정 69년에 100세가 되어 사망하므로(388년) 천황이 되어 41년간 다스렸다고 한다. 현실적으로 이해가 가지 않지만 역사적으로 밝혀진 근거가 없으니 인정할 수밖에 없다.

응신천황 3년, 백제는 침류왕이 죽고 왕자 아화가 어림을 틈타 숙부인 진사가 왕이 되었다.(385년) 왜국은 이것을 원망했는데, 백제인들이 진사왕을 죽이고 왜국에 있던 아신이 귀국하자 왕으로 삼았다.

《일본서기》에 의하면 응신천황 14년, 백제의 궁월군이란 사람이 '우리나라 백성 120현을 이끌고 귀화하려 하였으나 신라가 방해하여 오지 못하고 가라국에 체류하고 있다.'고 말했다고 한다.

그래서 슈쯔히코(襲津彦)를 파견하여 궁월군의 일행을 가라에서 불러들이려 했다. 그러나 명령을 받고 간 습진언은 3년이 넘어도 돌아오지 않았다.

천황은 16년에 장군들을 정병과 함께 다시 가라국에 파견하며 말했다.

"슈쯔히코(襲津彦)이 오랫동안 돌아오지 않고 있다. 분명히 신라가 길을 가로막고 있을 것이다. 너희들은 신라를 쳐서 그 길을 열어라."

명령을 받은 목토숙이(木菟宿爾) 등이 정병을 이끌고 신라로 진격하여 슈쯔히코(襲津彦)를 데리고 돌아왔다.

이때는 신라로 쳐들어 간 왜국과 가라국이 고구려 광개토대왕의 5만 기병에 의해 격파당하고, 가라국이 멸망당하던 때였다. 응신천황은 이들을 구하기 위해 구원병을 보냈다. 궁월군과 120현이 백제인이라 했으나 사실은 가라국에 체류했다는 것을 볼 때 가라국인이었다.

22년, 천황은 난파에 순행하여 대우궁에 있었다. 이때 에히메(兄媛)의 비(妃)가 함께 있었는데, 그녀가 크게 탄식하였다. 그러자 천황이 물었다.

"왜 그대는 그토록 탄식하는가?"

"요즘 부모님 생각에 서쪽만 바라보면 슬퍼집니다. 잠시 돌아가서 부모님을 만나뵙고 싶습니다."

"그대가 부모님과 만나지 못한 지가 여러 해가 되었구나. 다녀오도록 하라."

담로의 미하라에서 뱃사람 80명을 보내 길비로 보냈다. 천황은 에히메가 길비로 떠나는 배를 바라보며 노래를 불렀다.

'담로도와 소두도는 나란히 섰다.

내가 가고자 하는 섬들은 나란히 섰는데,

나는 홀로 고독하구나.

누가 멀리 가버리게 하였어라.

길비의 에히메(兄媛)와 힘써 친하게 된 것을……'

천황은 담로도를 떠나 길비로 갔다. 그리고 길비국을 분할하여 직부를 에히메(兄媛)에게 내렸다. 그런 연유로 그 자손들이 지금도 그곳에 있다고 한다.[75] 천황이 에히메의 친정에 내려주었다는 길비는 어떤 곳일까?

오까야마현에 있는 길비지역은 고구려 광개토대왕의 금관가라국 정벌로 가야인들이 피난민이 되어 집단으로 이주해간 땅이다.

응신천황의 비, 에히메는 오까야마현의 길비국 출신이었고, 길비국은 가라국 사람들의 나라였다. 조국 가라국이 광개토대왕에게 짓밟혔으니, 응신천황의 비 에히메는 눈물과 탄식이 나올 수밖에 없었던 것이다.

가야국조(加夜國造)와 아나국조(阿那國造)라는 인물들이 당시 그 길비지역의 지배자였다. 이들은 가야국과 아라가야국의 출신으로 추정된다. 이곳은 아직도 가야군이라 불린다. 그곳에 있는 많은 고분들과 유물들이 가라국과 일치하고 있다.[76]

응신천황은 금관가라국 출신들을 이곳으로 불러들여 땅을 나눠주고 살게 했던 것이다.

가락동자 춤이 그곳 길비와 가까운 우시마도에 남아 있다. 그곳과 함께 오사카의 가와치 지역으로도 가라국의 집단 도래인들이 많이 옮겨갔다. 그곳은 오래 전부터 가야인들이 거주하는 곳이기 때문이었다.

4. 제6대 좌지왕坐知王(407~421)편

고구려 광개토대왕의 대군과 신라에 의해 공격을 받은 가야국의 형편

---

75) 《일본서기》 성은구 역, (정음사)
76) 《살아 있는 가야사 이야기》 박창희 저, 311-312쪽

은 어떠했을까?

고구려의 남정으로 신라는 고구려를 대신해 왜와 가야제국에 대한 견제 역활을 했다. 그리하여 부산지역을 통괄 지배함에 따라 그 국력이 급격히 성장했다.

반면 금관가야는 급격히 쇠퇴의 길을 걷게 된다. 낙동강 건너 동쪽부분인 부산지역 을 잃어버렸을 뿐만 아니라, 낙동강을 중심한 해상 교역의 막대한 이권도 잃어버렸다. 이렇듯 가라국을 지탱해 온 해외 무역과 낙동강을 중심한 교역권이 안전을 보장받을 수 없게 되자 금관가야는 쇠퇴하는 반면 안라국을 중심한 새로운 가락권의 무역권이 형성되었다.

이 같은 사실은 김해 대성동 고분군을 통해서도 나타난다.

김해 대성동의 고분군은 김수로왕릉 좌측의 현 수릉원(전 김해공설운동장, 가야의 숲)의 평지와 구지봉에 이르기 전 낮은 구릉 부분으로 되어 있다. 이 구릉을 〈애꾸지〉 또는 〈애꼬지〉라 불러 왔다. 수로왕이 즉위하기 전부터 신성한 지역으로 여기던 구지봉을 대신한 작은 구지봉이란 뜻이다.

그만큼 중요한 땅에 조성된 고분들은 가라국 최고 지배층, 즉 왕들의 무덤이었다. 평지 부분에서는 1세기 전후의 목관묘에서부터 3세기까지의 분묘가 있다. 구릉 부분에는 4~5세기의 고분이 정상 부분에 있었다.

대성동 고분군은 1991~1993년, 경성대 박물관 팀에 의해 발굴되었

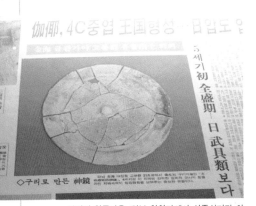

가야의 청동거울. 일본 천황가에서 삼종신기라 하는데 가야가 일본보다 앞서 있었다.

다. 구릉 정상부의 4~5세기 고분에서는 파형동기와 통형동기 등 왜계 유물이 많이 나와 일본과 가야의 깊은 관계를 확인케 했다.

그런데 430년을 끝으로 대성동 고분에는 왕급의 대형 고분이 만들어지지 않았다.

김해 주촌면의 고분들과 다른 지역의 고분은 그후 지속적으로 분묘가 조성되었으나 유독 대성동 고분만은 일정 기간이 지난 후부터는 지배층의 고분이 만들어 지지 않은 것이다. 이것은 금관가야의 왕급 인물들이 더 이상 이곳에 있지 않았음을 뜻한다.

그렇다면 그들은 어디로 갔을까? 학자들은 대략 두 가지로 구별하여 말한다.

첫째, 망명으로 볼 수 있다. 이들 상층 주도세력들, 즉 왕족이나 귀족들은 평상시의 관계로 보아 일본이나 백제로 망명했을 가능성이 크다.

당시 백제의 전지왕腆支王이 태자 몸으로 일본에 있을 때 405년 아신왕의 부음을 들었다. 그 사이 왕의 자리가 궐위하니 그의 가운데 동생 훈해訓解가 섭정을 하며 태자의 귀국을 기다리고 있었다. 그런데 한성인漢城人 해충解忠으로부터 경솔히 입국을 하지 말라는 주청을 받아들여 해도海島에 머물렀다. 그 뒤 백성들이 설례를 죽이고 왕으로 추대하였다.

전지왕의 즉위는 해씨 세력의 지지에 힘입은 바가 컸다. 그리하여 즉위 후 해충을 달솔達率로 삼고 한성의 조 1,000석을 하사하였다. 해수解須를 내법좌평內法佐平, 해구解丘를 병관좌평兵官佐平에 각각 임명하였다. 그리고 부인을 해씨 집안에서 맞아들였다. 그때까지 진씨 집안에서 왕비를 배출했으나 그일이 있은 후부터 해씨들이 권력을 장악하게 되었던 것이다.

전지왕은 이 해씨 세력들을 견제하기 위해 서제庶弟인 여신餘信을 내신 좌평內臣佐平으로 삼았다.

408년(전지왕 4)에는 상좌평上佐平의 직제를 처음으로 제정하면서 군국정사를 위임하였다. 이것이 백제가 상좌평제를 실시하게 된 시초이다.

전지왕은 416년 동진東晋의 안제安帝로부터 사지절도독 백제제군사 진동장군 백제왕使持節都督百濟諸軍事鎭東將軍百濟王에 책봉되고, 418년 일본에 사신을 파견하였다. 백제는 고구려 광개토대왕에 의해 한성(하남 위례성) 등을 잃어버리고 웅진으로 나라를 옮기면서 혼란을 겪는다.

그렇다면 가라국은 어떻게 되었을까?

《일본서기 백제기》에 의하면 중애천왕 62년(신공황후) 임오년에 신라가 일본의 말을 듣지 않아 사지비위沙至比碗를 파견하여 토벌케 했다. 신라에서는 미녀 2명을 단장시켜 사지비위를 영접하게 했다. 사지비위는 그 미인의 환대를 받고는 반대로 가라국을 쳤다. 가락의 국왕 기본한기己本干岐[77]와 그의 아들 백구지百久至, 아수지阿首至, 국사리國沙利, 이라마주伊羅麻酒, 이문지爾汶至 등은 백성을 이끌고 백제로 도주하니 백제는 후대하였다.

그런데 가라국왕의 누이 기전지旣殿至 공주는 일본의 야마토에 가고자 했다.

"천황은 사지비위를 파견하여 신라를 토벌케 했습니다. 그러나 그는 신라 미녀의 환대를 받고 토벌을 중지하고 반대로 우리 가라국을 격멸하여 버렸습니다. 그래서 형제나 백성은 다 뿔뿔이 흩어져 버렸습니다. 분한 마음을 참을 수 없어 이와 같이 달려왔습니다."

---

77) 삼국유사 가라국기에는 누락되어 있는 금관가라국의 왕이다. 앞으로 더욱 연구해야 될 이름인 것 같다.

천황은 대단히 노하여 즉시 목라근자(木羅斤資-백제의 장군)를 파견하여 민병을 이끌어 그의 사직을 복구시켰다.

목라근자는 백제의 장군인데 왜의 천황이 명령하여 파견할 수 있는 일이 아니었다. 당시 일본의 천황은 응신천황이었다.

가라국은 이때 망했다가 다시 사직을 복구하게 되었다. 망한 원인을 왜의 장군이 신라의 미인계에 넘어가 가라국을 공격하여 망하게 한 것처럼 말하지만 사실은 그렇지 않다. 그러니까 고구려의 광개토대왕과 신라의 연합군에 의해 왜와 가라국의 연합군이 패전한 책임을 왜의 한 장군에게 뒤집어 씌워버린 것이다.

《일본서기》어디에도 고구려의 광개토대왕에 의해 패전했다는 기록이 없다. 진실은 그게 아니다. 가라국은 고구려의 광개토대왕과 신라에 의해 망했다가 백제에 의해 다시 사직이 복구되었던 것이다.

《일본서기》에 의하면 당시 가라국의 기본한기己本干岐왕과 왕자들은 백제로 망명하고, 기전지 공주와 가라국민들이 일본으로 망명했다. 그 외에 가라국의 지배층과 많은 유민들이 일본으로 건너갔다는 자료를 필자는 일본 사가현 현립 나고야박물관에서 확인했다. 즉, 박물관에서 발행한 종합안내 책자에 나오는 《일본열도와 조선반도와의 교류사》에 대한 연표에서 그 사실을 찾을 수 있었다.

연표에 의하면 391년~5세기 경, 일본은 고구려와 교전(404년 고구려 호태왕 비문 414년)이라고 기록했다. 또한 도래인이 한자, 유교, 수혜기須惠器 등을 가지고 문화를 전했다고 한다.

이 연표에서는 도래인이라 했지만 고구려와의 전쟁 직후 한자와 유교,

「日本列島と朝鮮半島との交流史」略年表

			日本列島と朝鮮半島の関係	日本国内及び周辺の主な出来事	朝鮮半島	中
名護屋城以前	旧石器	約1万年前	5〜10万年前に日本列島に人間が住み始める（東松浦半島で約2万年前の生活の跡）			殷
	縄文		氷期が終わり、海面が上昇して日本列島が形成される			周
		前4〜	朝鮮半島の「櫛目文土器」と日本列島の「曽畑式土器」との間に類似性			春秋
		前3世紀ころ	腰岳（佐賀県伊万里市）産の黒曜石が朝鮮半島南西部の遺跡から出土		原三国	戦国
	弥生		朝鮮半島東・南沿岸と北部九州との間に共通の漁撈文化の存在			秦
			稲作・金属器が北部九州に伝来し、日本列島に農耕生活が始まる	吉野ヶ里遺跡	高句麗	前漢
		前1世紀ころ	環濠集落・支石墓・磨製石器・丹塗磨研土器などの朝鮮半島系の文化が定着	前108前漢武帝、楽浪など四郡設置		
			倭人は百余国にわかれ、一部の国は前漢の楽浪郡に朝貢する	57倭の奴国が後漢に遣使し、印綬を受ける		新 後漢
				239卑弥呼が魏に遣使し、印綬を受ける		
				313高句麗、楽浪郡を滅ばす	百済 伽耶（加羅） 新羅 高句麗	魏呉 西
	古墳	391〜 5世紀ころ	日本、高句麗と交戦（〜404／高句麗好太王碑文(414))			
			王仁・阿知使主・弓月君らが渡来（王仁が『論語』『千字文』を献上）			
			渡来人が漢字・儒教・須恵器などをともなう文化を伝える	5世紀ころ「倭の五王」たびたび中国の王朝に遣使		
			さまざまな技術を持つ渡来人たちが大和政権に組みこまれていく			南北朝
		513	百済より五経博士渡来			
		527	筑紫国造磐井の乱（伽耶復興に向かう近江毛野軍を阻む）。翌年物部麁鹿火により平定			

〈391년~5세기경까지 여러가지 기술을 가진 도래인이 대화정권을 조직하는데 기여했다〉는 기록이 보인다.
(붉은색 부분)

도자기(수혜기須惠器) 등 당시에 일본에 없던 새로운 고급 문물을 가지고 일본으로 망명한 집단은 누구일까? 그것은 가야의 지배층 밖에 없다.

연표에서 도자 등을 가지고 새로운 문화를 전했다고 했는데 이를 근거로 추정하면 그 당시 김해의 금관국은 최고의 도자기를 생산하여 일본과 교역했던 도자기 수출국이었다.

가야토기는 얇으면서도 단단하고, 무게가 가벼운 특징을 가진 첨단 도기였다. 그러기에 가라국이 망한 후 이를 전수 받은 일본은 가벼우면서도 쇠처럼 단단한 도자기 만들게 되었다. 그러니까 가라국의 도공들과 기술자들이 대거 일본으로 건너갔다는 것이다. 당시 도공들은 개인적으로 생산 판매하는 사람들이 아니었다. 철과 같이 국가적 관리 체제 하에서 생산, 공급, 수출하던 사업이었다.

이런 도공들이 일본으로 망명했다면 이들은 지배층이 데려갔다고 볼 수 있다.

연표에는 또 여러 가지 기술을 지닌 도래인들이 일본의 대화(야마토)정권을 만들었다고 기록하고 있다.

일본이 제대로 된 고대 국가 최초의 정권인 대화정권을 만드는 데 참여한 도래인들은 단순한 기술자가 아니었다. 이들은 지배층의 의지에 따라 협력할 뿐이었고, 정권을 창출하는 사람은 경험 있는 권력자들이었다.

이 시대에 해당하는 좌지왕(김질金叱이라고도 한다)에 대한 《삼국유사》의 기록은 빈약하다. 다만 가라국의 좌지왕은 즉위한 뒤인 의희義熙 3년에 용녀傭女를 취하여 혼인하고 그녀의 무리들을 관료로 삼았다. 그러나 신라가 침략을 모의하는 등 나라가 시끄러웠다.

박원도朴元道라는 신하가 왕에게 간청했다.

"잡초를 남기면 뿌리가 계속 번져 나가고, 새들이 모이게 마련입니다. 하늘이 무너지고 땅이 꺼지면 사람이 어디에서 터를 잡고 살겠습니까? 점치는 복사가 그 쾌효를 얻었는데, 잘못을 뉘우치면 친구가 와서 도울 것이라 했습니다. 왕께서는 역의 쾌를 살펴보소서."

왕은 그 말이 옳다고 인정하여 사과하고 용녀를 하산도로 귀양 보낸 후 백성을 편안하게 다스렸다. 치세는 15년이었고, 영초 2년 신유년 5월 21일 죽었다. 왕비는 도녕 대아간의 딸인 복수이며 취희를 낳았다.

《삼국유사》에서 밝힌 용녀란 누구일까 의문이 간다. 흔히 용병傭兵이라 하면 외국에서 고용한 병사를 말한다. 그럼 용녀라면 외국에서 데려온 여자가 아닐까? 어느 외국에서 데려온 여자이길래 분명하게 말하지 못했으며 또 온 나라가 시끄러워졌을까?

좌지왕 때 고구려와 신라의 연합군에 의해 가야와 왜가 무너졌다. 그러자 좌지왕은 무너진 국가를 외방 세력과의 혼인으로 재건하려 했다. 그러나 나라 안팎에서 반대를 받게 된다.

신라 또한 가라국이 혼인으로 외국과 혈맹을 맺고 신라에 대항할까 염려했다. 그래서 침략까지 모의했다. 박원도가 하늘이 무너지고 땅이 꺼지면 사람이 어디에서 보전하겠느냐고 함은 신라의 침략을 두려워함인 동시에 내부의 반란도 두려워함이었다. 내부에서 무너지고 외부에서 공격을 받게 될까봐 염려했던 것이다.

좌지왕은 어쩔 수 없이 용녀를 하산도로 귀양 보냈다. 그 용녀는 어느 나라 출신이었을까? 이때는 백제 직지왕(제18대 405~420)때였다.

《일본서기》에 의하면 숭신천황 25년, 백제의 아신왕이 죽자 그의 아들 전지왕이 왕위에 올랐다. 그러나 왕이 연소하였으므로 목만치가 국정을 잡았다.

목만치는 왕의 어머니와 밀통하여 무례한 행동을 했다. 천황은 이를 듣고 목만치를 일본으로 불렀다.

《일본서기 백제기》에 의하면 목만치는 목라근자가 신라를 토벌할 때 신라의 여인을 취하여 낳은 아들이다. 목만치는 자신의 부친인 목라근자의 공에 의지해 임라(가라국)를 마음대로 하였다.

가라국의 좌지왕(407~421년) 때는 《일본서기 백제기》와 같이 고구려와 신라 세력에 의해 무너진 가라국이 백제와 왜국의 도움으로 신라의 침입을 막아내고 간신히 국가를 부흥시키고 있을 때였다. 그러니 백제와 왜의 간섭으로 국정을 왕이 마음대로 할 수 없었던 것이다. 백제 장군 목라근자의 도움을 받고 가라국이 다시 일어섰으니, 그의 아들 목만치의 입김을 무시할 수 없었을 것이다. 더욱이 목만치가 백제 조정을 쥐고 있는 터이기에 더욱 그러했을 것이다. 그러나 가라국의 신하들은 그러한 외세에 의존하기를 원치 않았던 것같다.

용녀는 왜녀였다고 여겨진다. 그러기에 그 국적을 밝히지 못하는 것 아니겠는가?

《일본서기》에 의하면 중애천황 66년(신공황후), 중국 진晉의 무제에게 왜의 여왕이 조공했다.[78]

고구려와 신라가 연합한 공격에 왜와 백제, 가라국은 중국 동진과 손을 잡고 대항하게 된다. 고구려는 이때 왜에 사신을 보냈다.

응신천황 28년, 고려(고구려)의 왕은 사자를 파견하였다. 고구려왕의 표문(임금께 표로 옮기던 글)에 '고려의 왕은 일본국에 가르침을 내린다.' 고 되어 있었다. 그때 일본의 응신천황의 태자 토도치랑자(菟道稚郞子)는 그 표문을 읽고 형식이 예를 벗어남을 보고 화가 나서 고려의 사신을 꾸짖고 그 표문을 파기했다고 한다.

고구려의 광개토대왕은 백제와 가야, 왜의 연합군을 차례로 대파했다. 그러니 왜에 사신을 보내면서 당연히 승전국으로써 큰소리쳤을 것이다. 백제와 가라국을 도와 고구려나 신라를 공격하지 못하도록 요구했음이 너무도 당연하다.

이후 신라는 고구려의 속국이 되어 있었는데, 왜의 도움을 받아 고구려의 외세를 몰아내게 된다.

5. 제7대 취희왕吹希王(421~451)편

성은 김씨이며 질가라고도 한다. 영초 2년에 즉위하여 치세는 31년 간 재위하다가 원가 28년(신묘년) 2월 3일에 죽었다. 왕비는 진사 각간의 딸 인덕이며 왕자 질지를 낳았다.

---

78)《일본서기》성은구 역, (정음사) 225쪽.

취희왕 연간은 고구려의 장수왕(413~490년), 신라는 눌지마립간(417~458년) 때였다.

이때, 왜국은 웅략천황 때이다. 《일본서기》의 기록을 보자.

"천황이 즉위하고부터 8년 동안 신라국은 공물을 바치지 않았다. 더욱이 일본을 두려워하여 고구려와 동맹을 맺었다. 그래서 고구려의 장수왕, (413~490년)은 정병 백명을 보내 신라를 지키게 하였다.

얼마 뒤 고구려의 병사 한 명이 자기 나라에 다녀올 일이 생겨 갈 때에 신라의 병사가 동행하게 되었다. 그때 고구려 병사는 신라 병사에게 '너희 나라(신라)는 우리 나라(고구려)로 인해 얼마 안 되어서 격파되어 버릴 것이다.' 고 말했다. 신라의 병사는 그 말을 듣고 거짓으로 복통이 심하다고 핑계대고 고구려의 군사와 헤어져 신라로 돌아와 들은 바를 고해 바쳤다.

신라 왕은 고구려가 거짓으로 신라를 지켜 주는 것을 알고 백성들에게 밀지를 내렸다.[79]

"백성들은 집에서 키우고 있는 장닭을 모조리 죽여라."

이 말은 고구려의 군인을 죽이라는 말이었다. 신라 사람들은 그 뜻을 알고 국내에 있는 고구려 사람들을 모두 죽여버렸다. 이때 살아남은 고구려인 한 사람이 자기 나라로 달아났다. 고구려왕은 즉시 군사를 보냈다. 고구려 군은 주둔지에서 가무를 하며 악기를 연주하고 있었다.

신라왕은 사신을 임라(가라국)왕에게 보냈다.

"고구려 왕은 우리 나라를 정벌하려 하고 있다. 이제 신라의 운명은 고구려에 맡겨져 있다. 나라의 위태함은 누란累卵보다 위태하고 생명의 장단을 알 수 없게 되었다. 일본부의 행군 원수들에게 엎드려 구원을 청해

---

79) 《일본서기》 성은구 역, (정음사)

주기를 바란다."

이에 임라 왕은 선신, 길비신, 난파 길사적목자 등을 추천하여 신라에 파견해 구원케 했다. 선신 등은 군을 지휘하여 신속하게 공격케 하였다.

여기서 말하는 왜장 길비신과 난파 길사적목자는 누구일까?

난파는 오오사카를 말하며, 길비는 지금의 오까야마현에 있는 나라였다. 길비국은 가라국의 유민들이 이주해서 만든 제2의 가라국이었다. 그들이 모두 조국을 구하고자 달려온 것일 게다.

이어서 《일본서기》의 내용.

"고구려의 군대와 대치하기 10일, 야간에 땅굴을 파고 기습할 병사를 배치했다. 새벽녘, 고구려의 군은 선신 등이 도망해 버린 줄 알고 전군을 이끌고 추격해 왔다. 이때 기습을 준비했던 보병과 기병이 협공하여 고구려의 군을 격파했다. 신라는 가라국과 왜군에 의해 고구려의 침략을 막고 나라를 지키게 되었다."

이 내용을 《삼국사기》에서 확인해 보자.

이때 신라의 왕은 눌지마립간(麻立干 제19대 재위 417~458)이고, 그의 아버지는 제17대 내물왕奈勿王이며, 제18대 실성왕實聖王의 딸을 비妃로 맞았다.

앞서 눌지왕의 아버지인 내물왕 37년에 실성을 고구려에 볼모로 보낸 적이 있었다. 이를 섭섭하게 생각했던 실성은 훗날 왕이 된 뒤에 자기를 볼모로 보낸 것을 원망해서 내물왕의 아들인 눌지를 죽여 원수를 갚고자 했다. 그래서 실성왕은 자기가 고구려에 있을 때 알던 사람에게 눌지를 보거든 죽여 버리라고 밀지를 보냈다.

그러나 그 고구려 사람은 눌지에게 '그대의 왕이 나로 하여금 그대를 죽이라 했는데, 그대를 보니 죽이고 싶지 않다' 고 고자질을 했다. 그러자 눌지는 실성왕을 죽이고 스스로 왕이 되었다. 그런데 의문스러운 점은 눌지왕은 실성왕의 딸을 왕비로 삼았다는 점이다.

신라가 백제, 가야의 구원병과 함께 고구려의 침입을 막은 것은 눌지마립간의 손자 소지마립간 때였다.

6. 제8대 질지왕叱知王(451~492)편

김질왕이라고도 했던 질지왕은 원가 28년에 즉위하였다. 이듬해에 수로왕과 허왕후의 명복을 빌기 위해 두 사람이 처음 만났던 자리에 절을 세워 왕후사라 하고, 10결을 바쳐 비용에 쓰게 했다. 42년 동안 다스리다가 영명 10년, 임신(492년) 10월 4일에 죽었다. 왕비는 김상(금상) 사간의 딸 방원이었으며 두 사람 사이에 왕자 겸지를 낳았다.

김질왕 때는 백제에서는 개로왕 때이며, 고구려에서는 광개토대왕과 장수왕 때였다. 개로왕은 비유왕毗有王의 장남이며, 근개루왕近蓋婁王이라고도 한다. 개로왕은 472년, 고구려의 남하정책을 막기 위해 북위北魏에 원병을 청했으나 거절당하였다.

그후 고구려에서 첩자로 보내온 승려 도림道琳과 바둑도 함께 두며 가까이 했다. 자연히 왕은 나라의 기밀을 누설하고, 도림의 꾐에 빠져 방대한 토목공사를 일으켰다. 궁궐을 호화롭게 하고 궁궐에 연못을 파는 등 국가 재정을 낭비하였던 것이다. 그 결과 군사들과 백성들은 굶어 죽고,

무기들도 다 소모되어 화살조차 없었다.

도림은 고구려로 달아나 백제의 국력이 고갈되었음을 보고했다.

475년 9월, 도림의 보고를 받고 백제가 허약해졌음을 알게 된 고구려의 장수왕은 친히 군사 3만 명을 이끌고 백제에 침입하여 7일 7야 동안 공격하였다. 개로왕은 사태가 위급함을 깨닫고 태자 문주를 불렀다.

"짐이 어리석어 고구려의 첩자 도림의 간사한 꾀에 속아 넘어갔구나. 백성은 굶주림에 지쳐 있고 군사들은 무기가 없으니 어떻게 나라를 지키겠느냐? 짐은 나라를 지키다 죽을 것이니 너는 위기를 피해 나라를 회복토록 후일을 기하라."

개로왕은 고구려와의 아차산성 전투에서 패색이 짙자 왕자인 문주를 먼저 도피시켰다. 이어 개로왕 자신도 황후와 황족들을 데리고 성을 탈출했으나 그만 고구려군에게 잡히고 말았다. 그런데 이때 개로왕을 잡은 고구려 장군 재증걸루는 지난 날 개로왕의 신하였다. 그는 백제의 귀족 출신이었다.

재증걸루는 개로왕의 강력한 왕권강화정책에 반발하여 고이만년과 함께 고구려에 망명했던 것이다. 재증걸루와 고이만년은 백제에 관한 고급 정보를 제공하였고 또한 고구려군의 선봉을 맡았다. 《삼국사기》에 의하면 당시 재증걸루와 고이만년은 생포된 개로왕에게 침을 뱉었다고 기록하고 있다.

결국 백제왕 부여경(개로왕)과 태후, 왕자들은 아차산성 밑에 끌려가 참수당하고 그 시신은 아차산성에 버려져 까마귀밥이 되었다. 또 이때에 함께 끌려 간 백제의 귀족들도 참수되어 한강에 버려졌다.

문주 태자는 목협만치와 조미걸취를 데리고 남쪽으로 피했다. 장수왕은 백제의 도읍 한성을 함락하고 백제의 남녀 포로 8천 명을 사로잡아 돌아갔다. 이로서 고구려는 한강 일대를 점령하게 되었으며 지금의 충주인 중원까지 진출하여 척경비拓境碑를 세우게 되었다.

백제는 이듬해 3월 곰나리(웅진, 지금의 충남 공주)에 도읍을 옮기고 문주왕이 즉위했다.

이 때 신라는 백제와 동맹을 맺고 있었으나 고구려의 기세에 눌렸고 백제의 원병요청에 적극성을 띠지 않았다.

《삼국사기》 눌지마립간 17년에 의하면,

"7월에 고구려왕 거련(장수왕)이 몸소 군사를 거느리고 백제를 공격하니, 백제왕 경(개로왕)이 그 아들 문주를 보내어 도움을 구하였다. 왕이 군사를 내어 이를 도왔는데 미처 그곳에 이르지 못하여 백제는 이미 함락되고 부여왕(개로왕)경도 살해 당했다."

라고 기록되어 있다.

이후 고구려 문자왕이 신라를 칠 때, 백제는 신라를 도와 공동으로 대처했다.

《삼국사기》에 의하면 신라 제21대 소지마립간 3년(480년)에는 고구려와 말갈의 침입에 백제, 가야의 구원병과 함께 적을 막았다 한다. 그러나 실제로는 이때의 가야는 이미 신라에 예속되어 있었다.

《일본서기》 계체기 7년 6월조에 의하면,

"백제가 저미문귀 장군, 주리즉위 장군 등을 [일본서기. 계체기 23년 3월조]에 의하면 (일본의 사신)하다리국수, 수적신압산에게 딸려 보내 오경박사 단양이를 바쳤다. 따로 청을 하여 반파국(대가야)이 신의 나라 기문을 빼앗았습니다. 본래의 소속으로 되돌리게 해 주시옵소서." 했다.

백제가 반파국에게 빼앗겼다고 주장하는 땅은 바로 무주, 진안, 장수와 남원 일때로서 섬진강 상류에 해당한다. 이 땅은 원래 마한의 땅이었으나 백제가 완전 장악을 하지 못하였고 광개토대왕과 장수왕의 남진 정책으로 힘을 잃고 있을 때 대가야가 장악했던 것이다.

대가야는 지금까지 이용해 오던 낙동강을 대신해 섬진강을 이용해 일본과의 교역을 통해 부국강병을 도모했다.

낙동강은 신라와 금관가야 사이의 국경으로 변해 일본과의 교역로로서 역할을 잃게 되었다.

금관가야는 점차 쇠약해 질 수밖에 없게 되었다.

가야의 질지왕이 왕후사를 다시 세움은 질지왕이 효심이 많아서가 아니며 가야국을 지키기 위한 호국의 염원이 담겨 있었던 것이다.

마치 고려가 몽고의 침입을 받자 팔만대장경을 새기듯 질지왕도 국가의 위기를 맞아 왕후사를 세우며 국란 극복의 의지를 다진 것으로 볼 수 있다.

7. 제9대 겸지왕鉗知王(492~521)편

질지왕銍知王의 아들로 김겸왕金鉗王이라고도 한다. 어머니는 사간沙干 김상金相의 딸 방원邦媛이며, 비妃는 각간角干 출충出忠의 딸 숙淑이다. 김겸왕의 비 숙淑의 능은 거칠군에 있다고 했으니 지금의 부산 동래이다. 동래읍지를 참조하면 동래군의 북쪽 20리 거리에 있는 석은암의 김해 김씨의 능묘가 있는 곳이라 한다.

겸지왕 때는 부산 동래 지역이 신라의 관할 하에 들어가버린 때였다. 그런데 어째서 김겸왕의 능은 알 수 없게 되었고, 왕비릉은 신라의 통제 하에 있던 지역에 있게 된 것일까?

이때 신라는 소지마립간(479~500년)과 지증마립간(智證麻立干, 500~514년)때였다.

소지마립간은 재위 3년에 백제와 가야의 도움을 받아 고구려의 침입을 막아냈다. 또 재위 6년에는 백제와 힘을 합쳐 모산성에서 고구려를 크게 격파했다. 소지왕 재위 15년에는 백제의 동성왕이 사신을 보내 혼인을 청하므로 소지왕은 이벌찬 비지의 딸을 보내 혼인케 했다.

가라국의 겸지왕은 신라의 소지왕에게 흰 꿩을 보냈다. 그는 친신라 정책을 펴는 것으로 가야의 명맥을 이어간 듯 보인다.

김해의 봉황대에는 출여의 낭자에 대한 전설이 전해지고 있다. 그곳에는 출여의 낭자의 사당이 있어 지금도 회현동 주민들은 해마다 제례를 지내고 있다.

출여의 낭자는 겸지왕 때 출 정승의 딸이라고 한다. 정승이란 조선시대

봉황대의 황새바위, 이곳에서 황세와 여의가 오줌 멀리누기를 겨루었다고 한다.

의 벼슬 이름이니 가라국 시대에는 사간, 각간 등의 벼슬이었을 것이다.

출여의는 황세 장군과 사랑하는 관계이었지만 황세 장군은 겸지왕의 명으로 유민 공주와 결혼하게 된다. 이 전설은 단지 전설만은 아닌 것 같다. 그 근거는 겸지왕의 왕비가 출각간의 딸이라는 데 있다. 이 전설에 대하여 저자는 김해 문인협회에서 발행한 2005년 문학지에 만필을 쓴 바 있는데 독자들께 이해를 높여줄 수 있을 것 같아 옮긴다.

〈흐느끼는 가얏고〉

김수로왕으로부터 시작된 가야국은 5대 이시품왕(346-407년) 때에는 국력이 강성하여 왜와 힘을 합쳐 신라를 침략했다. 그러자 신라의 내물왕(356~402년)은 400년, 목줄이 조여지기 일보 직전에 고구려 광개토대왕에게 구원을 청했다.

광개토대왕은 5만의 기병으로 신라를 침입한 왜와 가야를 격퇴하고 왜병과 가야병을 계속 추격하여 금관가야국을 휩쓸어 버렸다. 금관가야국은 그후 안팎의 신망을 잃어 신라에 빌붙어 사는 부용국(종주국의 지시대로 움직이는 약소국가)이 되었다. 신라의 제23대 법흥왕(514~540년) 때는 가야국駕洛國 9대 겸지왕(492~521년)때였다.

한 여인이 김해만의 해변에 서 있다. 손을 이마에 얹어 먼 곳을 응시한다. 누군가를 기다리는 모양이다.

해뜰녘임에도 때가 6월이라, 여인의 이마에는 송글송글 땀이 솟는다. 여인은 흰 명주 손수건을 꺼내 이마의 땀을 닦는다. 인도 여인처럼 눈이 검고 크다. 암사슴의 눈을 닮은 것 같기도 하다.

그러나 두상이 다른 귀족 여인처럼 편두가 아니다. 다른 귀족 여인들은 어릴 때부터 이마를 돌로 눌러 콧날을 들어나게 하였다.

이 여인은 편두는 하지 않았지만 들국화 꽃잎처럼 싱싱함이 얼굴 가득 번져 있다. 보랏빛 붓꽃의 곧은 성품도 풍겨온다. 여인은 누군가를 기다리는 모양이다.

6월의 김해만 해변은 갈대가 억척이다.

푸른 바닷물이 출렁이는 해변 저쪽엔 먹잇감을 노리는 임호산, 즉 호랑산이 낮게 엎드려 있다. 광개토대왕의 기병이 휩쓸고 간 후 수십 만의 가야인이 남녀노소 손 흔들며 왜국으로 건너갔던 애환의 산이다.

가야의 여러 나라와 왜국에서 오던 배도 지금은 이웃한 안라국(함안)의 골포만(마산)으로 발길을 돌려 금관가야국의 도성 전체가 텅 빈집이 되어 버렸다.

멀리서 한 필의 말이 달려오고 있다.

백설처럼 흰 말이 네 발굽을 가지런히 모아 사뿐사뿐 달린다. 가히 명마다. 달리는 말에 탄 사람은 훤칠한 대장부다. 황금색 근위대의 복장을 한 젊은 장군이다.

여인의 앞으로 달려온 장군은 훌쩍 말에서 뛰어 내려 여인을 얼싸 안는다. 두 사람은 입술을 포개 김해만의 바닷물을 마신다.

싱싱한 굴 향기와 미역냄새가 아득한 바다 위에 출렁인다.

"여의, 오래 기다렸어?"

"미워, 왜 이렇게 늦었어?"

여인은 곱게 눈을 흘기면서도 장군의 얼굴에 흐르는 땀을 자신의 명주 수건으로 닦아준다.

여인은 가야국 각간인 출정승의 딸 출여의이고, 젊은 장수는 출여의^出
如意 약혼자 황세 장군이다.

둘은 어린 시절 조부들 간에 혼인을 맺어 둔 터였다. 출여의의 아버지
출 각간은 여의가 남아가 아닌 여아로 태어나자 처음부터 남자아이라 속
이고 키웠다. 그기에 다른 귀족 여인처럼 편두도 하지 않았을 뿐만 아
니라 옷매무새도 여인의 복장이 아니었다. 교육도 학문보다 활쏘기 말타
기 검술 등을 가르쳤다.

출여의는 여러 어린 소년들과 같이 검술을 겨루고 말을 달렸다. 소년들
은 어느 누구도 힘으로 맞서며 날카로운 검술로 사내들을 혼내는 그녀를
여자라고 생각하지 못했다.

출여의는 어린 시절에는 친구로서 함께 지냈는데 점점 자라면서 곤란
하게 되었다. 황세는 때때로 옷을 홀렁 벗고 고추를 들어낸 채 해변을 달
려 바닷물에 뛰어들어가 수영을 하며 여의에게도 들어오라고 했다. 그럴
때면 여의는 바쁜 일이 있다고 핑계를 대고 집으로 돌아와 버렸다.

황세가 오줌이 마려울 때면 바지춤을 내렸는데 여의는 그럴 때마다 저
도 모르게 얼굴이 붉어졌다.

여의가 나이가 들면서 얼굴이나 몸매가 점점 성숙한 여인의 모습을 보
이자 황세는 눈치를 챘다.

마침내 황세의 채근에 여의는 여자임을 고백하지 않을 수 없었다. 그리
고 두 사람은 장래를 약속하기에 이르렀다. 여의의 아버지 출 각간도 처
음엔 반대했으나 여의가 고집을 피워 마지못해 반승락을 했다.

"우리는 언제 혼인할 수 있을까?"

여의는 땀에 절은 황세의 품을 빠져나오며 물었다.

"지금은 시간이 없어. 적들이 물금까지 쳐들어와서 가봐야 해. 잠깐 네 얼굴만 보러왔어."

"에이, 속상해! 그 신라 놈들은 왜 자꾸 쳐들어오는 거야?"

"요즘 왕께서 왕비하고 사이가 안 좋으시니 왕비가 신라에 고자질한 모양이야."

"저런, 그러기에 신라 여자는 믿을 게 못돼."

여의는 황세와 마음 놓고 사랑할 수 없음이 안타까웠다. 여의는 황세의 품에 안겨 흐느꼈다.

"여의, 울지 마! 금방 돌아올게."

황세는 여의의 흐르는 눈물을 굵고 투박한 손으로 닦아주며 환하게 웃었다. 황세의 이가 흰 바위님처럼 듬직했다.

여의는 이 좋은 남자를 신라에서 온 왕비 때문에 전쟁터에 보내야 하는 것이 억울했다. 자기와 함께 자란 친구들 태반이 젊은 나이에 생명을 잃었다. 손 흔들며 떠나 간 친구들이 점차 소식이 끊어졌다. 전세가 점점 불리해지고 있음이 확실했다.

"가지 마! 나하고 같이 왜국으로 떠나."

여의가 울면서 매달리자 황세는 어린아이 달래듯 웃으며 말했다.

"금방 돌아올 거야. 이 검으로 한칼에 쓸어버리고 올게."

황새는 허리에 찬 검을 툭! 치며 팔을 휘둘러 사람들을 베는 시늉을 했다. 그리고나서 황세는 천진한 아이들이 소풍이라도 가듯 손을 흔들며 떠나갔다.

여의는 가슴에 차가운 물동이가 쏟아진 듯 서늘했다. 웬지 모를 불안이 가슴을 짓눌렀다. 다시는 못 볼 것 같은 생각이 들어 세차게 머리를 흔들었다.

"아니야, 별일 없을 거야."
여의는 가만히 달을 향해 합장을 했다.

　조국아!
　왜 이리 여위었느냐.
　범 한 마리가 달려간다.
　흐느끼는 여인을 뒤에 두고
　출렁이는 해변 바람을 헤치고
　하늘이 저리 푸른데
　가슴에는 불꽃이 인다.

　조국아!
　어이 이리 여위고
　어이 이리 초라하냐.
　늙은 어미의 처진 젖이더냐.
　늙은 아비의 굽은 잔등이었더냐.

　일곱 자 몸에 흐르는 정기 뿜어
　이 산하의 억센 싸리울타리가 되리라.

　백마야, 달려가자!
　어미의 나라, 아비의 나라.
　할아비, 할미의 나라
　그가 허허로운 언덕에 나를 눕힌대도

가자!

백마야, 달려가자!

저 멀리 지라안산 기슭, 사방에서 모여드는 군병들이 보인다. 방패와 창을 든 병사들과 칼과 도끼를 든 도수부刀手夫, 활을 든 궁수부弓手夫. 그 앞에 장수들과 기마병들이 정렬하고 있다. 적들도 낙동강 건너에서 대오를 정리하고 있다. 흰 수염의 노인이 갑옷 차림으로 부채를 들고 있다. 상장군 김명이다.

"상장군, 황세이옵니다."

상장군 김준은 황세를 훑어보며 눈살을 찌푸렸다. 늙은 장군의 눈에 끝모를 지혜가 고여 있다.

"근위대장이 왜 이렇게 늦었는가? 빨리 폐하에게 가보게!"

황세는 말고삐를 당겨 지라안산 기슭 위에서 적진과 마주하고 있는 겸지왕에게로 갔다.

겸지왕은 수척한 얼굴에 몇 가닥 검은 수염이 매달린 중늙은이로 황금색 전투복에 환두대도를 차고 있었다. 겸지왕의 주위에는 다섯 명의 여인이 남장을 하고 제각기 등에 검을 메고서 호위하고 있었다.

그 중에 보라색옷을 입은 여인이 돋보였다. 편두를 하여 콧날이 더욱 상큼하게 솟아오르고 단정한 입매무새가 고운 유민 공주였다.

아군의 숫자는 4만6천 명이고 적은 4만여 명. 숫자로는 뒤질 것이 없었다. 다만 가야군은 여러 곳에서 징집당하여 모인 연합군이었다. 때문에 안라국의 5천 병졸은 믿을 게 못 되었다. 포상팔국의 난 때부터 금관가야와는 사이가 좋지 않았고, 광개토대왕의 정벌로 허약해져 실제로 가장 큰 이득을 본 터였다.

　다라국(대가야) 1만5천은 금관가야 다음으로 가장 큰 군사를 동원했다. 대야(합천), 가소(거창)의 산악병을 이끌고 와 군세는 강했으나 백제와의 싸움에 지쳐 신라와의 싸움에는 소극적이었다.

　금관국 병사 외에 가장 믿을 만한 군사는 비자벌(창녕)군이었다. 그 군세는 2천 명밖에 되지 않았으나 검은 옷칠을 한 장창과 방패로 무장하고 가장 선두에 서서 적의 기마병과 맞설 전위대였다. 그 뒤에 화살부대로 탁순국(창원)의 병사들이 진을 쳤다.

　탁순국 뒤에는 금관가야의 중군이 있었다. 탁순국과 금관국은 기병이 많아 가장 왕성한 주력부대라 할 수 있었다. 금관국의 오른쪽에는 다라국 병사가 진을 치고, 왼쪽에는 안라국이 진을 쳤다. 금관국의 배후에는 4천 명의 왜병들이 후원했다.

　신라군은 경주 사로국 병사들을 중군으로 하여 점령지에서 끌려 온 병사들이 에워싸고 있었다. 점령지에서 끌려 온 병사라 하나 주장들은 모두 신라인이라 서로 공을 다투고 있었다. 이번 싸움에 전공을 세워야 더 많은 영토를 분배받을 수 있기 때문이었다.

　해가 중천에 오른다.

　적진이 출렁이며 기마대가 전방으로 나서기 시작했다. 나팔소리와 북소리, 함성이 이어진다. 이쪽도 마주 고함을 지른다. 서로의 힘이 격돌할 순간이었다.

　붉은 기를 든 적들은 가야군의 중앙으로 돌격해 왔다. 안라국과 다라국의 가야군은 양측 날개가 벌어지며 힘차게 전진한다. 학이 날개를 펴듯 적을 향해 돌진했다. 가야군의 학익진鶴翼陣이 이기느냐, 신라군의 어린진

魚鱗陣이 이기느냐를 두고 하얀 백사장에서 결단의 칼날이 부딪쳤다.

학이 날개를 펴고 물고기를 잡아먹 듯 신라의 어린진을 공격하지만 신라의 어린진은 껍질이 단단해서 쉽게 속살을 드러내지 않는다. 오히려 어린진 전체가 창날이 되어 가야의 본진을 노리고 달려든다.

상어가 무서운 기세로 달려들어 살점을 물어뜯 듯, 신라의 기마병이 앞장서 비자벌의 장창군을 뚫고 달려들어 탁순국의 화살부대를 짓밟고 지나갔다가 다시금 되돌아 공격했다.

그러나 비자벌의 장창은 유명했다. 모두 세 명이 한 조가 되어 한 명은 창대의 밑 부분을 받히고, 다른 두 명이 긴 장창으로 적의 말을 겨누었다. 치밀한 장창의 위력은 대단해서 말이 놀라 허공을 허우적거린다.

그 뒤에 선 화살부대가 활로 기마군사를 제압했다. 작전은 적중했다. 신라의 기마대는 첫 공격에 많은 사상자를 남기고 퇴진했다.

그러나 두 번째 기마병은 쏜살같이 달려와 화살을 날렸고, 그 뒤로 수천의 화살부대가 까맣게 몰려왔다. 비자벌의 장창대가 화살공격 앞에 속수무책으로 무너졌다.

이때 또다시 신라의 기병이 화살부대의 머리 위로 날아올라 가야진영을 휘젓고 물러갔다. 공격할 때마다 가야국의 살점이 뜯겨나갈 만큼 신라의 기마는 강했다. 신라의 기마대 도수부와 창칼부대가 한 덩어리가 되어 달려드는 기세는 참으로 무서웠다.

비자벌과 탁순국의 군사가 재정비를 하기도 전에 새로운 파도가 밀어닥치는 격이다. 안라국과 대라국 군이 옆에서 협공했지만 신라의 막강한 기마대를 막아내기에는 역부족이었다.

장창부대의 비자벌과 탁순국의 군대가 무너져 내리자 신라군은 금관국의 본진까지 밀려들었다.

220

상장군 김준은 지휘봉을 휘저으며 사방에 전령을 보내 군사를 중앙으로 불렀다. 그리고 후방의 왜군으로 하여금 중앙을 보호하게 했다.

간신히 전열이 수습되었다.

왜군은 이빨을 검게 물들이고, 몸에 문신한 자들이 많았다. 그들이 훈도시 차림으로 가늘고 긴 창을 들고 신라의 선봉대를 향해 달려들자 신라군은 뒤로 주춤 물러났다.

이때 왜군의 배후에서 다급한 고함이 들렸다.

"배신자다. 출각간이 배신했다!"

등 뒤에서 배신자 출각간이 거느린 3천 명의 검은 갑옷 병사들이 겸지왕의 근위대를 공격하기 시작했다. 가야군은 뒤에서는 반란군이 공격하고 앞에서는 주춤대며 물러섰던 신라의 어린진이 다시 공격해 왔다.전면에서 상장군 김준이 왜군과 연합해 적을 막는 동안 황세는 직속 호위대를 동원해 출각간의 군대와 접전했다. 장인과 사위가 맞붙어 싸우는 것이었다.

황세는 출각간의 병사들을 베어 내며 밀어붙였다. 출각간의 군세가 뒤로 밀려날 즈음 전면의 신라군이 와락 밀려왔다.

신라의 화랑들로 이뤄진 어린 병사들이 물불을 가리지 않고 왜적의 긴 창을 뚫고 들어왔다. 동시에 신라의 기마장군 사다함이 질풍처럼 달려와 상장군 김준과 칼날을 맞댔다.

양쪽 모두 만만치 않아 공방이 계속되는 동안 노쇠한 김준의 등에 땀이 흐르고 기운이 부쳤다. 사다함과 김준이 맞붙어 싸울 때 신라병은 왕을 향해 달려갔다.

"가야왕을 잡아라!"

당황해 하는 상장군 김준의 목을 사다함의 칼날이 파고들었다. 하얗게 센 머리가 썩은 호박처럼 땅에 굴러 떨어졌다.

"와! 가야 상장군의 목을 베었다. 가야왕을 잡아라!"

"비켜라, 이놈들! 감히 누굴 노리겠다고?"

"어리석은 놈, 이미 가야가 망하는 걸 네놈 혼자 어쩌겠다는 거냐?"

"비겁하다. 배반자!"

황세와 출각간이 부딪치자 황세는 칼을 들어 밀어버렸다. 출각간은 말에서 굴러떨어졌다. 재빨리 다가선 황세가 출각간의 목을 겨냥해 칼을 겨누었다.

"여보게, 황세 장군! 살려주게. 자넨 나의 사위가 아닌가!"

단번에 목이 떨어질 지경이라 출각간의 이마에 진땀이 흘렀다. 개기름이 흐르는 출각간의 얼굴이 더없이 추해 보여 구역질이 났다.

"오늘은 당신의 더러운 목숨을 살려 주겠소! 그러나 다음 전장에서 만난다면 용서가 없을 것이요."

황세는 출각간을 버려두고 백마와 하나가 되어 가로막는 적을 베어 나갔다. 워낙 그 기세가 강해 신라병들이 쉽게 접근을 못했다.

가야의 상장군 김준을 벤 화랑 사다함과 맞붙은 황세는 사다함의 손목을 후려쳤다.

"으악"

피가 튀며 잘려진 팔목을 움켜쥐고 비명을 지르던 사다함이 나뒹굴었다. 그 틈에 황세는 가야 겸지왕과 유민 공주를 보호하며 출각간의 군사를 뚫고 퇴로를 열었다.

"비켜라! 이 배신자 놈들아!"

황세가 앞장서 맹렬하게 달려들자 신라병과 출각간의 군병들은 뒤로 주춤주춤 물러났다. 그러나 가야군의 군세는 이미 걷잡을 수 없이 무너져 내렸다. 황세 혼자서는 도도히 밀려오는 신라군의 기세를 막을 수 없었다.

황세는 신어산神魚山을 넘어 비자벌국(창녕) 국경을 넘어 퇴각했다. 적의 추격을 간신히 벗어나자 어둠이 깃들고 산길에는 비가 내리기 시작했다. 처량한 패잔병, 상처받고 달아나는 멧돼지를 사냥개가 쫓듯 신라군은 계속 추격해 왔다.

"폐하! 제가 저들을 막을 테니 어서 이곳을 떠나십시오."

황세가 왕과 공주 일행을 보내고 비탈길에 매복했다. 추격하는 신라군의 말발굽이 가까이 다가왔다.

황세는 남은 군사를 수신호하며 적을 막았다. 그리고나서 왕과 공주 일행을 가까운 민가에 모시어 두고 날이 밝기를 기다렸다. 초병을 세우고 군사를 수습하니 삼백여 기騎만 남았다.

"4만의 군사가 이렇게 무너지다니……."

군사들은 보리주먹밥과 날된장으로 허기를 달랬다.

"폐하, 거처가 누추하여 황송하옵니다. 이제 적의 추격은 막은 듯하옵니다."

황세가 겸지왕 앞에 머리를 숙이자 뜨거운 눈물이 왈칵 쏟아졌다.

"어찌 이것이 그대의 잘못인가! 이 모든 것이 모두 출각간 그놈이 배신한 탓이 아니겠는가?"

그렇다. 가야의 전세가 불리하긴 했으나 출각간만 아니었다면 이토록 무너져 내리진 않았을 것이다. 믿었던 아군에게서 등에 비수를 맞은 꼴이 되어 가야는 속절없이 주력군이 무너졌다.

왕은 콜록콜록 기침을 하더니 한 덩이 피를 왈칵 쏟아 놓았다. 고질인 가슴앓이가 재발한 모양이었다.

"황세 장군! 출각간은 신라와 내통한 것이 틀림없다. 이제 상장군마저 전사했으니 누가 나라를 회복시킬 것인가? 짐은 그대를 상장군에 봉하고 유민 공주와 혼인케 하여 나라를 회복시킬 중임을 맡기려 하니 맡은 바 소임을 완수해주기 바라노라."

겸지왕의 지엄한 명에 황세는 어찌할 바를 몰랐다. 황세는 출여의와 약혼한 사이였지만 그 아비 출각간이 가야를 배반해 버렸으니 어찌해야할지 난감했다.

왕이 중임을 내린 판국에 반역자의 딸과 약혼한 사이라 하여 왕명을 거역할 수도 없었다.

다음날 날이 밝자 흩어졌던 가야병이 속속 모여들었다. 16세의 어린 태자 구해도 3천의 군사와 대신들과 장군들을 이끌고 왔다. 그러나 태자 구해는 너무나 약해 보였다. 황세는 저절로 한숨이 나왔다. 5백 년 사직이 여기서 무너지는가.

겸지왕이 황세를 불러 명을 내렸다.

"지금 짐은 이 자리에서 황세를 금관가야국 대장군에 봉하고 과인의 공주 유민과 짝지어 부마로 삼고자 한다. 즉시 혼례를 거행토록 하라!'

겸지왕은 이제 믿고 의탁할 자가 황세밖에 없음을 잘 알았다. 황세를 유민 공주와 묶어 붙들어 두지 않고서는 안 되겠다는 생각에 피난처에서 혼례를 서두르게 했던 것이다.

피난지임에도 황세와 유민 공주는 왕명으로 조촐한 결혼식을 치루게 되었다. 황세는 고민을 어느 누구에게도 토로하지 못하고 유민 공주를 아내로 맞았다.

공주는 남장을 벗고 비단치마 저고리를 입었다. 검은 띠가 다소곳하게 둘러쳐진 상의와 긴 주름 비단치마가 기품을 높여 주었다. 곱게 빚은 검은 머리 아래 하얀 목선이 서럽도록 눈이 시렸다.

"장군, 무슨 고민이 있으시옵니까?'

화촉의 밤은 깊어가는데 아무 말없이 앉아 있는 황세가 안쓰러워 공주가 물었다. 황세는 아무 말도 할 수 없었다. 전쟁의 참혹한 패배와 갑작스런 왕명으로 이루어진 혼례 등 모든 것이 한갓 꿈처럼 느껴졌다.

여의는 어찌 되었으며 출각간은 왜 배신했을까? 여의는 아버지 출각간의 배신을 알고 있었을까? 아직도 사흘 전 출정할 때 나누었던 속삭임이 또렷히 남아 있는데…….

머리가 지끈지끈 아파왔다.

"장군, 좋은 날이옵니다. 장군께 합환주를 올리겠습니다."

황세는 머릿속의 괴로움을 떨쳐 버리려 공주가 주는 술을 연거푸 세 잔이나 들이켰다.

'꿈이다. 일장춘몽이다.'

죽엽청 맑은 술이 황세의 뇌 속에 부어졌다.

황세는 모든 것을 잊어버리고 싶었다. 그래서 유민의 가슴에 무거운 머리를 기대고 잠이 들었다. 유민은 조심스럽게 황세의 머리를 가슴에 안으며 어머니처럼 쓰다듬었다.

세 잔의 죽엽청, 가슴속으로 흘러드니

복숭아꽃 두 송이 피어 오르네.

공주 또한 합환주 한 잔에 두 볼이 복숭아처럼 물들었다. 공주는 가만히 베개를 가져다 황새를 누이고 자기 옷고름을 풀었다.

"이제 이 사람과 가야국을 다시 일으켜 세워야 할 책임이 나에게 주어졌구나."

술에 취해 쓰러진 황세를 유민은 가슴으로 안았다.

겸지왕이 남은 군사를 모아 돌아오니 도성은 불에 타 잿더미가 되어 있었다. 애꼬지를 돌아올 무렵 사방에는 시신이 널려 있어 차마 눈을 뜨고 보기 어려웠다.

《일본서기 - 권19 흠명기 23년 6월》은 그 광경을 이렇게 전한다.

"신라가 긴 창과 강한 활로 임라(금관가야)를 강공하여 코끼리처럼 큰 어금니와 갈쿠리 손톱으로 백성을 살상하였다. 그리고는 간을 쪼아내고 다리를 잘라 잔혹하게 늘어놓았다. 또한 백성의 뼈를 햇볕에 쬐게 하였다. 적들은 죽은 시체를 불살랐다. 노린내가 산천을 뒤덮었다. 참상을 말하기도 어렵다. 임라 백성이 칼과 창에 도살되었으며 육회가 되었다. 사람이 곡식을 먹고 물을 마시면서 어찌 이런 일을 할 수 있을까? 그러니 어찌 마음으로 애도하지 않으랴. 태자와 대신들은 서로 부둥켜안고 피를 토하듯 울고 원한을 품었다."

《일본서기》에 전한 금관가야국의 비극은 상상 외로 깊어 보인다. 타격이 심했던 모양이다.

후일 출여의는 아버지 출각간에게 이끌려 신라의 귀족 자제와 혼인토록 종용받으나 죽기를 각오하고 대들었다.

"아버지, 제 몸은 죽으나 사나 이미 황세와 부부입니다. 이 땅에서 못 이루면 저승에서라도 부부의 인연을 맺을 것입니다."

"뭐라고? 이 어리석은 년, 가야는 이미 망했어. 황세 그 녀석도 이미 유민 공주에게 장가갔다는데 무슨 고집을 부리는 게야?"

"아무리 아버지가 무슨 말씀을 하셔도 제 낭군은 황세일 뿐입니다."

"네가 내 말을 듣지 않고 그렇게 고집을 부린다면 너는 내 딸이 아니다.

이 집에서 당장 나가거라!'

출여의는 어머니의 눈물어린 만류에도 불구하고 보따리 하나만 들고 집을 떠났다.

황세가 유민 공주에게 장가갔다는 말은 청천벽력이었다. 여의는 아버지의 말이 믿어지지 않았다. 사흘 간 걸어 찾아간 옛집에서 여의는 황세가 유민과 결혼했다는 것을 확인했다.

야속했다. 왜 황세는 자기를 기다려 주지 않았는지……. 하지만 황새 앞에 쉽게 나설 수 없는 자신의 처지가 너무 안타까웠다.

항상 얼굴을 가리고 다니지 않으면 안 될 배신자의 딸이 되어 버렸던 것이다. 나라를 배신한 배신자의 딸이 되어 살아 남은 터에 어찌 황세 장군을 볼 수 있을 것인가! 만나면 무슨 말을 할 수 있을 것인가!

"아, 무슨 운명이 이리도 기구하단 말인가!"

밤이나 낮이나 눈물밖에 흐르지 않았다. 눈을 감으면 황세의 웃는 얼굴이 눈앞에 어른거렸다. 오줌바위에서 오줌 멀리 누기 시합하자며 자기를 끌어당기던 모습, 넓적바위 독서대에서 책을 읽고 있을 때 황세가 두툼한 손으로 뒤에서 가만히 눈을 가리던 기억, 첫 입맞춤을 나누었던 두 갈래 나무밑, 눈을 뜨나 감으나 삼삼하게 떠올랐다. 이젠 서로 적이 되어 버렸고, 남의 사람이 되어 버린 황세는 꿈속에서도 자기를 피하는 것이었다.

여의는 울음으로 밤을 새고 흐느끼다가 지쳐 잠이 들었다.

여의는 달빛어린 들판을 걸었다. 김해만의 검은 바다가 출렁이는 해변에서 온몸을 정성들여 씻었다. 그리고 하얀 옷으로 갈아입고 황새와 어린 시절 함께 놀던 봉황대로 걸어갔다.

참혹한 전쟁의 폐허 속에서도 흑싸리꽃은 무성했다. 오줌바위에 오른 여의는 삼단같은 검은 뒷머리를 싹둑 잘라 명주 손수건에 고이 쌌다. 그

227

리고 가야금을 끌어 당겨 줄을 골랐다. 그리고는 청아하게 노래하기 시작했다.

> "둥기둥 둥기둥"
> 뽕잎이 지기 전에 그 잎은 싱싱했네.
> 비둘기야, 저 오디 먹지 말라.
> 여인들아, 남자한테 정두지 말라.
> 남자가 반하면 벗어날 수 있지만
> 여자가 반하면 벗어날 수 없다네
> 둥기 둥기
> 〈북리의 노래〉

12줄 가얏고 위에 흰 손이 나비처럼 날았다.

그리움과 안타까움, 분노와 슬픔, 좌절과 탄식, 다함없는 회한이 출렁였다. 여의의 손이 현 위에서 약동하고, 두 눈에서는 피눈물이 흐르기 시작했다.

> 둥둥 둥기둥둥
> 사랑하는 임이여! 사랑하는 임이여!

어디선가 하얀 학이 날아 와 너울너울 춤을 추다 소스라치듯 놀라 날아갔다.

열두 줄 가얏고의 현이 숨 가쁘게 비명을 지르다가 툭! 끊어졌다. 그리고 고개 숙인 여의는 일어 날 줄 몰랐다.

228

여의는 해밝은 들길을 걸어갔다. 멀리서 황세가 백마를 타고 달려왔다. 이제는 어느 누구도 방해하지 아니하는 곳에서 황세를 만나 다시는 그의 품에서 벗어나지 않으리라. 여의의 넋이 가야리의 초원을 떠돌기 시작했다.

출여의 낭자의 혼을 위로하는 비석

출각간은 여의의 시신을 받아들자 대문을 걸어 잠갔다.

후회가 막심했다. 외동딸을 위해 신라에 공을 세워 좋은 혼처에 시집보내려 했는데 그것이 오히려 자식의 명을 재촉한 꼴이 되었다.

황세에게 출여의의 손수건이 전해졌다. 황세의 이마 땀을 닦아주던 마지막 날의 그 손수건이었다. 손수건에서는 삼단 같은 머리칼에 여의의 숨소리가 묻어났다. 도라지 보라꽃의 냄새도 났다. 어디선가 여의의 예리성(신발 끄는 소리)이 들려왔다. 금방이라도 여의가 맨발로 달려올 것만 같다.

'오 여의야, 어쩌란 말이냐! 어쩌란 말이냐!

산도 들도 공허하다. 삶도 죽음도 부질없다.

넋이 나가 울던 황세는 여의를 따라 스스로 자결했다.

유민 공주는 머리를 삭발하고 임호산에 들어 목탁만을 두드렸다.

"대자대비! 대자대비!'

나라는 망했지만 12줄 여의의 가얏고는 애절한 사연을 안고 끝없이 울고 있다.

봉황대의 여의각. 회현동 주민들이 지내다가 지금은 김해시에서 《출여의제》를 지낸다.

8. 제10대 구형왕仇衡王(521~532)편

(1) 금관가야의 멸망

《삼국유사 가라국기》에 의하면 구형왕은 정광 2년에 즉위하여 치세는 42년이었다.

보정 2년 임오년 (562년) 9월에 신라 24대 진흥왕이 군사를 일으켜 쳐들어 왔다. 이에 구형왕이 친히 군사를 지휘했으나 적병이 많아 대적할 수가 없었다.

이에 동기 이질(금) 탈지로 하여금 본국에 머물러 있으라 보내고, 왕자와 장손과 졸지공 등은 항복하여 신라로 들어갔다. 562년이었다.

그러나 《개황록》에는 양나라 무제 중대통 4년, 임자년(532년)에 신라에 항복했다고 기록되어 있다.

《삼국유사》 가라국기에는 두 가지 멸망설이 있다. 어느 기록이 맞는 것일까?

《삼국사기》의 법흥왕조편을 보면 9년 3월에 가야국 왕이 사신을 보내어 혼인을 청하므로 왕이 이찬 비조부의 누이를 보냈다. 이렇듯 신라와 가라국은 서로 혼인을 했는데 이 가라국 왕은 누구였을까?

여지승람에 인용된 최치원의 《석순응전》에 의하면 대가야국 월광태자의 아버지 이뇌왕이 신라의 이찬 비지배의 딸을 맞아 태자를 얻었다고 한다. 이찬 비지배의 딸은 이찬 비조부의 누이이며, 그 사이에 태어난 아들이 대가야의 마지막 왕자 월광이었다.

그렇다면 어째서 대가야국 왕이 신라와 혼인하게 된 것일까?

《일본서기》(계체기 23년 3월조) 부분을 이해하기 쉽게 정리해 보자.

백제 왕이 일본의 사신 하다리국수와 수적압산신을 통해 천황께 말했다.

"일본에 조공하러 가는 사자들이 물결 굽이치는 곳을 지날 때마다 매번 풍파에 시달립니다. 이로 하여 조공물이 파도에 휩쓸리거나 망쳐 버리게 됩니다. 하오니 가라의 다사진(섬진강 유여)을 신이 조공하는 길로 삼을 것을 청합니다."

그러자 일본 천황은 가라의 다사진을 백제의 왕에게 주었다. 이에 가라국 왕이 일본 천황의 칙사에게 따졌다.

"이 다사진은 신이 조공할 때 기항하는 곳입니다. 어째서 쉽게 이웃나라에게 줘 버리십니까?"

칙사는 당황해 돌아가고 따로 사신을 보내 다시 백제에게 다사진을 주었다.

이렇게 신라와 백제 사이에서 가라국은 점차 몰락해 가고 있었는데 일본에서는 가라국을 신라보다는 백제에 통합토록 하는 것이 낫다고 생각하여 가라국의 입장을 무시하고 결정해버린 것이다. 이 때문에 대가야 왕은 화가 나서 신라와 혼인을 청하고, 백제와 일본을 멀리하게 되었다.

가라국은 신라와 혼인하여 백제에 대항하려는 자구책을 마련한 셈이며, 신라는 가라국을 자국의 영향권에 넣으려던 복안이 실현된 것이었다. 그리하여 대가야의 이뇌왕은 신라의 왕녀를 맞아 아이를 가졌다.

그런데 신라가 왕녀를 보낼 때 백 명의 종을 함께 보냈다. 이뇌왕은 신라와의 동맹을 과시할 셈으로 신라에서 온 백 명의 종을 여러 가야국에 나눠 주었다. 나눠 보내진 이들이 신라 옷을 입고 다니자 아라가야의 왕 아리사등이 성을 내어 신라에 항의하는 사자를 보내고, 신라인들을 쫓아냈다. 고령의 대가야와 비교할 만했던 후기 가야 연맹국 간에 신라를 대하는 정치적 견해가 일치하지 않았던 것이다.

신라는 아라가야의 태도를 빌미삼아 대가라의 이뇌왕에게,

"전에 그대가 청혼하기로 왕녀를 보냈는데, 지금 이와 같이 되었으니 왕녀를 돌려보내시오."

하고 압력을 넣었다.

가라국의 기부지리(대가라의 이뇌왕의 별칭?)가 대답했다.

"한번 부부로 짝지워졌는데 어찌 헤어질 수 있겠으며 또한 아이가 있으니 어찌 쉽게 버릴 수 있겠습니까?"

신라는 대가라에게 왕녀를 돌려달라고 정식으로 요구하지는 않았다.

신라는 가라국의 도가, 고파, 포나모라 3성을 함락시켰다. 결국 이뇌왕

의 어정쩡한 태도에 신라는 가락 소국을 분열시킨 후 그 소국들을 잠식해 버린 것이다.

《일본서기》에 의하면 신라는 임라의 관가를 쳐 없애고 통틀어 임라라 했다. 세분하면 가라국, 안라국, 사이기국, 다라국, 졸마국, 고차국, 자타국, 산반하국, 걸찬국, 임례국이라 하여 합해서 10국이었다. 이렇게 가라국 말기까지 10개국으로 분열되어 있다가 신라와 백제에 의해 하나씩 소멸되었다.

《김해 김씨 선원대동세보》에 의하면 구형왕 11년, 신해(531년)년에 연자루에서 소리가 나서 장안(도읍지 김해) 사람들이 놀라고 소란스럽자 왕이 연자루를 부숴버리라 했다. 태조대왕(수로왕)이 남긴 서첩에 의하면 임자년에 나라를 신라에 넘겨주어야 하는 하늘의 뜻을 거역하지 못할 것이라 하였기 때문이었다.

구형왕 12년은(임자년, 532년) 신라 법흥왕 19년이었다. 이해에 구형왕은 신라에 나라를 양도하고 비와 빈을 거느리고 제기를 싸서 방장산의 태왕궁(지금의 산청 왕태지)으로 피했다. 무릇 10대, 10왕, 491년만에 금관가야는 끝이 났다.

《삼국사기》에 의하면 법흥왕 19년, 금관국(금관가야) 국주 김구해가 왕비와 장자 노종, 둘째 무덕, 셋째 무력(김유신의 조부)과 함께 항복해 왔다. 왕은 이들을 예로써 대접하고, 상등의 위를 주고 그 본국(가라국)으로 식읍을 삼게 하였다. 그 아들 무력은 신라 조정에 벼슬하여 각간에까지 이르렀다.

《삼국유사 가라국기》와 《삼국사기》에 기록에 의하면 금관가야는 532년에 망한 것으로 보인다.

《김해 김씨 선원대동보》에 의하면 양왕(구형왕)은 신라 진흥왕 18년 정축(557년)년에 작고하니 나이는 69세였다. 능은 지품천에 있으니 왕산의 동쪽 경사면에 있다. (지금의 산청군 금서면 화계리) 위에는 왕산이 있고 산 아래에는 왕산사가 있는데, 이는 양왕의 수정궁이다.

절 뒤에는 홍무왕(김유신)의 사대가 있고, 사대 위쪽으로는 양왕릉이 있다. 돌로 쌓아 언덕처럼 만들고 4면에는 7층의 계단이 있는데, 높이는 3장 정도이다. 쌓은 형식은 신라 박씨 왕의 묘와 같다. 여러번 병화를 거치면서 오래동안 잊혀져 왔으나 조선 중종 22년(1798년), 오랫동안 가물고 비가 오지 않아 마을의 선비 민경원 등이 기우제를 올리니 비가 왔다.

왕산사의 스님이 비밀 상자를 꺼내 상자 속에 보관 중인 물품을 보았는데, 글과 물건들이 있었다. 글은 옛날 유명한 탄영이란 스님이 쓴 것이었고 물건은 구형왕과 왕비의 영정, 왕이 사용하던 활과 칼과 비단옷이었다. 탄영의 글에 의하면 왕산사가 본래 양왕의 수정궁이어서 그가 세상을 피해 이곳에서 죽었다고 한다.

금관가야가 망할 때 일본은 내전 중이었다.

《일본서기 계체기》에 의하면,

큐슈의 유력자 반정磐井은 평소부터 왕권(일본 천황)에 불만을 품고 신라로부터 뇌물을 받았다. 반정은 큐슈의 축자(후쿠오카현)와 풍(오이따현)과 비(구마모또현, 사가현)에서 군사를 징병했다. 그는 큐슈 중북부의 맹주의 위치에 있었던 것이다. 반정이 역사에 나타나는 6세기 전, 후 이 때 큐슈 우두머리들의 고분에서는 백제, 가야, 신라의 위신재(관제 장식품)가 발견되었다. 이들은 일본의 중앙 정부와는 별도로 독자적으로 한반도와 교역 및 정치적 관계를 맺고 있었다. 때문에 일본 중앙정부와 입장이 달랐던 반정은 가야지원을 위해 바다를 건너려는 왕권군(천황의 군대)을 저지했다. 일본에는 당시 내정에 휩쓸리게 되었고 천황은 대규모의 반정磐井 토벌군을 출정시켰다. 이는 반란의 규모가 아니라 내전이었다. 2년에 걸치는 전투를 거쳐 마침내 반정군을 토벌하고 반정磐井의 목을 베었다.

반정의 아들 갈자는 천황에 군량을 모두 헌상하고 반정과 달리 처벌을 면했다. 이 전쟁은 530~531년에 걸쳐 있었다. 바로 가야가 신라에 통합될 당시였다.

이로 하여 일본은 금관가야의 멸망을 구해 줄 여력이 없었다.

가라국이 망한 후 일본과 백제 등의 협력을 통해 부흥운동이 계속되었다. 대가라는 562년에 망하지만 가라국의 사실상 멸망은 532년이었다.

금관가라국은 구형왕 때에 망했지만 가라의 정신과 혼은 김유신 장군을 통해서 신라에 이어졌다. 물론 백제와 일본에까지 미쳤다.

우리는 이제 가야사를 다시 찾아 세움으로 한민족과 일본인의 뿌리가 가야에서 공유했었음을 알 수 있다.

제5장 김유신과 가야의 후손들

1. 〈구지가〉와 수로부인의 〈해가〉

일연 스님은 〈구지가〉와 너무나 닮은 〈해가〉라는 노래를 우리에게 알려 주었다.

신라 33대 신룡(神龍 - 당나라 중종의 연호) 2년(706년) 성덕왕 때였다.

순정공이란 사람이 강릉 태수로 부임할 때 바닷가를 지나다가 일행과 함께 점심을 먹게 되었다. 그래서 일행이 점심을 먹기 위해 펴고 앉으니 마침 장소가 바닷가라 경관이 매우 아름다웠다.

순정공의 부인 수로水路가 절벽에 피어 있는 철쭉꽃을 보고 순정공에게 말했다.

"어마, 예뻐라! 여보, 저 꽃 갖고 싶어요."

순정공이 절벽 아래를 내려다보니 철쭉꽃 한 무더기가 바위틈에 피어 있었다. 그러나 꽃을 꺾으려다 잘못하면 절벽 아래로 떨어져 산산조각이 날 판이었다. 대번에 현기증이 날 만큼 까마득한 낭떠러지였다.

순정공은 주위를 둘러보며 말했다.

"누가 저 꽃을 꺾어 올 사람이 없느냐?"

그러나 아무도 나서는 사람이 없었다. 할 수 없이 순정공이 아내에게 말했다.

"여보, 미안하구려. 절벽이 너무 위험해요. 가다 보면 다른 곳에도 피어 있을 게요. 그때 꺾어다 주리다!"

순정공의 말을 들은 수로부인은 실망했다.

"그래요? 나를 위해 저 꽃을 꺾어 올 사람이 아무도 없단 말예요?"

실망한 수로부인은 어린 아이처럼 금방이라도 눈물을 쏟을 것 같았다. 주위의 사람들은 수로부인의 말을 못 들은 척 눈조차 마주치지 않으려 했다.

그때 암소를 끌고 가던 한 늙은이가 그 광경을 보고 나섰다.

"부인! 제가 꺾어다 드리지요."

수로부인은 노인의 말이 고마웠으나 고개를 갸웃거릴 수밖에 없었다. 젊은 사람들도 하기 힘든 일을 노인이 할 수 있을까? 사람들은 노인에게 한 마디씩 던지며 비웃었다.

"에이 여보슈! 죽을려고 환장했소? 자칫하면 황천 갑니다. 황천 가요."

노인은 사람들의 말을 듣는지 마는지 끌고 가던 소를 나무에 매어 놓고 흥얼흥얼 콧노래를 부르며 절벽을 기어 내려갔다.

역시 절벽은 만만치 않았다. 발 아래로 돌들이 떨어지며 위태로워 보였지만 노인은 서둘지 않았다.

한발한발 조심스레 발을 옮긴 노인은 마침내 철쭉꽃을 한아름 꺾어 들고 다시 올라왔다. 꽃다발을 들고 오는 노인의 풍모는 그대로 신선의 모습이었다. 노인의 등 뒤에서 햇살이 눈부시게 부서지고 있어 더욱 그렇게 느껴졌다.

노인은 꺾어 온 꽃다발을 부인에게 바치면서 노래를 불렀다.

사람들은 그 노래를 〈헌화가〉라 했다.

자주빛 절벽 위에

잡은 암소 놓게 하시고,

나를 부끄러워하지 않으신다면

저 꽃을 꺾어 바치오리다.

수로부인은 노인이 주는 꽃을 받아들고 고개를 숙여 감사의 예를 표했다.

"고맙습니다. 노인께서는 어디 사시는 누구신지요?"

생명을 걸고 자기에게 꽃을 꺾어다 준 사람에게 최소한의 예를 표하는 것이 도리라 생각했기 때문이었다.

"아니올시다. 신분을 밝힐 만한 사람이 못 됩니다. 아름다우신 부인, 안녕히 가십시오"

철쭉꽃을 바친 노인은 아무 사례도 받지 않고 나무에 묶어 둔 소를 풀어 다시 몰고 사라져 갔다.

사람들은 그 노인이 누구인지 알 수 없었다. 하지만 노인이 수로 부인의 미모에 반해 절벽에서 떨어져 죽을 위험을 무릅쓰고 꽃을 꺾어 바쳤다며 노인의 용기를 칭찬했다. 어쩌면 자기들의 비겁했던 행동이 부끄러워 더욱 그러했으리라.

이틀 후, 또다시 바닷가 길을 가다 점심을 먹고 쉬게 되었는데, 수로부인이 산책을 하다 발을 헛디뎌 바다에 빠졌다. 사람들은 용이 잡아갔다고 했다.

이때 또 한 노인이 나타나 해가海歌라고 하는 노래를 부르면 용이 납치한 수로부인을 되돌려 줄 것이라고 했다. 그래서 여러 사람이 함께 그 노래를 부르자 비난을 두려워한 용이 수로부인을 내놓았다.

이때 부른 해가는 구지가와 너무 흡사하다.

거북아! 거북아!

수로水路를 내놓아라.

남의 부인 앗아간 죄가 얼마나 크랴!

네 만약 거역하고 내놓지 않으면

그물로 너를 잡아서 구워 먹으리.

김수로왕의 〈구지가〉와 성덕왕 때의 〈해가〉는 너무나 닮아 있다. 그렇다면 성덕왕은 누구일까?

삼국통일을 이룩한 신라의 문무왕은 죽어서 동해 바닷가의 용이 되었다고 한다.

지금도 경주에서 가까운 곳에 감은사 절터가 남아 있다. 또 동해 바닷가엔 문무왕의 수중릉이 있다. 이 수중릉은 문무왕이 죽으면서 동해의 용이 되어 신라를 지키고자 유언을 남겨 만들어졌다 한다.

울산에는 고래잡이로 유명한 장생포가 있다. 그 장생포와 가까운 곳에 대왕암이란 바위가 있다.

이곳에는 문무왕의 왕비가 문무왕처럼 호국의 용이 되기 위해 묻혔다는 전설이 전해 온다.

호쾌한 바다! 탁 트인 바다는 멀리 일본까지 거칠 것이 없을 듯하다. 문무왕의 아버지는 대종 무열왕 김춘추요, 어머니는 김유신의 막내 동생 문희로서 문명황후라 했다.

문무왕의 작은 아들이 성덕왕이다. 그러니까 김유신은 성덕왕의 외종조부가 된다.

성덕왕 11년의 기록에 의하면 성덕왕이 김유신의 처에게 부인이란 칭호를 내리고 해마다 벼 천 석씩을 주기로 약속했다는 내용이 나온다.

김유신은 누구인가?

가라국의 마지막 왕이었던 구형왕에게는 세 아들이 있었다. 그 중 셋째 아들 무력이 김서현을 낳고, 김서현이 김유신을 낳았다. 그러므로 구형왕은 김유신의 증조부가 된다. 그러니까 김수로왕은 김유신의 12대조가 되는 것이다.

김유신의 외종손인 성덕왕은 외종조모인 김유신의 처를 후대하고 있다.

용은 누구일까? 용은 임금을 가리킨다. 성덕왕 때의 중국 당나라 중종의 연호가 신룡神龍이었다.

《삼국사기》에 의하면 성덕왕 22년 3월에 당나라에 미녀 2명을 바쳤다. 그런데 당나라 중종 다음 왕인 현종은,

"이 여자들은 모두 왕(성덕왕)의 고자매(姑姉妹 - 고종사촌, 내종자매)들로써 본속(친족)을 이별하고 떠나온 것이므로 내가 차마 붙잡아 두고 싶지 않다."

하고 후히 물품을 주어 돌려보냈다.

수로부인은 그 이름으로 미루어 김수로왕의 후손임에 분명하다. 이 수로부인은 인물이 아름다워 많은 곤란을 겪었다 하는데 추측컨대 수로부인이 당나라 왕에게 보내졌던 것이 아닌가 한다.

그러니 구지가를 부르며 수로부인을 돌려달라는 가야인들의 탄원에 당나라에서 다시 돌아올 수 있었고, 그 사연이 설화로 나타나게 된 것이 아닐까 한다.

김수로왕의 구지가와 수로부인의 해가海歌가 일치하는 것은 우연이 아닐 것이다. 또 구지가의 원형이 이런 형태였는지도 알 수 없는 일이다.

울산시 울기공원의 대왕암. 문무왕의 왕비도 호국용이 되기 위해 이곳 동해에 묻혔다고 전한다.

2. 거북춤과 거북놀이

수로왕을 맞아 가야 사람들은 어떤 춤을 추었을까?

제사 때 춤을 추는 풍습은 변한시대부터 있었다.

《삼국지 동이전》에 이래와 같은 내용이 나온다.

"해마다 5월이면 씨뿌리기를 마치고 신神에게 제사를 지낸다. 떼를 지어 모여서 노래와 춤을 즐기고, 술 마시고 노는 데 밤낮을 가리지 않는다.

그들의 춤은 수십 명이 모두 일어서서 뒤를 따르며 땅을 밟고 구부렸다 치켜들었다 한다. 손과 발로 장단을 맞추는데 그 가락과 율동은 중국의

탁무(鐸舞-중국의 한漢나라에서 탁鐸이란 악기를 두드리며 추는 우리의 농악과 비슷한 춤)
와 비슷하다. 10월의 농사일을 마치고 나서도 그렇게 한다.

귀신의 음덕을 믿기 때문에 국·읍에 각각 한 사람씩을 세워서 천신의
제사를 주관하게 하는데, 이때의 제주祭主를 천군天君이라 부른다. 또 나라
에는 각각 별·읍이 있으니, 그것을 소도蘇塗라 한다.”

구지봉은 이렇게 천신天神에게 제사를 지내는 소도였다. 그들은 그들의
왕을 기다리고 있었던 것이다.

거북놀이 거북놀이-경기도, 충청도, 강원도 등지에 퍼져 있는 민속 놀
이로 ‘설고총서’ 라는 문헌에 의하면, 신라 문무왕 때 영추대사가 공주의
병을 낫게 하기 위해 15세 소년들을 뽑아 거북탈을 만들어 쓰고 춤을 추
며 집 안팎을 쓸게 하여 병을 치유한데서 출발했다고 한다.

라는 놀이는 지금도 전해 오는데 원래 가라국에서부터 시작되었다고
한다.

가라국이 신라에 합병되어 망한 후 신라는 금관가야 사람들을 충청북
도 보은쪽으로 이주시켰다.

김유신의 조부 김무력은 신주新州 군주가 되었다. 이 신주는 지금의 경
기도 광주로서 백제의 전 도읍 하남 위례성이 있던 곳이며, 한강 유역을
중심하여 고구려와 백제와 신라가 충돌하는 군사적 요충지였다. 따라서
그곳에 가라국의 군사들이 많이 동원되어 있었던 것이다. 이는 금관가라
국의 터전을 허물어 다시는 부활하지 못하게 하기 위한 정책이었으며, 삼
국의 요충지에 정복민을 몰아넣어 신라의 국력을 아끼려는 치밀한 계산
이기도 했다.

이에 김무력과 가야인들은 신라에 이용되는 줄 알면서도 공을 세움으

로써 망국민으로 무시당하는 처지를 극복하고, 신라 사회에서 주도적 지위를 확보하고 싶어서 그랬던 것이다.

《김유신 열전》을 보면 가야인들이 신라에서 신분 상승을 위해 얼마나 노력하였는지 짐작할 수 있다.

"김유신은 왕경(경주)사람이다. 그의 12대조 수로首露는 어떤 사람인지 알 수가 없다.

후한 건무 18년 임인년에 거북봉에 올라 가라의 9촌을 살펴보고 마침내 그 땅에 가야伽倻라는 나라를 세웠다가 후대에 이름을 고쳐 금관국이라 고쳤다. 그 자손이 전해 내려오다가 9대손인 구해(혹은 구차휴)에 이르렀는데, 유신에게는 증조부 뻘이 된다."

김유신의 조부 김무력(구형왕의 3남)은 신주新州 도행군 총관이 되었다. 이 내용은《삼국사기》진흥왕 14년 7월 조에 보인다. 백제의 동북지방을 취하여 신주新州를 설치하고 아찬 무력武力으로 하여금 군주를 삼았다.

백제왕 명농(성왕)이 가량(대가야)과 더불어 관산성을 공격하므로 군주 각간 우덕과 아찬 탐지 등이 마주 싸웠으나 유리하지 못하였다. 이에 신주新州의 군주 김무력이 군병을 끌고 와서 교전하였는데 이때 김무력의 비장인 삼년산군(지금의 보은)의 고우도도(高于都刀)가 백제왕을 죽였다. 이에 모든 군사가 승기를 잡고 크게 쳐 이기고, 백제의 좌평 4명과 사졸 29,600명을 베어 죽이니 한 필의 말도 살아 돌아 가지 못했다.

김무력은 이렇게 신라에 큰 공을 세웠다.

이야기는 다시《김유신 열전》으로 돌아간다.

김무력의 아들이자 김유신의 아버지는 김서현이다. 김서현은 대량주도독, 안무대량주 제군사라는 직위에 있었다.

김서현은 갈문왕 입종의 아들인 숙흘종肅屹宗의 딸 만명萬明을 길에서 보고 마음으로 기뻐하여 유혹, 중매도 없이 야합했다.

그후, 서현은 만노군萬弩郡의 태수가 되어 출세를 했다. 그래서 만명부인을 데려가려고 하자 그 사실을 알게 된 숙흘종은 딸이 자기에게 알리지 않고 서현과 야합한 것을 크게 괘씸하게 생각했다. 그리하여 만명을 다른 집에 가두고 사람을 시켜 지키게 하였다.

어느날 만명을 가두고 있던 집 대문에 갑자기 벼락치듯 큰 소리가 났다. 그래서 지키고 있던 문지기가 놀라 떨고 있는 사이 만명부인은 도망하여 곧 서현과 만나 만노군으로 달아났다.

이후 김서현과 만명부인 사이에 태어난 아들이 김유신이다.

이상과 같이《김유신 열전》은 이 부분을 이상하게 기록하고 있으나 그 당시 신라는 철저한 골품제 사회였다.

삼국사기의 저자 김부식

골품제란 일종의 신분제로서 가장 높은 신분은 왕족과 왕족이 결혼한 성골이다. 다음은 어느 쪽이든 한쪽이 왕족인 진골이다. 그러므로 이 신분을 뛰어넘기가 쉽지 않았다.

김서현의 부친 김무력이 아무리 큰 공을 세웠다 하더라도 망한 가라국의 후손인데 신라 왕족의 딸과 결혼할 수는 없는 일이었다. 이것은 신라의 왕족과 귀족사회의 바탕인 골품제에 대해 어긋나기 때문에 있을 수 없는 일이었다.

조선시대에도 이런 예는 많았다.

젊은 나이에 과부가 된 양반집 딸의 경우에 이런 일이 많았다. 양반의 체면상 재혼을 시킬 수는 없는 일이요, 그렇다고 젊은 딸을 평생 혼자 살게 할 수도 없었다. 그래서 양반은 자기가 가장 믿을 수 있는 종에게 자기 딸을 훔쳐서 도망치라고 사주 했다. 이른바 보쌈이다. 물론 남모르게 종 문서를 없애 양민으로 만들어 주고, 살 수 있을 만큼 논밭과 돈도 주었다.

보쌈을 시킬 때에는 집안의 일꾼들을 멀리 내보내고 집안에는 딸만 홀로 있게 한다. 설혹 집안에 누가 있다고 해도 보쌈해 갈 때는 모른 체했다.

숙흘종도 만명이란 자기 딸과 김서현을 맺어 주기 위해서는 비공식적 방법을 쓸 수밖에 없었다. 자기 집보다 경비가 허술한 곳에 만명을 가두어 두고 지키는 척하면서 은근히 틈을 주어서 만명이 달아나게 만든 것이다. 그러니까 숙흘종과 김서현 사이에 서로 묵계가 되어 있었던 것이다. 이로써 신라의 신분제도를 뛰어넘어 김유신은 어머니 만명부인으로 하여 신라의 귀족계급에 진입하게 되었던 것이다.

김유신이 젊은 시절 천관녀라는 여인에게 빠져 지낸 적이 있었다. 어머니 만명부인은 김유신에게 만일 천관녀에게 빠져 지낸다면 아무리 전쟁터에서 큰 공을 세워도 신라의 귀족이나 왕족의 딸과 결혼할 수는 없다고 꾸짖었다.

김유신은 천관녀와 관계를 단절하고자 했다. 그래서 그녀의 집에 일절 발길을 끊고 지냈는데 어느날 자신이 술에 취해 방심한 사이 자신의 애마가 평소 습관대로 천관녀의 집으로 갔다. 뒤늦게 이를 안 김유신은 자기 말의 목을 단칼에 베어버렸다. 이로써 김유신은 천관녀와 관계를 끊었음을 만천하에 알렸다.

KBS 역사스페셜에서 천관녀는 유곽의 여자나 기생이 아니라 하늘에 제사를 지내는 여인이었고, 김유신은 천관사를 건축했다고 주장했다.

김유신의 누이 문희와 후에 무열왕이 된 김춘추와의 결혼 또한 이와 같은 어려움을 겪는다.

무열왕 김춘추와 결혼한 문희는 김유신의 막내 여동생이었다.

어느 날, 문희의 언니 보희가 자신의 꿈을 문희에게 얘기했다.

"얘, 문희야! 어제 내가 꿈을 꾸었는데 참 이상한 꿈도 다 꾸었지 뭐냐?"

"무슨 꿈인데, 언니?"

"글쎄, 꿈에 내가 서악西岳에 올라가 왕경王京 서라벌을 내려다 보고 오줌을 누지 않았겠니. 그런데 망측하게도 오줌이 얼마나 나오는지 그만 서라벌이 모두 내 오줌에 잠겨 버리는 거야. 이게 무슨 해괴망측한 꿈이니?"

"그랬어? 언니, 그 꿈 나한테 팔면 안 될까? 내가 살께."

보희는 자신이 망측한 꿈을 꾸었다고 꺼림칙해하고 있는데 동생이 사겠다고 하자 잘 되었다 싶었다.

"내 꿈을 사고 싶다고? 그럼 나한테 뭘 줄 거니?"

"응, 언니가 전에 내 비단치마를 갖고 싶어했잖아? 내가 가장 아끼는 것으로 아직 한 번밖에 입어보지 못한 거지만 꿈값으로 줄께."

보희는 그냥이라도 줘버리고 싶은 꿈이었는데 비단치마까지 얻게 되자 좋아서 얼른 동의했다.

"좋아, 내 꿈 너 가져."

문희는 보희의 꿈이 보통 꿈이 아니라는 것을 알았다. 서라벌을 자신의 자녀들로 가득하게 만드는 꿈이라 생각하고 그 꿈을 치맛자락으로 받아 안았다.

　그런 지 열흘 후, 유신은 김춘추와 축구를 하며 일부러 춘추의 옷고름을 밟아 떨어지게 했다.

　"춘추 공, 이거 미안합니다. 제가 실수를 했군요. 다행히 제 집이 여기서 가까우니 옷고름을 달도록 합시다."

　"유신 공의 집이 여기서 가깝다구요? 그렇지 않아도 한번 가보고 싶었는데 잘 됐구려. 또 옷차림이 이래서 그냥 내 집까지 가기도 곤란하니 폐가 되지 않는다면 그리 하지요."

　김유신은 신라 왕족인 춘추와 사귐이 필요하였고, 왕위 계승서열에서 밀려나 있던 춘추는 신흥 장군 가문인 유신의 도움이 필요한 터였기에 서로 쉽게 사귐이 이뤄졌다. 그리하여 집안에 춘추를 데려다 놓고 동생 중에 먼저 보희를 불렀다.

　"얘, 보희야! 오늘 내가 귀공자를 모셔왔다. 축구를 하다 춘추공의 옷고름을 떨어 뜨렸지 뭐냐. 네가 잘 달아드리려무나!"

　"어머, 춘추공이라고요. 하지만 이를 어쩌죠. 제가 오늘 몸이 불편해서 곤란해요."

　사실 보희는 어제부터 생리통이 심했다. 잘못하여 귀공자에게 나쁜 소문이라도 나면 오히려 자기에 대한 인상이 나빠질까 두려웠다.

　"그래, 그렇다면 할 수 없지. 문희는 어디 있니?"

　유신은 보희 대신 문희에게 사정을 설명했다. 유신의 말을 들은 문희는 너무 기뻤다. 열흘 전 언니 보희에게서 산 꿈 덕분이라 생각했다.

　문희는 단아한 옷차림으로 환한 미소를 띄우며 반짇고리를 가지고 춘추가 기다리는 곳으로 갔다.

"잘 오셨습니다. 춘추 공, 제가 바느질을 할 동안 차라도 한 잔 하시지 요."

사뿐히 절을 한 문희는 밝은 미소로 차와 술을 권했다. 아름다운 미인 의 환대를 싫어 할 사람이 있을까.

"이거, 수고를 끼쳐서 미안합니다."

김춘추는 문희가 주는 차와 술을 받아 마셨다. 여인의 그윽한 체취가 가득한 데다 향기로운 술이 기분을 상쾌하게 했다.

술을 권한 문희는 다소곳이 앉아 섬섬옥수로 바느질을 꼼꼼하게 해 나 갔다.

여인의 바느질 하는 모습은 참으로 고혹적이었다.

"여기, 다 되었습니다."

문희가 춘추의 옷을 내밀자 춘추는 문희의 손을 덥석 잡았다.

"그대의 모습이 너무 아름다워 내 그냥 참을 수가 없오."

춘추는 문희를 와락 끌어안았다. 문희 또한 헌헌장부 춘추 공이 싫지 않은지라 함께 얼싸 안았다.

그후부터 김춘추는 자주 유신의 집을 찾아 갔다. 그때마다 문희가 밝게 맞이했음은 물론이다. 마침내 문희는 임신을 했다.

유신은 문희를 불러 꾸짖었다.

"또 남편도 없는 처녀가 너는 부모와 상의도 않고 애를 가졌다니 어찌 된 일이냐?"

그리고나서 유신은 온 나라에 '자신의 누이 문희가 남편 없이 애를 가 졌으니 부끄러워 살 수가 없다. 그래서 누이를 불태워 죽인다.' 하고 소문 을 퍼트렸다.

대개는 자신의 가문을 위해 부끄러움을 숨기려 하는데 오히려 소문을

김유신 장군의 묘, 흥무대왕으로 추존되었다. 왕릉보다 규모는 작으나 12지신상이 호석으로 둘러져 있고 납석으로 만든 12지신상이 땅에 묻혀 2중으로 보호되어 있다.

낸 데에는 유신에게 계략이 있었기 때문이었다.

선덕여왕이 남산에 거동했다는 것을 안 유신은 마당에 생나무를 쌓아 놓고 불을 질러 연기가 하늘에 가득 피어오르게 했다. 일부러 젖은 나무를 사용해 많은 연기가 나게 했던 것이다.

선덕왕이 연기를 보고 무슨 일이냐고 물었다. 이때 유신의 사주를 받은 신하가 자초지종을 말했다.

"아마 유신이 누이를 불태워 죽이려는 것 같사옵니다."

"뭐라고? 그게 무슨 말이냐? 왜 유신이 누이를 불태워 죽인단 말이냐?"

"예, 유신의 누이가 남편 없이 아이를 가졌기 때문이랍니다."

"누가 그 아이의 애비라더냐?"

"춘추공이라 하옵니다."

그때 선덕여왕 옆에 있던 춘추는 민망해서 어쩔줄 몰라했다. 그런 그에게 선덕여왕이 명령했다.

"그대가 한 짓이라면 그대가 책임을 져야지, 사내 대장부가 모른 체 한대서야 말이 되느냐? 속히 가서 중지시키고 구하도록 해라!"

하여 춘추와 문희는 왕의 특명에 의해 혼례를 올리게 되었다.

이 혼례의 배경 또한 신분상의 격차를 넘기 위한 계략이 숨어 있었다. 신분차를 넘기 위한 비상수단으로서 왕의 특명을 이끌어 내기 위한 책략이 있었던 것이다. 이렇게 가라국 출신들의 노력에 의해 문희는 무열왕 김춘추의 왕비가 되었을 뿐 아니라. 태자 법민(문무왕)과 각간 김인문, 각간 문왕, 각간 노차, 각간 지경, 각간 개원 등을 낳아 자신의 자녀들로 하여금 서라벌을 장악하게 했던 것이다.

가야는 망했으나 가야인의 숨결은 신라에 통합되어 훗날 삼국통일의 원동력이 된다.

오늘날, 김해에는 거북놀이가 없어졌다. 그러나 이 거북놀이가 당시에는 신주의 군주였던 김무력을 따르던 가라국 사람들에 의해 경기도 광주, 이천, 여주 등에 전파되어 아직도 전해 오고 있다.

역사적으로 보면 문무왕 때 거북놀이가 시작되었다고 한다. 즉, 문무왕의 공주가 병이 들자 그를 치료하기 위해 15세 소년들을 뽑아 거북놀이를 만들었다고 한다. 이때 김유신과 가야인들은 신라 왕가에 외손의 입장이 되었다.

그들 가야인들은 망국민의 초라한 입장에서 신라왕의 외족으로 전환되니 이를 자축하고자 하는 마음이 있었을 것이다. 그 잔치가 공주의 병을 핑계 삼아 가야의 전통적 제사와 축제를 되살려 낸 것이 거북놀이였다.

수로왕 이전부터 있었던 거북놀이를 옛 가라국 사람들은 알고 있었다. 그러니 신라에 의해 망한 가라국 출신들을 위로 하는 차원에서 거북놀이를 부활시킨 것이 아닌가 한다.

《가야 에피소드 정원》 조감도

역사체험관

테마호텔

쉼의바다

수제정원

잔디주차장

웨딩가든

문화체험관

이벤트가든

입구광장

라이트 튜브링

2010년 완공될 가야사 복원 2단계 사업 완성도

《가야 역사 테마파크》 조감도

2008년 완공 예정인 역사테마파크, 민속관광단지, 각종 놀이, 공연, 전시 등 가야문화를 체험할 수 있게 된다.

일본을 낳은 나라

금관가야 왕국

엮은 이 · 최종철
펴낸 이 · 임종대
펴낸 곳 · 미래문화사

초판 1쇄 인쇄 · 2006년 9월 10일
초판 1쇄 발행 · 2006년 9월 15일

등록 번호 · 제3-44호
등록 일자 · 1976년 10월 19일
주소 · 서울시 용산구 효창동 5-421 1F
전화 · 715-4507 / 713-6647
팩시밀리 · 713-4805

E-mail · miraebooks@korea.com
mirae715@hanmail.net

ⓒ2006, 미래문화사
ISBN 89-7299-326-3 03810